BASTEI LÜBBE
TASCHENBUCH

Über den Autor

Michael Wagner, Jahrgang 1968, ist diplomierter Ingenieur der Produktionstechnik und gelernter Journalist. Heute arbeitet er als PR-Experte für ein großes Industrieunternehmen und lebt in der Nähe von Marburg. Sein Krimi-Debüt um das skurrile Duo Theo Kettling und Lieselotte Larisch ist eine Liebeserklärung an seine Heimat, das Märkische Sauerland.

Michael Wagner

Lünsch-Mord

Ein Sauerland-Krimi

BASTEI
LÜBBE
TASCHENBUCH

BASTEI LÜBBE TASCHENBUCH
Band 17426

MIX
Papier aus verantwortungsvollen Quellen
FSC® C014496

Dieser Titel ist auch als E-Book erschienen

Originalausgabe

Lektorat: Judith Mandt
Textredaktion: Christiane Geldmacher, Wiesbaden
Titelillustration: © shutterstock/Eric Gevaert; shutterstock/Petr Kopka; shutterstock/ziviani; shutterstock/Markus Gann
Umschlaggestaltung: Christin Wilhelm
Satz: two-up, Düsseldorf
Gesetzt aus der Minion
Druck und Verarbeitung: GGP Media GmbH, Pößneck
Printed in Germany
ISBN 978-3-404-17426-3

1 3 5 7 6 4 2

Sie finden uns im Internet unter www.luebbe.de
Bitte beachten Sie auch: www.lesejury.de

Für meinen Vater –
ich vermisse dich, Kumpel

Prolog

Er saß auf dem alten, abgewetzten Sofa und sah auf die Standuhr, deren monotones Ticken die eisige Stille noch zu verstärken schien.

Wie lange schon? Zwei Stunden? Vielleicht drei, vier?

Er erinnerte sich schemenhaft, wie er das Büro panisch verlassen hatte und durch den schmalen Flur und das Treppenhaus nach draußen gelaufen war. War ihm jemand begegnet? Er wusste es nicht mehr; doch so spät am Abend war meist niemand mehr im Gebäude, und das beruhigte ihn.

An diesem Punkt hörte seine Erinnerung ganz auf. Wie hypnotisiert musste er in sein Auto gestiegen und nach Hause gefahren sein.

Seine Wahrnehmung hatte erst später wieder angefangen zu funktionieren, und ihm war bewusst geworden, dass er sich bereits in seiner Wohnung befand. Von da an war sein Verstand – erst ganz langsam, dann immer schneller – in seinen Kopf zurückgekehrt, und jetzt sah er alles ganz klar:

Mehr als ein halbes Jahrhundert lang hatte er ein falsches Leben leben müssen, in ständiger Ungewissheit und verdammt zum Nichtstun. Nun aber konnte er etwas tun, nun konnte er endlich handeln.

Er wartete, bis die Dämmerung anbrach und ein schwaches Licht in das Zimmer fiel. Dann stand er auf, nahm sich die Autoschlüssel und ging hinaus.

1

Cleo hatte keine Lust, Gassi zu gehen. Wie immer, wenn es regnete, versuchte sie sich unter ohrenbetäubendem Jaulen und mit vollem Körpereinsatz zu drücken. Und wie immer nutzte ihr das nichts, denn ihr Frauchen war äußerst resolut und prinzipientreu.

Lieselotte Larisch hatte die Deutsche Dogge zwei Jahre zuvor gekauft, kurz nachdem sie das alte Bauernhaus in Rölvede erworben hatte und dort eingezogen war. Früher, als vielbeschäftigte Rektorin der Grundschule Spormecke, hatte sie von einem solchen Leben auf dem Land geträumt, und nachdem sie in den Ruhestand gegangen war, erfüllte sie sich ihren Traum.

Zu den wenigen Störungen in ihren harmonischen, aber streng durchorganisierten Tagesabläufen gehörten die Kämpfe mit Cleo, wenn diese ein Bad oder, wie an diesem Abend, einen kurzen Fußmarsch im Regen verhindern wollte.

Lieselotte Larisch hatte freilich schon Erfahrung mit solch unerfreulichen Situationen und setzte zumeist auf den Überraschungseffekt.

So auch diesmal: Unter Vorspiegelung falscher Tatsachen – sie tat so, als suche sie etwas scheinbar Heruntergefallenes auf dem Fußboden der Diele – appellierte sie an Cleos Neugier. Die Hündin konnte, obwohl schon zigmal auf ähnliche Tricks hereingefallen, schließlich nicht widerstehen und kam näher.

Dann kam der Angriff. Mit einem schnellen und entschlossenen Griff bekam sie den rechten Vorderlauf Cleos zu fassen und stürzte sich im nächsten Augenblick, ihre ernst zu nehmenden Arthrose-Beschwerden ignorierend, auf die Knie. Schon umklammerte sie im Stil eines Ringers den Rumpf des stattlichen Tieres und zerrte es unter dessen energischem Protest in Richtung Haustür. Cleo versuchte immer wieder, mit ihren Läufen Halt auf dem glatten Parkettboden zu finden, rutschte aber stets ab und verlor dabei wertvolle Zentimeter. Zweimal zwickte sie Lieselotte Larisch sogar in die Hand, worauf jeweils ein gellender Schrei folgte. Davon kurzfristig beeindruckt, verfiel Cleo für einige Sekunden in völlige Erstarrung, was ihrer Besitzerin ebenfalls einen nicht unerheblichen Raumgewinn einbrachte.

Hund und Frauchen brachten zusammen gut und gerne 200 Kilo auf die Waage und füllten fast die gesamte Breite der Diele aus. Eine wild fuchtelnde, stöhnende und knurrende Masse, die sich langsam, aber kontinuierlich fortbewegte.

Endlich draußen angekommen, stieß Lieselotte Larisch mit dem linken Fuß und in artistischer Bewegung die Haustür zu. Wie gewohnt fand sich Cleo von diesem Punkt an mit der Situation ab und fügte sich, zwar ohne Begeisterung, aber auch ohne nennenswerten Widerstand, ihrem Schicksal. Lieselotte Larisch, nach Luft ringend und mit zerzauster Dutt-Frisur, entfuhr dennoch ein »Dämliches Mistvieh!« – eine völlig unangemessene sprachliche Entgleisung, für die sie sich im nächsten Moment selbst rügte, denn noch immer war sie mit jeder Faser ihres Körpers leidenschaftliche Deutschlehrerin.

Rölvede war eine kleine Siedlung, die seit der Kommunalreform des Kreises Altena vor drei Jahren zur Gemeinde Schalksmühle gehörte und auf einem langgestreckten Höhenkamm in unmittelbarer Nähe der neuen Autobahn 45, der Sauerlandlinie, lag. Obwohl die Lärmbelästigung, wohl durch die etwas höhere Lage der Fernstraße, sich in Grenzen hielt, hatte Lieselotte Larisch die Immobilie zu einem echten Schnäppchenpreis bekommen. Knapp ein Dutzend Häuser standen hier, zumeist alte Bauernhäuser, aber auch einige moderne im typisch unbeholfenen Stil der fünfziger und sechziger Jahre. Der Verkehr auf den beiden schmalen Straßen, die durch den Ort führten, war schon vor Fertigstellung der Sauerlandlinie mehr als überschaubar, seitdem aber tendierte er gegen null. Lieselotte Larisch boten sich hier zahlreiche Variationsmöglichkeiten sowohl für kurze als auch für ausgedehnte Spaziergänge zu den umliegenden Dörfern. Wegen des schlechten Wetters und weil es bereits dunkel geworden war, entschied sie sich an diesem Abend für eine ihrer Kurzstrecken, die aus dem Ort hinaus in Richtung Rummenohl zum Waldrand führte.

Sie spannte ihren Knirps-Automatikschirm auf, den sie vor der Auseinandersetzung mit Cleo in die Manteltasche gesteckt hatte, und marschierte los. Die Hündin lief dicht neben ihr und begnügte sich damit, ihrem Unmut durch gelegentliches Jaulen und Knurren Luft zu machen.

Bis zum Waldrand, der unmittelbar hinter einer sanften Kuppe lag, waren es etwa 400 Meter. Als Lieselotte Larisch das Ortsausgangsschild passierte und an den links und rechts der Straße liegenden Weiden entlangging, wurden Regen und Wind abrupt stärker. Sie versteckte sich hinter dem Schirm und kämpfte sich bis zum Forstweg vor, der den Beginn des dichten Fichtenwaldes markierte. Obwohl der Regen gleich darauf schon wieder etwas nachließ und auch der Wind nicht mehr so erbarmungslos blies, hielt sie den Schirm noch immer dicht vor sich. So wäre sie beinahe vor einen VW Käfer mit zerbeultem Kotflügel gelaufen, der, ungewöhnlich für diese Uhrzeit, an der Einfahrt zum Forstweg stand.

Wenn Cleo ihr Geschäft verrichten sollte, dann musste Lieselotte Larisch zumindest ein kleines Stück mit ihr in den Wald gehen. Sie selbst hatte das der Dogge im Welpenalter so beigebracht, und bei widrigen Witterungsverhältnissen rächte sich das nun. Die Hündin lief etwa zwanzig Meter voraus und begann gerade damit, sich einen geeigneten Platz zu suchen, als sie plötzlich laut bellte, um einen Moment später ängstlich zu jaulen.

»Nun hör doch mit dem Theater auf und stell dich nicht so an«, rief Lieselotte Larisch, die stehen geblieben war, weil sie einerseits im Innern des Waldes kaum die Hand vor Augen sah, andererseits aber keine Lust hatte, ihre stets mitgeführte Taschenlampe aus der Reißverschluss-Innentasche des Mantels zu kramen.

Wieder bellte Cleo, halb aus Angst, halb zornig, und im nächsten Moment hörte Lieselotte Larisch ein deutliches Knacken, als ob ganz in ihrer Nähe ein Ast gebrochen wäre. Nun knöpfte sie doch die oberen drei Knöpfe ihres Mantels auf und holte umständlich mit einer Hand – die andere hielt nach wie vor den Schirm – die Taschenlampe hervor.

Sie leuchtete links neben sich, konnte aber außer dem Labyrinth aus nass-schwarzen Baumstämmen nichts entdecken. Dann schwenkte sie langsam nach rechts und sah Cleo im Lichtkegel, die jetzt etwa zehn Meter von ihr entfernt stand, sie irritiert anstarrte und gleich wieder losbellte.

Lieselotte Larisch schwenkte die Taschenlampe weiter nach rechts und betrachtete für einige Sekunden einen etwa anderthalb Meter hohen und fünf Meter breiten Holzstapel, der von Forstarbeitern kürzlich nach Fällarbeiten angelegt worden war. Rechts daneben, im Schein der Taschenlampe gerade noch zu erahnen, stand ein hoher Baumstumpf.

Sie hatte sich schon umgedreht, um zu schauen, ob sie hinter sich etwas entdecken konnte.

Doch dann führte sie den Lichtstrahl noch einmal zurück – und erkannte, dass das, was da ein paar Schritte von ihr entfernt stand, kein Baumstumpf war, sondern der Oberkörper eines Menschen.

Ein Blitz fuhr durch Lieselotte Larisch. Ihre Finger umklammerten verkrampft den Griff der Taschenlampe, deren Licht eine unwirklich erscheinende, entstellte Fratze beschien.

Mit weit aufgerissenen Augen starrte der andere sie an, die Haut alt und faltig, doch mit einer wirren Lockenfrisur und riesigen, dicken Augenbrauen.

Lieselotte Larisch war alles andere als ein ängstlicher Mensch, aber in diesem Moment überfiel sie eine fremdartige Furcht. Sie hörte ihren eigenen Herzschlag in den Ohren; er war, so schien es ihr, viel lauter als Cleos Bellen, das sie dumpf und wie durch einen Filter wahrnahm.

Und nun erkannte sie auch, warum nur der Oberkörper dieser grauenhaften Gestalt zu sehen war. Mit den Beinen stand ihr Gegenüber in einem Erdloch, offenbar selbst gegraben, denn die rechte Hand umfasste den Stiel einer Schaufel. Im Augenwinkel nahm Lieselotte Larisch Cleo wahr, die an ihr vorbei aus dem Wald rannte – vermutlich zurück ins Dorf, wie aus der Richtung des leiser werdenden Bellens zu schließen war.

Dann wich die Ohnmacht des Schockzustandes einer sich rasend schnell in ihrem Kopf ausbreitenden Panik. Sie versuchte noch einige Sekunden standzuhalten, ergriff aber schließlich wie fremdgesteuert die Flucht. Dabei nahm sie nicht den Forstweg, sondern rannte zur leicht erhöht liegenden Viehweide, die nur wenige Meter entfernt lag und schneller zu erreichen war als die Straße.

Der Sachschaden war dafür umso größer: Ihren noch immer aufgespannten Knirps-Schirm ruinierte sie sich, als sie damit zwischen zwei Ästen hängen blieb, und an einem vorstehenden Nagel im Zaunpfahl riss sie sich den teuren Lodenmantel auf einer Länge von rund 20 Zentimetern auf. Zu allem Überfluss bekam sie noch, am Weidezaun mit nassen Händen zerrend, mehrere Stromschläge. Den Zaun schließlich mit Mühe und Not niedergerungen, rannte sie zwischen einem Dutzend aufgeschreckter Fleckviehkühe schräg auf die Straße zu. Diesmal versuchte Lieselotte Larisch, den Elektrozaun durch einen beherzten Sprung zu überwinden, musste aber feststellen, dass sie ihre sportlichen Fähigkeiten dramatisch überschätzt hatte. So blieb sie mit beiden Beinen an den Drähten hängen und stürzte kopfüber die etwa einen Meter hohe Böschung hinunter. Die Brille fiel auf die Straße. Das Gestell zerbrach, und ein Glas sprang heraus. Lieselotte Larisch drehte hektisch den Kopf nach hinten, doch allmählich begriff sie, dass der Fremde ihr nicht folgte, und sie wurde ruhiger. Sie sammelte die Fragmente der Brille zusammen, dann ging sie schnellen Schrittes zurück zum Haus.

Die Anhäufung der Katastrophen erfuhr allerdings noch eine Fortsetzung. Cleo, zwar heilfroh, ihr Frauchen wiederzusehen, jedoch völlig verstört, hatte vor lauter Aufregung ihr Geschäft vor der Haustür verrichtet. Lieselotte Larisch, ohne Brille fast blind, trat in den Haufen, bemerkte dies aber nicht sofort und ging eilig durch das gesamte Haus, um die Rollläden zu schließen. Dann griff sie zum Telefonbuch und suchte die Nummer der Polizei in Lüdenscheid heraus. Sie hatte die ersten Ziffern schon gewählt, als sie innehielt und den Hörer wieder auf die Gabel legte.

Vielleicht gab es für das alles eine ganz einfache Erklärung. In den Wald zu gehen und ein Loch zu graben war jedenfalls, für sich gesehen, kein Verbrechen.

Ein unangenehmer Geruch stieg in Lieselotte Larischs Nase. Sie erkannte, dass sie den Hundehaufen im ganzen Haus verteilt hatte, und beschloss, erst mal für Ordnung zu sorgen.

So gab es an diesem späten Abend des 9. Mai 1972 noch eine

Menge zu tun. Der Boden musste gewischt, der Mantel genäht werden. Außerdem galt es, Cleo wieder aufzurichten, die noch immer wie Espenlaub zitterte: »Du bist mir eine schöne Beschützerin. Na, komm her, meine Dicke!«

Und dann dauerte es noch fast eine Stunde, bis Lieselotte Larisch ihre alte Ersatzbrille wiederfand.

Die Beschäftigungstherapie zeigte positive Wirkung. Zwar war sie nach wie vor recht aufgekratzt, doch es gelang ihr, wieder klar zu denken:

Diese bizarre Gestalt im Wald hatte zweifellos irgendetwas oder irgendjemanden vergraben wollen – wahrscheinlich Letzteres, dafür sprachen, soweit sie das in ihrem Zustand und im Schein der Taschenlampe hatte erkennen können, Form und Umfang des Erdloches. Andererseits war sie sich ziemlich sicher, weder eine Leiche noch eine Schatztruhe oder sonst etwas gesehen zu haben, was hätte vergraben werden können.

Sie schloss die Augen und versuchte, sich möglichst deutlich an das unheimliche Gesicht zu erinnern. Sie hatte das Gefühl, diese Gestalt schon einmal irgendwo gesehen zu haben.

Lieselotte Larisch plagten plötzlich Selbstvorwürfe. Wäre es nicht doch ihre Pflicht gewesen, sofort die Polizei anzurufen? Ach was! Bis die da gewesen wären, hätte der Kerl längst das Weite gesucht und wäre über alle Berge gewesen. Sie würde gleich morgen früh zur Polizei fahren und alles zu Protokoll geben. Vorher aber würde sie die Stelle im Wald aufsuchen und schauen, ob das Grab noch offen war. Zwar hatte sie ein bisschen Angst davor, etwas Unschönes vorzufinden, doch ihre fast vollständig wiederhergestellte Entschlossenheit und ihre Neugier waren stärker.

Lieselotte Larisch ging gegen ein Uhr morgens ins Bett und schlief, angesichts des Erlebten, erstaunlich schnell ein.

Doch die Ruhe währte nicht lange. Nach einer halben Stunde schreckte sie hoch, weil sie wusste, wo sie das Gesicht schon einmal gesehen hatte. Vor einigen Jahren hatte sie sich im Kino einen Film mit dem Titel »Das Testament des Dr. Cordelier« angeschaut, eine Art französische Version von »Dr. Jekyll und Mr. Hyde«. Die Titelfigur verwandelte sich nach dem Verzehr einer selbst entwickelten Droge in ein Wesen namens Opale. Und genau dieser Opale, ein anarchistisches Ungetüm, das seine Umgebung während nächtlicher Streifzüge terrorisiert hatte, sah aus wie der Mann im Wald: Das wirre, lockige und zu allen Seiten abstehende Haar passte nicht zum Gesicht, die unnatürlich großen, buschigen Augenbrauen wirkten gruselig und Furcht einflößend.

*

Der Wecker klingelte um halb sieben, so wie jeden Morgen. Lieselotte Larisch hatte eine unruhige Nacht hinter sich; immer wieder war ihr das Gesicht des Fremden mit der Schaufel erschienen, manchmal auch das von Opale. Im Laufe der Nacht hatten sich beide Gesichter mehr und mehr angeglichen, bis sie schließlich nicht mehr voneinander zu unterscheiden gewesen waren.

Pünktlich um sieben saß sie am Frühstückstisch in der Küche. Cleo lag neben ihr und wirkte gut erholt von dem Schrecken des letzten Abends; hin und wieder erbettelte sie sich ein Stückchen Wurst, was ebenfalls auf eine völlig intakte Konstitution des Tieres hinwies.

Die Morgennachrichten auf WDR 1 waren fester und unumstößlicher Bestandteil des Tagesablaufes von Lieselotte Larisch. Doch an diesem Morgen drehten sich ihre Gedanken nur um das, was sie am Vorabend erlebt hatte, und um das, was sie wohl bei der nahenden Inspektion des Tatorts entdecken würde. Auch dem Besuch bei der Polizei sah sie mit Spannung entgegen. So bekam sie nicht mit, dass die Sowjetunion und Nordvietnam die Seeblockade der Vereinigten Staaten gegen die nordvietnamesischen Häfen entschieden verurteilt hatten. Und auch nicht, dass der Landschaftsverband Rheinland in diesem Frühjahr mehr als zwei Millionen Mark für die Beseitigung der Spikes-Schäden auf den Autobahnen in seinem Gebiet würde ausgeben müssen.

Nach drei Tassen schwarzem Tee, zwei Scheiben Kommissbrot – eine mit selbstgemachter Erdbeermarmelade, die andere mit Salami –, drei Soleiern sowie einem ordentlichen Stück Schweizer Käse fühlte sie sich genügend gestärkt, um in den Wald zu gehen und nach dem Grab zu sehen. Cleo signalisierte keinerlei Widerstand, sondern schien im Gegenteil gut gelaunt zu sein – wohl aufgrund der nunmehr trockenen Witterung mit vereinzelten Sonnenstrahlen.

Lieselotte Larisch ging zunächst eiligen Schrittes bis zum Waldrand, verspürte aber ein mulmiges Gefühl in der Magengegend und wurde langsamer. Auch Cleo sträubte sich, ins Innere des Waldes zu gehen, und so tasteten sich beide Stück für Stück an das Erdloch heran.

Die Aufregung war allerdings gar nicht nötig. Das Grab gähnte ihnen leer entgegen, die Schaufel war samt ihrem geheimnisvollen Benutzer verschwunden, und auch sonst entdeckte Lieselotte Larisch im Umkreis von bestimmt hundert Metern nichts Auffälliges. Zunächst hatte sie gehofft, drei in der Nähe weggeworfene Bierflaschen oder eine Fanta-Dose könnten vom »Täter« stammen. Doch die Dose war größtenteils verrostet, und auch die Flaschen mussten schon lange hier liegen; auf den stark ausgebleichten Etiketten konnte man gerade noch den Schriftzug »Andreas Pils« lesen.

Einerseits erleichtert, andererseits durchaus enttäuscht ging sie zurück ins Dorf. Cleo trottete zufrieden neben ihr her, hin und wieder abgelenkt durch ein paar Kaninchen, die in ziemlicher Entfernung über die Kuhweide hoppelten. Am Haus angekommen, ging Lieselotte Larisch gar nicht mehr hinein, sondern holte sofort ihren in »Mostana« – eine Art Ockergelb – lackierten Daf 44 aus der zur Garage umfunktionierten Scheune.

Bis zur Polizeiwache in Lüdenscheid waren es rund elf Kilometer. »Ein Königreich für meine richtige Brille«, brummte sie schon nach wenigen Metern, denn das Autofahren mit der seit vielen Jahren ihrer Sehstärke nicht mehr angepassten Ersatzbrille glich einem Blindflug. Auch Cleo, die wie immer auf der mit einer Sabberdecke ausgelegten Rücksitzbank lag, schien die Gefahr zu spüren und vergrub den Kopf zwischen Sitzfläche und Rückenlehne. Da Lieselotte Larisch selbst mit ihrer aktuellen Sehhilfe eine zwar sehr forsche, aber völlig untalentierte Fahrerin war, mussten am Ende beide glücklich darüber sein, dass trotz mehrerer haarsträubender Beinahe-Unfälle nichts passiert war.

Die Polizei hatte ihr Domizil im ehemaligen Direktionsgebäude der Kreis-Altenaer-Eisenbahn KAE, einer Schmalspurbahn, die früher Lüdenscheid mit den Nachbarstädten Altena und Werdohl verbunden hatte sowie die Gemeinde Schalksmühle mit der Stadt Halver. Vor fast fünf Jahren war der letzte Güterzug auf den Gleisen der KAE gefahren, den Personenverkehr hatte man, je nach Strecke, schon in den fünfziger und frühen sechziger Jahren eingestellt.

Lieselotte Larisch stellte ihren Daf zwischen einem Opel Rekord und einem VW Käfer ab, beides Streifenwagen, und ließ Cleo heraus.

Die schwere Holztür des in einem hässlichen Grünton gestrichenen Gründerzeit-Gebäudes stand offen. Lieselotte Larisch trat ein und stand in einem langen Korridor mit einer auf der linken Seite liegenden Treppe, die in den ersten Stock führte, sowie mehreren Türen auf beiden Seiten. Die erste Tür rechts stand offen, und die Tippgeräusche einer Schreibmaschine drangen in den Korridor, plötzlich unterbrochen von einem Dialog zwischen zwei Männern.

Lieselotte Larisch betrat den Raum, der etwa sechs mal sechs Meter groß war und durch eine Art Theke Freunde und Helfer von gewöhnlichen Menschen trennte. Jenseits der Barriere waren zwei Uniformierte in eine lebhafte Diskussion vertieft und würdigten Lieselotte Larisch keines Blickes. Der eine – sie kniff die Augen zusammen, um die fehlenden Dioptrien zu kompensieren, und schätzte ihn auf höchstens fünfundzwanzig Jahre – war offenbar der Verursacher der Tippgeräusche. Er saß an dem hinteren von zwei Schreibtischen und sah Lieselotte Larisch kurz an, um sich im nächsten Moment wieder dem Gespräch mit seinem Kollegen hinzugeben. Der zweite Polizist stand direkt hinter der Theke. Er war etwas älter, vielleicht Anfang dreißig, spindeldürr und sah in der viel zu großen Uniform ziemlich verkleidet aus. Das rotblonde Haar war unvorteilhaft zu einem strengen Seitenscheitel frisiert, was die lange und schmale Nase zusätzlich betonte.

In der hitzig geführten Diskussion ging es offenbar um einen Dienstwagen und um die Gründe für dessen abnorm hohen Benzinverbrauch.

»Und ich sage dir, die Karre braucht einfach so viel, da spielt es keine Rolle, wer hinterm Steuer sitzt«, ereiferte sich der Dünne.

Der andere konterte umgehend: »Aber mein Onkel fährt auch 'n 220er Mercedes, und der kommt immer mit dreizehn, vierzehn Litern aus.«

Lieselotte Larisch wollte nicht unhöflich sein und räusperte sich diskret, doch die beiden fuhren unbeeindruckt fort.

»Glaubst du vielleicht, es macht Spaß, sich dauernd rechtfertigen zu müssen? Gestern hat mich sogar der Alte angeblafft; wir könnten alle nicht richtig fahren, und das verdammte Ding würde nicht umsonst fast 30 Liter schlucken.«

»Trotzdem, bei meinem Onkel …«

Lieselotte Larischs Geduld war aufgezehrt, und sie beschloss, dem Disput freundlich, aber entschlossen ein Ende zu setzen:

»Entschuldigung, ich möchte ein …«, sie zögerte, »… einen Vorfall melden.«

Die Polizisten warfen ihr einen langen und vernichtenden Blick zu. Es war der Dünne, der schließlich das Wort ergriff:

»Ich hoffe doch, dass sich Ihr kleines Hündchen benehmen kann.«

»Seien Sie versichert, dass Sie keinen Grund zur Beanstandung haben werden. Platz, Cleo!«

Der Befehl war hinfällig – die Hündin hatte sich bereits neben die Füße ihres Frauchens gelegt.

Lieselotte Larisch schilderte, was sie am Abend zuvor erlebt hatte. Kurz und bündig, ohne aber etwas Wesentliches auszulassen.

»Ja und?«, fragte der Dünne, der zuvor mehrfach und aufreizend in die Ausführungen hineingegähnt hatte.

»Wie bitte?« Lieselotte Larisch wurde langsam ärgerlich, bemühte sich aber nach Kräften, die Fassung zu bewahren, und wollte mit der rein rhetorischen Frage etwas Zeit gewinnen, um sich zu sammeln.

»Gute Frau, können Sie sich vielleicht vorstellen, dass wir uns um wichtigere Dinge zu kümmern haben als um irgendwelche Verrückte, die nachts Löcher in die Erde buddeln? Im Übrigen gehört Rölvede seit der Kommunalreform zu Schalksmühle. Was halten Sie also davon, wenn Sie einfach dorthin zur Polizei fahren und Ihre kleine Geschichte erzählen?«

Lieselotte Larisch rang nach Luft. Vor allem der Beginn des Monologs hatte sie auf die Palme gebracht. Sie hasste es, geringschätzig mit »Gute Frau« angeredet zu werden. Rund ein halbes Dutzend Mal war ihr das bislang widerfahren, und stets hatte es einen gewaltigen Rüffel für ihren Gesprächspartner zur Folge gehabt.

Sie, die sich alles in ihrem Leben hart hatte erarbeiten müssen, die es nach der Flucht aus ihrer Heimat im Sudetenland mit Fleiß und Beharrlichkeit bis zur Rektorin der Grundschule Spormecke gebracht hatte – nein, sie war nicht gewillt, sich von einem Milchgesicht mit schlechten Manieren derart zurechtweisen zu lassen.

»Hören Sie, junger Mann, ich weiß nicht, ob Ihr rüpelhaftes Benehmen auf eine schlechte Kinderstube oder auf irgendetwas anderes zurückzuführen ist. Ich darf Ihnen aber versichern, dass Sie mit einer solch verlotterten Einstellung zu Ihrem Beruf niemals Karriere machen und stattdessen in dieser schäbigen Polizeistation alt und grau werden.«

Das saß. Dem Dünnen fehlten offensichtlich die Worte. Er starrte Lieselotte Larisch mit offenem Mund an – ebenso wie sein jüngerer Kollege.

»Komm, Cleo, hier haben wir nichts mehr verloren«, sagte sie und stürmte zu ihrem Auto. Zwei Beamte, die ihren Streifenwagen nicht in der dafür vorgesehenen Parkbox vor dem Gebäude abstellen konnten, beäugten gerade kritisch den Daf. Jeder andere Autofahrer, der sein Kraftfahrzeug hier abgestellt hätte, wäre zweifellos zur Rede gestellt worden; beim Anblick der vor Wut krebsrot angelaufenen älteren Dame aber hielten beide Gesetzeshüter inne und ließen den Kleinwagen anstandslos passieren.

Lieselotte Larisch folgte nicht dem polemischen Rat des Dünnen, zur Polizei in Schalksmühle zu fahren und ihre Beobachtungen dort weiterzugeben. Stattdessen suchte sie ihren Augenoptiker in der Wilhelmstraße auf, der unter Einsatz seiner gesamten handwerklichen Fähigkeiten in fast einstündiger Arbeit die in Mitleidenschaft gezogene Brille wieder zusammenklebte. Das Ergebnis ließ aus rein ästhetischer Sicht zwar zu wünschen übrig – Lieselotte Larischs Gesicht wirkte völlig asymmetrisch und windschief –, aber dafür konnte sie nun wieder richtig sehen. Außerdem suchte sie sich noch gleich ein todschickes Gestell aus Leichtmetall für eine neue Brille aus. In einer Woche, so der Optiker, könne sie die fertige Brille abholen.

Dank der nunmehr wieder klaren Sicht verlief die Heimfahrt nach Rölvede ohne ernste Zwischenfälle.

Zu Hause angekommen, bereitete sich Lieselotte Larisch ein nicht gerade kalorienarmes Mittagessen zu; es gab Mohnschluschken. Nachdem sie Kartoffeln gekocht und durch den Fleischwolf gedreht hatte, gab sie heißes Wasser, Mehl und eine Prise Salz hinzu und knetete unter Einsatz ihrer beeindruckenden Körperstärke alles kräftig durch. Dann formte sie aus dem Teig die Schluschken – länglich und an den Enden spitz zulaufend, optisch an Kipferln erinnernd, allerdings nicht gebogen. Während die Schluschken kochten, machte sie Butter warm, quetschte den Mohn mit einem Mörser und vermischte ihn mit Zucker. Zum Schluss nahm sie die Schluschken aus dem kochenden Wasser und goss die zerlassene Butter sowie die Mohn-Zucker-Mischung darüber. Das Rezept für diese sudetenländische Spezialität hatte sie von ihrer Mutter übernommen, die bis zu ihrem Tod vor fünf Jahren immer mit der Tochter zusammengelebt hatte.

Gegen halb eins waren alle dreiundzwanzig Mohnschluschken weggeputzt, wobei Lieselotte Larisch mehrfach dem Betteln Cleos nachgegeben und, aus tiermedizinischer Sicht unvernünftig, eine insgesamt beachtliche Portion an die Hündin abgetreten hatte.

Nach dem Mittagsschlaf, wie jeden Tag ziemlich genau eine Stunde lang, ging sie wieder in den Wald. Zwar hatte sie aufgrund des Disputs mit der Polizei weitgehend mit dem zunächst so spannend erschienenen Abenteuer abgeschlossen, doch ein gerüttelt Maß an Neugier war bei der Schulrektorin a.D. stets vorhanden. Aber nichts hatte sich verändert.

Noch zwei oder drei Wochen lang ging Lieselotte Larisch täglich mit Cleo dorthin, wo sie die Gestalt mit der Schaufel gesehen hatte.

Das Grab aber blieb offen und leer.

2

Gegen fünf wurden die Schmerzen so stark, dass er aufstehen musste. Überhaupt hatte er nur deshalb so lange im Bett bleiben können, weil er am späten Abend zwei Spalt-Tabletten eingenommen hatte – zusätzlich zu den Medikamenten, die ihm sein Orthopäde verschrieben und dessen ausdrückliche Warnung er ignoriert hatte.

Auch wenn es ihm enorm zusetzte, dass tagsüber kaum eine Viertelstunde verging, in der er sich ungestört auf etwas anderes als den Schmerz konzentrieren konnte, war das mit Abstand Belastendste an seiner Situation, dass er keine Nacht mehr durchschlief. Und ihm war klar, dass die Schlafstörungen viele weitere Probleme auslösten: seine ständige Gereiztheit, seine häufig auftretenden grippalen Infekte und seine Magen-Darm-Beschwerden. Es war ihm zuletzt enorm schwer gefallen, die Tätigkeit als Konditor mit den starken Rückenschmerzen und der eingeschränkten Bewegungsfreiheit zu bewältigen; doch den Ausschlag für seine Arbeitsunfähigkeit hatten letztlich nicht irgendwelche körperlichen Symptome gegeben, sondern das ständige Gefühl der Überforderung und die nicht in den Griff zu bekommende Angst vor dem Versagen.

Seit seinem Bandscheibenvorfall und der anschließenden missglückten Operation vor drei Jahren hatte sich das Leben von Theo Kettling in beinahe jeder Hinsicht verändert.

Und als ob nicht alles schon schlimm genug wäre, gab es seit knapp einer Woche ein weiteres, überaus beunruhigendes Problem. Im Treppenhaus breitete sich mehr und mehr ein widerlicher Gestank aus.

Theo Kettling hatte diesen Geruch als Kind kennengelernt, und er hatte ihn sofort wiedererkannt. Damals hatte er beim Spielen mit seinem besten Freund einen toten Igel im Wald gefunden. Der Rücken mit seinen zahllosen braun-schwarzen Stacheln war noch völlig unversehrt gewesen. Doch neugierig hatten die Kinder das Tier mit einem Ast umgedreht – und im Körper des Igels hatte es vor Maden gewimmelt.

Dieses Bild hatte sich zusammen mit dem charakteristischen Verwesungsgeruch tief in Theo Kettlings Gedächtnis eingebrannt.

Vor vier Tagen, am Montag, den 5. Juni, hatte er den Geruch zum ersten Mal im Treppenhaus wahrgenommen, und im nächsten Moment war ihm eingefallen, dass er den alten Rott, seinen Etagennachbarn, schon lange nicht mehr gesehen hatte.

Dass man von diesem Scheusal tagelang nichts sah und hörte, war völlig normal, und niemand im Haus oder in der Nachbarschaft legte auch nur im Entferntesten Wert darauf, ihm zu begegnen. Doch wann hatte er sich das letzte Mal darüber geärgert, dass der Alte den Wäschekeller mit Zigarettenqualm vollräucherte? Wann war das letzte Mal diese scheußliche Marschmusik bis zum Anschlag aufgedreht gewesen? Vielleicht vor zwei Wochen? Oder drei oder vier?

Eigentlich hatte Theo Kettling längst keinen Zweifel mehr daran, dass der alte Rott in der Wohnung vor sich hin moderte. Dennoch hatte er gezögert, die Polizei anzurufen, hatte sich sogar mit Frau Kuhbier aus dem zweiten Stock abgesprochen, noch zwei oder drei Tage zu warten, da es vielleicht eine ganz andere Erklärung für den Geruch hätte geben können. Nun aber wollte und konnte er nicht länger warten. Spätestens um acht – dann müssten die bei der Polizei doch wohl im Dienst sein – würde er anrufen.

Vorher aber wollte er eine halbe Stunde durch die noch ruhige Stadt spazieren gehen – so wie jeden Morgen, wenn die durch das Liegen verursachten Schmerzen zu stark wurden. Und wie jeden Morgen wollte er beobachten, wie das Leben in den Häusern und Straßen langsam erwachte.

So sehr er es manchmal hasste, kein Teil der arbeitenden Gesellschaft mehr sein zu können, so sehr genoss er morgens diese Außensicht – frei von jedem Zwang und mit der Aussicht auf eine oder zwei weitere Stunden Schlaf, wenn nach dem Spaziergang die Schmerzen zurückgegangen sein würden.

Er zog sich an, schloss die Tür auf und trat hinaus.

Doch diesmal kam Theo Kettling nicht weit; der frühmorgendliche Ausflug endete nach fünf Metern vor der Wohnungstür des alten Rott.

Auf der Fußmatte lag etwas. Weiße Stofffusseln, dachte Theo Kettling. Aber die Fusseln bewegten sich und waren in Wirklichkeit Maden. Vier oder fünf krochen über die Fußmatte, zwei weitere kamen gerade aus dem Spalt zwischen Tür und Fußboden. Jede von ihnen war etwa eineinhalb Zentimeter lang und wirkte gut genährt.

Theo Kettling flüchtete zurück in seine Wohnung.

Er fühlte sich zurückversetzt in seine Kindheit, wie er mit dem Ast den Igel umgedreht hatte, und dann hatte er das Loch in dem kleinen Tierkörper gesehen und die unzähligen Maden, die darin herumkrochen. Wenn die Sequenz zu Ende war, begann sie wieder von vorn. Zwanzig- oder dreißigmal ging das so, bis es ihm schließlich gelang, sich loszureißen.

Er fasste sich ein Herz, suchte aus dem dicken Telefonbuch die Nummer der Polizeiwache heraus und rief an.

»Polizei Lüdenscheid, guten Morgen.«

»Kettling mein Name mein Nachbar ist tot glaube ich erst der Geruch und jetzt auch noch die Maden aber ich habe da nichts mit ich kann da nichts für und …«

»Jetzt beruhigen Sie sich erst mal. Sagen Sie mir, was passiert ist; ohne Eile und von Anfang an.«

Die Worte des Mannes am anderen Ende der Leitung wirkten auf Theo Kettling tatsächlich beruhigend. Er atmete tief durch und erzählte, diesmal erstaunlich strukturiert, von dem Geruch und den Maden und davon, dass seit längerer Zeit niemand mehr den alten Rott gesehen hatte.

»Hat jemand einen Zweitschlüssel für die Wohnung?«, wollte Theo Kettlings Gesprächspartner wissen.

»Nein, das ist ja das Problem. Hier im Haus hat sonst jeder einen Nachbarn, bei dem er einen Schlüssel hinterlegt hat. Nur der Rott, der war … ist so misstrauisch, der hat ja noch nie jemanden in die Wohnung gelassen. Nie im Leben hätte der den Schlüssel abgegeben.«

Es hätte sich auch mit an Sicherheit grenzender Wahrscheinlichkeit keiner im Haus gefunden, der den Schlüssel angenommen hätte, aber das verschwieg Theo Kettling geflissentlich.

Er selbst war es übrigens, der mit Abstand am häufigsten von seinem Notschlüssel Gebrauch machen musste. Mit schöner Regelmäßigkeit schloss er sich aus, seit seiner Krankheit noch öfter als zuvor. So konnte er von Glück sagen, dass bei Frau Kuhbier praktisch immer jemand anzutreffen war. Wenn nicht sie selbst, dann eine der beiden halbwüchsigen Töchter.

»Gut, Sie warten bitte in Ihrer Wohnung. Ich schicke gleich zwei Kollegen raus, die melden sich dann bei Ihnen.«

»In Ordnung … aber ich habe da wirklich nichts mit zu tun.«

»Das glauben wir Ihnen doch. Auf Wiederhören. Und vielen Dank, dass Sie uns informiert haben.«

Der war aber wirklich nett, dachte Theo Kettling.

Doch schon im nächsten Augenblick setzten die Befürchtungen ein. Was war, wenn die anderen Polizisten nicht so nett sein würden? Allein beim Gedanken an uniformierte Ordnungshüter beschleunigte sich sein Puls, und er bekam, warum auch immer, ein schlechtes Gewissen. So wartete er voller Ungeduld, ging von der Diele in die Küche, von der Küche in die Diele, von der Diele ins Wohnzimmer und vom Wohnzimmer wieder zurück in die Diele. Dabei schaute er in Abständen von höchstens einer Minute immer wieder auf seine Armbanduhr – eine Gruen Curvex aus 14-karätigem Gold; das einzig einigermaßen Wertvolle, das ihm sein Vater hinterlassen hatte, und das einzig einigermaßen Wertvolle, das er besaß.

Um 6 Uhr 13 war das quälende Warten fürs Erste vorbei. Ein Streifenwagen hielt auf dem Bürgersteig vor dem Haus, ein schwarzer Mercedes der Baureihe W114/W115. Theo Kettling hatte zwar keinen Führerschein, interessierte sich aber dennoch leidenschaftlich für Autos. Alle zwei Wochen kaufte er sich die neueste Ausgabe der *auto motor und sport* und hielt sich mit deren Lektüre auf dem Laufenden. Dem Heck-Schriftzug des Polizeiautos konnte er entnehmen, dass es sich um einen 220er handelte.

Zwei uniformierte Männer stiegen aus und gingen in Richtung Haustür, nicht gerade eilig, aber auch nicht auffallend langsam. Ein paar Sekunden später ertönte die Klingel in Theo Kettlings Wohnung. Da er allen gebotenen Förmlichkeiten Rechnung tragen wollte, fragte er »Ja, bitte?« in die Gegensprechanlage.

»Polizei, Sie hatten uns angerufen.«

Theo Kettling drückte auf den Türöffner und hörte, wie mehrfach und dabei immer heftiger gegen die Haustür gestoßen wurde, ohne dass diese sich öffnete. Verdammte Scheiße, dachte er und fühlte, wie sein Schuldgefühl konkreter wurde. Innerhalb von Sekundenbruchteilen übernahm es die alleinige Herrschaft in seinem Kopf.

»Moment, ich schließe … ich komme und … es ist noch abgeschlossen«, schrie er halb in die Gegensprechanlage, halb in den Hausflur. Er riss den Schlüssel an sich und stolperte die drei Treppen hinunter. Mit zittrigen Händen fuchtelte er am Schloss herum, drehte den Schlüssel von links nach rechts, dann umgekehrt und dann wieder umgekehrt, bis es ihm schließlich gelang, die Tür zu öffnen.

Draußen standen zwei Polizisten, deren Erscheinung nicht gegensätzlicher hätte sein können. Der eine recht klein und untersetzt, um die fünfzig Jahre alt, gemütlich und freundlich wirkend. Der andere vielleicht dreißig Jahre alt, groß und auffallend dünn, rotblonde Haare mit Seitenscheitel. Machte der kleine Polizist einen überaus sympathischen Eindruck, so erschien der große ziemlich griesgrämig.

Der Freundliche übernahm die Begrüßung.

»Guten Morgen, Herr Kettling. Sie haben also einen Kleintierzoo im Treppenhaus entdeckt?«

»Ja … äh … tut mir leid, dass es so lang gedauert … wegen der abgeschlossenen…«, stammelte Theo Kettling, der vor lauter Aufregung den Scherz nicht verstanden hatte.

»Das macht doch nichts. Schließlich hat man ja nicht jeden Tag mit der Polizei zu tun.«

»Eben … Sie sagen es. Kommen Sie, wir müssen in den dritten Stock. Die Maden, die kriechen … na ja, sie werden ja sehen.«

Oben angekommen, merkten die beiden Polizisten in der Tat schnell, dass Theo Kettling nicht übertrieben hatte. Der Geruch, schon im Erdgeschoss wahrzunehmen, war nach jeder Treppe stärker geworden, und hier, in der obersten Wohnetage, war er fast schon penetrant. Außerdem waren aus den sechs oder sieben Maden vor der Tür des alten Rott mittlerweile rund ein Dutzend geworden. Die Gesichtsfarbe des unfreundlichen Polizisten verwandelte sich von blass in altweiß. Der Freundliche war offenbar härter im Nehmen, er ließ sich überhaupt nichts anmerken und wandte sich an seinen sichtlich angegriffenen Kollegen.

»Mir ist ziemlich klar, was uns da drinnen erwartet. Geh runter, und ruf in der Wache an. Die sollen einen Schlüsseldienst und einen Arzt kommen lassen.«

»Jawohl, sofort«, erwiderte der Unfreundliche und stürzte die Treppen hinunter, froh, sich entfernen zu dürfen.

»Du meine Güte, was ist denn hier los?«

Frau Kuhbier hatte das große Talent, sich völlig lautlos anzuschleichen und einen dann fast zu Tode zu erschrecken. »Morgen, zusammen, Morgen, Herr Kettling. Hatten wir also doch Recht mit unserer Befürchtung, was? Ich habe mir ja schon gedacht, dass etwas passiert sein muss, so wie Sie durch das Treppenhaus gebrüllt haben.«

Theo Kettling lief rot an. Dann deutete er auf die Maden. Frau Kuhbier ging einen Schritt näher heran und beugte sich hinunter. Sie zuckte zusammen, und auch ihre sonst so gesunde Gesichtsfarbe verflüchtigte sich innerhalb von Sekunden. Zuerst dachte Theo Kettling, sie würde jeden Moment einen spitzen Schrei ausstoßen. So wie die Frauen in den Jack-Arnold-Filmen, wenn der Kiemenmensch plötzlich auftaucht oder die Riesenspinne Tarantula. Früher liebte er es, mit Freunden ins Kino zu gehen und sich bei Popcorn und Bier diese Gruselfilme anzusehen. Für derart extrovertierte Auftritte aber war Frau Kuhbier denkbar ungeeignet; deshalb begnügte sie sich mit einem eindrucksvoll angewidert vorgetragenen »Uaah, das ist ja eklig«, lief die Treppe hinunter und verschwand in ihre Wohnung.

Der freundliche Polizist wandte sich an Theo Kettling: »Es ist wohl das Beste, wenn auch Sie uns jetzt allein lassen. Je nachdem, was wir gleich vorfinden, kommen wir später noch mal auf Sie zu.«

Theo Kettling tat, wie ihm geheißen, und hatte anschließend große Mühe, von seiner Wohnung aus alles Wesentliche mitzubekommen. So musste er immer wieder seinen Standort wechseln, schaute mal aus dem Wohnzimmerfenster, um zu beobachten, was auf der Straße vor sich ging, mal aus dem Fensterchen in der Wohnungstür, um das Geschehen im Treppenhaus zu verfolgen.

Zunächst aber tat sich gar nichts. Erst nach etwa zwanzig Minuten hielten, beinahe zeitgleich, ein BMW 2000 und ein Ford 12 M Kombi vor dem Haus. Ein älterer und ein noch ziemlich junger Mann, vermutlich die angeforderten Kriminalpolizisten, entstiegen dem BMW. Aus dem Ford Taunus schwang sich ein Handwerker im typischen grauen Kittel. Er war von sehr massiger Statur, bewegte sich im Gegensatz dazu aber erstaunlich dynamisch. Zweifellos war das der Mann vom Schlüsseldienst. Die drei begrüßten einander kurz und gingen zur Haustür. Theo Kettling verließ eilig seine Position, ging vom Wohnzimmerfenster zur Wohnungstür mit ihrem kleinen Ausguck. Die Männer kamen herauf, und nun machte sich doch das Übergewicht des Handwerkers bemerkbar. Während die beiden Kripo-Beamten in guter Verfassung eintrafen und den freundlichen uniformierten Polizisten mit Handschlag begrüßten, rang der Herr über geschlossene und offene Türen nach Luft, bekam einen beängstigend ausufernden Hustenanfall und musste sich sogar kurzzeitig am Treppengeländer abstützen, um sich auf den Beinen halten zu können.

Dafür lief er bei der anschließenden Ausübung seiner Tätigkeit wieder zur Hochform auf. Nachdem er sich eine Zigarette angezündet und irgendwas aus dem Werkzeugkasten gekramt hatte – Theo Kettling konnte kaum etwas erkennen, weil der kräftige Mann im grauen Kittel direkt vor dem Schloss stand – sprang nach wenigen Sekunden die Tür auf. Beinahe synchron hielten alle den Arm vor das Gesicht. In diesem Moment kam eine Frau die Treppe hochgeeilt, in der Hand eine große Ledertasche. Der angeforderte Arzt war eine junge Ärztin – eine überaus attraktive Erscheinung, soweit Theo Kettling das in seinem angespannten Zustand und durch den winzigen Spalt zwischen Raffgardinchen und Türblatt beurteilen konnte. Im krassen Gegensatz zu den im Hausflur versammelten Männern zeigte sich die Medizinerin von dem Gestank völlig unbeeindruckt und stürmte geradewegs in die Wohnung. Die drei Polizisten fühlten sich offenbar bei der Ehre gepackt, verabschiedeten den Mann vom Schlüsseldienst und folgten ihr. Theo Kettling warf gerade noch einen flüchtigen Blick in die Diele des alten Rott, sah ein paar Möbel und einen dunklen Fußboden mit unzähligen weißen Punkten. Dann konnte er nicht mehr hinsehen, genauso wie er manchmal bei den Jack-Arnold-Filmen nicht hatte hinsehen können und bei den unerträglich spannenden Szenen die Augen zusammenkniff.

So beschloss er, seinen Beobachtungsposten ein vorerst letztes Mal zu wechseln und nur noch vom Wohnzimmerfenster aus das Geschehen vor dem Haus zu verfolgen. Hier stand immer noch der unfreundliche Polizist. Hin und wieder setzte er sich in den schwarzen Mercedes und sprach in das Mikrofon des Funkgerätes. Theo Kettling vermutete, dass er den Knopf beim Sprechen gar nicht drückte, sondern sich nur eine Legitimation für das Fernbleiben vom eigentlichen Ort des Geschehens verschaffen wollte.

Wieder tat sich lange Zeit nichts, außer dass Herr Mazzarello aus dem ersten Stock das Haus verließ, um sich auf den Weg zur Arbeit zu machen.

Doch gegen Viertel vor acht hielt ein Mercedes-Leichenwagen auf der anderen Straßenseite. Im Gegensatz zu dem vor lauter Chrom und schwarzem Lack funkelnden Fahrzeug machten dessen Insassen einen nicht gerade pietätvollen Eindruck. Beide rauchten und trugen zwar schwarze Anzüge, doch die Hose des Größeren hatte starkes Hochwasser, und der Kleinere hatte sich den Schlips viel zu kurz gebunden, so wie der dumme August im Zirkus. Sie öffneten die Hecktür des Wagens, förderten einen Zinksarg zu Tage und gingen ins Haus. Obwohl Theo Kettling spätestens seit dem frühen Morgen nur allzu gut wusste, was los war, lief ihm bei diesem Anblick ein eiskalter Schauer den Rücken herunter.

Nachdem weitere zwanzig Minuten ohne nennenswerte Vorkommnisse vergangen waren, lediglich unterbrochen durch leises Poltern und Stimmengewirr aus Rotts Wohnung, kam die Ärztin aus dem Haus, stieg in einen Mini Cooper, schwarz mit leuchtend bunten Sternen, und brauste davon. Kurz nach ihr kam der freundliche Polizist. Sofort verfiel der Unfreundliche in betriebsame Hektik, stürmte in den Wagen und griff wieder nach dem Funkgerät.

Die beiden fuhren gerade davon, als es bei Theo Kettling an der Tür klingelte. Draußen stand der ältere der beiden Kriminalpolizisten.

»Guten Morgen, Herr Kettling, mein Name ist Nölle; ich bin Hauptkommissar bei der Kriminalpolizei hier in Lüdenscheid.« Der Mann wirkte reserviert, aber nicht unsympathisch. »Ich habe da noch ein paar Fragen, Sie haben ja sicher mitbekommen, dass Sie mit Ihrer Befürchtung über das Schicksal von Herrn Rott richtig lagen?«

Was wollte er damit andeuten? Hatte er vielleicht bemerkt, dass Theo Kettling hinter dem Fensterchen in der Tür große Teile des düsteren Intermezzos mitverfolgte? Sofort war das schlechte Gewissen wieder da.

»Ja, äh … wie furchtbar, aber kommen Sie doch herein.«

Die beiden nahmen im Wohnzimmer Platz. Dummerweise hatte Theo Kettling vergessen, die Gardine wieder vor das Fenster zu ziehen. Dem Hauptkommissar mit seiner messerscharfen Beobachtungsgabe, so fürchtete er, war dies gewiss nicht entgangen.

»Darf ich Ihnen etwas anbieten, vielleicht eine Tasse Kaffee?«

»Nein, vielen Dank, nur keine Umstände; aber wenn ich vielleicht rauchen dürfte?«

»Selbstverständlich … äh … Moment … mein Feuerzeug ist …«, sprang er auf, doch Hauptkommissar Nölle hatte bereits eine Ernte aus der Packung gezogen und sie angezündet. Gern hätte auch Theo Kettling eine seiner Krone-Zigaretten geraucht, doch er traute sich nicht, weil er es irgendwie für unangemessen hielt.

»Es wird nicht lange dauern, ich habe nur zwei oder drei Fragen.«

Theo Kettling hörte etwas poltern. Es hätte gut der Stein sein können, der ihm vom Herzen fiel. Tatsächlich waren es die beiden Bestatter, die den Zinksarg mit seinem unappetitlichen Inhalt durch das Treppenhaus bugsierten.

»Wissen Sie, ob Herr Rott Angehörige oder Freunde hatte, mit denen wir uns in Verbindung setzen können?«

»Freunde hatte er bestimmt keine. Und ich glaube, er hatte auch keine nahen Angehörigen mehr. Er hat das mal irgendwann erwähnt; das ist aber schon ewig her, er hat ja schon was weiß ich wie lange mit niemandem mehr gesprochen.«

»Hatte er vielleicht irgendwelche ernsthaften Erkrankungen? Herzprobleme oder so etwas in der Art?«

»Nein … nein, nicht dass ich wüsste. Aber wie gesagt, hier wusste ja niemand viel über ihn.«

»Hm, dann wird der Staatsanwalt wohl eine Obduktion

anordnen – obwohl ich eigentlich kaum einen Zweifel daran habe, dass es sich um eine natürliche Todesursache handelt.«

Theo Kettlings Gast legte eine Pause ein und schien zu überlegen. Dann fragte er: »Halten Sie es für möglich, dass sich Herr Rott das Leben genommen hat?«

Theo Kettlings Herzschlag beschleunigte sich wieder. Wollte der Hauptkommissar damit andeuten, dass man dem Alten von Seiten der Hausbewohner einen Grund dazu gegeben hätte?

»Na ja, ich und Frau Kuhbier – die hat die Wohnung unter mir – wir haben uns schon gedacht, dass Herrn Rott irgendwas zugestoßen sein könnte; wegen des Geruchs und weil wir ihn schon so lange nicht mehr gesehen hatten. Und … na ja … da haben wir uns schon auch gefragt, ob er sich vielleicht selbst … Wissen Sie, es war nicht nur so, dass er andere nicht ausstehen konnte. Ich glaube, er konnte auch sich selbst nicht ausstehen.«

Der Polizist sah ihn nachdenklich an und schwieg.

»Aber selbst wenn es so war – wir haben ihn bestimmt nicht in den Tod getrieben.« Theo Kettling setzte ein gequältes Lächeln auf. Ernst fügte er hinzu: »Es lag wirklich nicht an uns, dass er mit niemandem im Haus Kontakt hatte.«

Erneut ließ der Hauptkommissar eine Gesprächspause entstehen und wirkte grüblerisch.

Dann setzte er einen versöhnlichen Gesichtsausdruck auf.

»Ich weiß. Es gibt solche Menschen.«

Er drückte die Zigarette in dem vor Kippen allmählich überquellenden Aschenbecher aus und erhob sich aus dem alten, unmodernen Sessel. »Wie gesagt, ich bin mir sicher, dass Herr Rott eines natürlichen Todes gestorben ist. Er ging ja schon schwer auf die achtzig zu, und auf eine Selbsttötung deutet hier meines Erachtens überhaupt nichts hin. Wenn wir noch mal Ihre Hilfe brauchen, melden wir uns. Auf Wiedersehen, Herr Kettling.«

Der Kripo-Beamte stand schon im Hausflur, in dem es mehr denn je bestialisch stank, als er sich noch einmal umdrehte. »Sagen Sie, haben Sie Probleme mit dem Rücken? Sie gehen so gebeugt.«

»Jaja, die Bandscheibe. Ein leidiges Kapitel.« Das war Theo Kettlings Standardantwort auf solche Fragen.

»Sie müssen Liegestütze machen. Zu Beginn fällt es ein wenig schwer, aber Sie werden sich schnell steigern und immer mehr davon schaffen. 50 bis 100 Liegestütze jeden Morgen, und Ihre Probleme sind wie weggeblasen.« Er machte eine gedankenschwere Pause, um dann seiner Empfehlung Nachdruck zu verleihen: »Glauben Sie mir, ich kenne das.«

»Ah ja, vielen Dank für den Tipp. Ich werde gleich damit anfangen«, sagte Theo Kettling.

Gedacht hat er etwas anderes. Denn natürlich kannte dieser Herr Nölle *das* nicht.

Und vermutlich wären Theo Kettling gleich die nächsten Bandscheiben herausgerutscht, hätte er auch nur versucht, einen einzigen Liegestütz hinzubekommen.

Doch er hatte schon lange keine Lust und auch keine Kraft mehr, mit all den so verdammt fürsorglichen Leuten zu diskutieren und ihnen zu erklären, dass ihre Ratschläge in seinem Fall nicht anwendbar waren. So beschränkte er sich darauf, für die Empfehlungen zu danken und zu versichern, sie zu beherzigen. Auf diese Weise gelang es ihm am schnellsten, die vereinigten Quacksalber und Laienmediziner ruhigzustellen.

Er schloss die Tür und ging zurück ins Wohnzimmer. Beim Blick aus dem Fenster sah er, wie Hauptkommissar Nölle draußen von seinem jüngeren Kollegen erwartet wurde. Ohne ein Wort zu wechseln, stiegen beide in den BMW und fuhren davon. Auch der Leichenwagen war mittlerweile weg.

Theo Kettling blickte gedankenverloren auf die Straße, auf

der das Leben wie an jedem Morgen eines Wochentages pulsierte, als Frau Kuhbier mit ihrem gleichermaßen charakteristischen wie nervigen Sturmläuten Einlass begehrte.

»Ich müsste ja eigentlich schon auf dem Weg zur Arbeit sein, aber ich wollte doch noch mal schnell vorbeigucken. Stellen Sie sich vor, der Kommissar hat mich befragt, aber nur ganz kurz, er wollte wissen, ob der alte Rott Angehörige oder Freunde hatte. ›Na, Freunde hatte der bestimmt keine‹, hab ich gesagt. ›Und wohl auch keine Angehörigen.‹ Und dass im Haus auch keiner Kontakt zu ihm hatte, es sei denn, er hat mal wieder Streit mit irgendjemandem von uns angefangen. Und dann wollte er noch wissen, warum niemand etwas mit ihm zu tun haben wollte. ›Na, Moment mal‹, hab ich gesagt, ›was heißt denn, dass keiner was mit ihm zu tun haben wollte, wollte doch nicht. Herr Kommissar‹, hab ich gesagt, ›Sie hätten den alten Miesepeter mal erleben müssen‹, und dann wollte er …«

»Hat er Sie auch gefragt, ob Sie glauben, dass der Alte sich umgebracht hat?« Wie gewöhnlich musste Theo Kettling Frau Kuhbiers Redefluss unterbrechen, um zu Wort zu kommen.

»Nein, Sie etwa?« Ihre Stimme klang freudig erregt.

»Ja. Ich habe ihm gesagt, dass ich das eigentlich nicht glaube, obwohl wir beide uns darüber schon mal Gedanken gemacht hätten.«

»Und?« Frau Kuhbier schien vor Neugier fast zu platzen. »Nun lassen Sie sich doch nicht jedes einzelne Wort aus der Nase ziehen! Finden die heraus, was da passiert ist? Und geben die es dann auch bekannt?«

»Ich glaube schon. Wahrscheinlich wird eine Obduktion angeordnet, und dann wird wohl die Presse informiert werden … glaube ich jedenfalls.«

»Da bin ich aber wirklich gespannt, vielleicht hat er sich ja tatsächlich …« Frau Kuhbier deutete mit Zeige- und Mittelfinger an ihre Kehle und bewegte die Hand unter Darbietung eines hässlich krächzenden Geräusches von links nach rechts. »Na, jedenfalls umgebracht wird ihn wohl keiner haben, obwohl man ihm ja manchmal wirklich am liebsten den Hals umgedreht hätte.«

Beide mussten laut lachen.

»Nein, umgebracht wurde er bestimmt nicht. Es sei denn … Sie werden doch nicht etwa die Nerven verloren haben, Frau Kuhbier?«

Nach all der Aufregung wirkte das gemeinsame Lachen befreiend, und beide hatten Mühe, sich wieder einzukriegen.

3

Mit rund zweiundsiebzig Stunden Verspätung, am Morgen des 12. Juni 1972, blieb Theo Kettling das Lachen im Halse stecken. Der real existierende Horror kam in Form der Tageszeitung ins Haus.

»Es war Mord!«, stand da in großen Buchstaben auf der Titelseite.

Theo Kettling, für den die morgendliche Lektüre der *Lüdenscheider Nachrichten* ebenso zum Frühstück gehörte wie seine zwei weichen Spiegeleier und der heiße Kaffee, schüttete sich selbigen vor Schreck auf die Hose und erlitt dabei eine leichte Verbrühung an den Innenseiten der Oberschenkel. Mit schmerzverzerrtem Gesicht hoffte er für den Bruchteil einer Sekunde, es ginge vielleicht doch um einen anderen Fall, um im nächsten Moment unbarmherzige Gewissheit zu haben; denn zu eindeutig war das, was er las:

Der am vergangenen Freitag tot in seiner Wohnung aufgefundene Rentner Ernst Rott (wir berichteten ausführlich) ist das Opfer eines verabscheuungswürdigen Mordes geworden. Wie die Kriminalpolizei Lüdenscheid mitteilte, wurde dies bei der am Wochenende durchgeführten Obduktion des Leichnams zweifelsfrei festgestellt. Schartenspuren und Kerben an den Rippen, die sowohl am vorderen als auch am hinteren Brustkorb vorhanden seien, ließen demnach einzig und allein den Schluss zu, dass der 79-jährige mit mehreren Messerstichen getötet wurde. Auf Nachfrage bei der zuständigen Gerichtsmedizin in Dortmund teilte man unserer Zeitung mit, dass der Täter mindestens fünfmal auf sein wehrloses Opfer eingestochen habe, wahrscheinlich sogar noch häufiger, doch aufgrund des weit fortgeschrittenen Verwesungszustandes der Leiche könne man nur noch solche Einstiche nachweisen, die Spuren am Brustkorb hinterlassen hätten.

Die Kriminalpolizei scheint damit vor einem großen Rätsel zu stehen. Wie in unserer Ausgabe von Samstag zu lesen war, hatte nach dem Auffinden der Leiche am Freitagmorgen zunächst nichts auf ein Gewaltverbrechen hingedeutet. Die Ermittler gingen von einer natürlichen Todesursache aus, allein einen Freitod wollte man nicht zweifelsfrei ausschließen.

Im Gespräch mit unserer Redaktion teilte der bis dato mit dem Fall beauftragte Hauptkommissar Eduard Nölle noch am Freitag mit, dass die für ein Tötungsdelikt charakteristischen Indizien im Fall des pensionierten Junggesellen Ernst Rott nicht anzutreffen seien. So war die Wohnung des 79-jährigen völlig unversehrt, und der Schlüssel steckte von innen, wenngleich die Tür nicht verschlossen war. Ein Raubmord komme somit nicht in Betracht. Auch dass der Leichnam auf einem Stuhl sitzend in der Küche vorgefunden worden sei, spreche zunächst für einen durch eine Herzattacke hervorgerufenen Sekundentod.

Ohnehin tappt die Kripo bei der Suche nach einem Motiv für das scheußliche Verbrechen anscheinend völlig im Dunkeln. Ernst Rott führte ein eher einsames Leben und hatte nur wenig Kontakt zu anderen Menschen. Selbst mit den übrigen Bewohnern des Mietshauses in der Werdohler Straße kam er nur selten ins Gespräch.

Wegen der nunmehr gänzlich veränderten Sachlage leitet ab sofort eine Mordkommission aus Bochum den Fall. Die Ermittler werden bei null anfangen und sich auf die Suche nach der sprichwörtlichen Nadel im Heuhaufen begeben müssen. Zusätzlich dürften die Ermittlungen dadurch erschwert werden, dass sich der Todeszeitpunkt nur noch vage bestimmen ließ. Die

Polizei geht davon aus, dass er etwa drei bis vier Wochen zurückliegt.

Sobald uns nähere Informationen vorliegen, werden wir ausführlich darüber berichten.

Theo Kettling schlug beim Lesen das Herz bis zum Hals, und seine Hände wurden so feucht, dass er Fingerabdrücke auf der Seite erzeugte. Er las den Artikel wieder und wieder, als könne er nicht glauben, was da schwarz auf weiß stand.

Erst nach einer halben Stunde legte er die Zeitung beiseite – um sie einen Augenblick später wieder an sich zu nehmen. Mit zittrigen Händen zündete er sich eine Krone an, ignorierte den Hauptteil mit der Berichterstattung über den Sieg der deutschen Fußball-Nationalmannschaft im Europameisterschaftsfinale und schlug die erste Lokalseite auf.

Wie eine böse Fratze starrte ihn das Haus an, in dem er wohnte. Ein Mitarbeiter der Zeitung musste es im Verlauf des Wochenendes fotografiert haben. Theo Kettling lebte seit 19 Jahren hier. Wenn er verreist gewesen war oder einen Ausflug gemacht hatte, ja, selbst wenn er nur kurz einkaufen gewesen war – der Anblick »seines« Hauses bei der Wiederkehr hatte ihm stets ein Gefühl der Sicherheit, ein Gefühl von Heimat vermittelt. Da oben unter dem Dach im dritten Stock hatte er seine – zumindest weitgehend – heile Welt. Seine immerhin 72 Quadratmeter große Trutzburg, die ihn gegen die andere, gegen die große Welt da draußen schützte, wenn diese ihm zu fremd, zu kalt und zu laut erschien. Doch auf dem Foto in der Zeitung, inmitten des Textes, dessen Inhalt immer noch so unbegreiflich war, wirkte das Haus plötzlich ungewohnt bedrohlich. Ihm schien es, als ströme aus dem Zeitungspapier dieser widerliche Leichengeruch, als könne er hinter dem Fenster der Wohnung, der seiner eigenen gegenüberlag, erkennen, wie der alte Rott vor sich hin faulte, wie tausende und abertausende von Maden auf und in dem Körper herumkrochen.

Theo Kettlings düstere Gedanken wurden durch das Geräusch des Türöffners unterbrochen. Er hörte leises Stimmengewirr und Schritte im Treppenhaus, nicht von einer Person, auch nicht von zweien oder dreien. Nachdem er sich wieder hinter dem Fensterchen in der Wohnungstür postiert hatte, sah er, wie sechs Männer die Treppe heraufkamen, drei von ihnen mit großen Metallkoffern. Der erste schloss die Tür gegenüber auf, und alle gingen hinein. Dann begann ein reges Treiben in der Wohnung des Getöteten. Die Männer gingen auf und ab, Theo Kettling merkte das an dem Knarren der Dielen, das bis in seine Wohnung übertragen wurde. Die drei, die vorher Metallkoffer getragen hatten, kamen in unregelmäßigen Abständen heraus, liefen nach unten auf die Straße und kramten aus einem weißen Opel Rekord Caravan allerhand undefinierbare Utensilien, mit denen sie wieder hochkamen. Für Theo Kettling, der leidenschaftlich gerne Fernsehkrimis sah, bestand kein Zweifel daran, dass sie der Spurensicherung angehörten, während die anderen drei wohl Mitglieder der Mordkommission waren.

Plötzlich kam einer der Männer aus der Wohnung, ging geradewegs auf Theo Kettlings Tür zu und klingelte. Theo Kettling wäre wohl panisch geworden, hätte er die Zeit dafür gehabt. So aber öffnete er wie mechanisch die Tür und schaute in ein recht freundliches und entspannt wirkendes Gesicht.

»Guten Morgen, Herr Kettling, Konrad Heine mein Name. Ich bin Kriminalmeister bei der Kripo in Bochum und gehöre der Mordkommission im Fall Ihres getöteten Nachbarn an. Sie haben ja wahrscheinlich schon der Presse entnommen, was bei der Obduktion herausgekommen ist.«

»Ja, ich habe es gerade in der Zeitung …«

»Im Rahmen unserer Ermittlungen möchten wir gern alle Bewohner des Hauses als Zeugen vernehmen. Es wäre schön, wenn Sie heute Nachmittag zur Kriminalpolizei in die Parkstraße 54 kommen könnten; wir haben dort die Mordkommission eingerichtet. Passt es Ihnen um 14 Uhr?«

Der Termin sagte Theo Kettling überhaupt nicht zu. Zwischen 13 und 14 sowie zwischen 19 und 20 Uhr pflegte er auf dem Sofa zu ruhen. Das gehörte zu einer analytisch entwickelten Tagesplanung, um durch einen regelmäßigen Wechsel von Liegen, Sitzen und Stehen den Rückenschmerzen so weit wie möglich Einhalt zu gebieten.

»Ja, natürlich, 14 Uhr passt mir sehr gut«, antwortete er.

Der Polizist verabschiedete sich, und Theo Kettling schloss die Tür. Aus den sich entfernenden Schritten konnte er folgern, dass Kriminalmeister Heine ein Stockwerk tiefer ging, um auch mit den anderen Hausbewohnern Vernehmungstermine abzustimmen.

Bis kurz nach elf dauerten die Ermittlungsarbeiten in der Wohnung des alten Rott. Dann entfernten sich zuerst die Mitglieder der Spurensicherung; höchstens drei Minuten später folgten ihnen die Männer der Mordkommission, nachdem einer von ihnen noch ein Siegel an der Wohnungstür angebracht hatte.

Jetzt, da er keine Ablenkung mehr hatte, kam Theo Kettling wieder ins Grübeln.

Er stellte sich vor, was ihn bei der Vernehmung alles erwarten könnte. Man würde ihm eine Menge Fragen stellen. Fragen, die vielleicht gar nicht so ohne weiteres zu beantworten waren. Schließlich kannte er nur sehr wenig, ja, fast keine Details aus dem Leben des Ernst Rott. Alles, was er zweifelsfrei sagen konnte, war, dass der Alte schlicht ungenießbar gewesen war und man leicht Streit mit ihm bekommen konnte.

Theo Kettling erschrak. Großer Gott, man würde daraus doch wohl nicht ableiten, dass er ein Motiv gehabt hatte, seinen Etagennachbarn zu ermorden. Vielleicht würde man ihn, für Verhöre ja bestens geschult und bestimmt nicht immer mit sauberen Mitteln arbeitend, in Widersprüche verwickeln. Würde ihn verbal in die Ecke drängen, aus dem Bestreben heraus, schnell einen Schuldigen zu finden und den Fall abzuschließen. Würde ihm noch nicht einmal die Chance geben, einige persönliche Dinge zusammenzupacken, sondern gleich in Handschellen abführen und ins Gefängnis bringen. Und ganz sicher würde man ihm, solange es irgend ging, einen Anwalt verwehren …

Theo Kettling malte sich diese Szenarien erschreckend realistisch aus. Zwischendurch fand er immer wieder Beruhigung, weil es ihm dann doch wahrscheinlicher vorkam, dass man vonseiten der Polizei durchaus ein Interesse daran haben musste, den wahren Mörder zu finden. Und die Mitglieder der Mordkommission merkten doch bestimmt schnell, ob jemand als Täter in Frage kam oder nicht.

Gute und böse Vorstellungen wechselten sich unregelmäßig ab und verhielten sich dabei ähnlich wie der Ball bei einem Fußballspiel: Mal war er auf der einen Seite des Spielfelds, mal auf der anderen. Mal blieb er für ein oder zwei Minuten in einer Angriffszone, dann wurde er durch einen Konter blitzschnell in die andere Richtung geschossen. Und dann wieder war das Spiel unterbrochen, der Ball ruhte für ein paar Sekunden, bewegte sich nicht von der Stelle.

Um halb eins machte sich Theo Kettling auf den Weg zur Bushaltestelle, die etwa 200 Meter entfernt lag. Gerne hätte er noch mit Frau Kuhbier über all das gesprochen, doch die hatte schon ganz früh am Morgen das Haus verlassen. Die Unterhaltszahlungen ihres geschiedenen Mannes waren recht überschaubar, und so hielt sie sich und ihre zwei Töchter mit einer ganzen Reihe von Putzstellen über Wasser. Dabei glänzte sie als großes Organisationstalent und zeigte sich, sehr zur Freude ihrer Arbeitgeber, äußerst flexibel. So konnte es durchaus vorkommen, dass sie über Nacht die Räumlichkeiten einer der in Lüdenscheid so zahlreich vorhandenen mittelständischen Unternehmen auf Vordermann brachte, weil der Geschäftsführer überraschend seinen Urlaub abgebrochen und sein Erscheinen für den nächsten Tag angekündigt hatte. Theo Kettling fragte sich manchmal, wie viel von dem Geld, das Frau Kuhbier mit ihren diversen Putzjobs verdiente, wohl am Finanzamt vorbeiging.

Der Bus der Linie 1 war pünktlich. Theo Kettling fuhr mit ihm bis zum Sauerfeld, Lüdenscheids Busbahnhof im Stadtzentrum und Start- beziehungsweise Endpunkt fast aller Linien. Er stieg in den schon wartenden 6er, mit dem er bis in die Parkstraße fuhr. Von der Haltestelle aus waren es nur noch ein paar Schritte bis zum Gebäude der Kriminalpolizei.

Genau wie die Schutzpolizei hatte auch die Kripo ihren Dienstsitz in einem villenartigen Haus, das vor vielen Jahren für einen ganz anderen Zweck gebaut worden war. In diesem Fall, um darin besonders kommod und repräsentativ zu wohnen. Entworfen vom Königlichen Baurat Carl Schellen aus Köln, selbiger mit besten Referenzobjekten wie dem Empfangsgebäude des Bonner Hauptbahnhofs, hatte es dem Mitinhaber einer Fabrik für Metallkurzwaren und seiner Familie als überaus schmuckes Eigenheim gedient. In der Parkstraße, die an dieser Stelle früher Winkhauser Straße geheißen hatte und während der Zeit des Nationalsozialismus Hindenburgallee, war man als Zugehöriger des frühen Lüdenscheider Industrieadels unter seinesgleichen gewesen. Hier reihte sich Villa an Villa, doch nur selten wohnten die Nachfahren der

Erbauer noch in den Häusern. So standen die stolzen Fassaden nicht selten im krassen Gegensatz zu den Bewohnern; und wohl niemand, der an der Nr. 54, dem »Haus Mark«, vorbeiging, hätte vermutet, dass sich in diesen Mauern die Kripo mühte, allerhand Gaunereien und Verbrechen aufzuklären.

Theo Kettling stand ziemlich verloren in der breiten Einfahrt, blickte auf die alten Bäume in dem Vorgarten und auf das dahinterliegende Haus.

Er konnte keinen Eingang finden.

Er vermutete beinahe, man habe das Haus damals ohne Eingang gebaut, um ihn, Theo Kettling, in genau diesem Moment wie einen Idioten hilflos dastehen zu lassen. Schon meinte er, die boshaften Blicke hinter den Fenstern spüren zu können …

Endlich entschloss er sich, auf der gegenüberliegenden Seite nachzusehen. Dort führte ein gewundener Fußweg durch den Vorgarten direkt zum großzügigen Hauseingang, dessen Existenz bei Theo Kettling für große Erleichterung sorgte. Er wollte gerade die schwere Holztür öffnen, als ein freundlicher junger Mann herauskam und Hilfe anbot. Theo Kettling sagte, warum er gekommen sei.

»Da müssen Sie in das Nebengebäude, in das da hinten.« Der Mann deutete auf ein im Vergleich zur Villa spartanisch anmutendes Haus, das etwas versteckt im hinteren Teil des Hofes lag und von der Straße aus nicht zu sehen war. »Ich denke, dass Herr Kalinowski mit Ihnen sprechen wird. Wenn Sie die Treppe hochgehen, klopfen Sie gleich an der ersten Tür links.«

Theo Kettling dankte und ging los. Das Nebengebäude machte innen einen noch kargeren Eindruck als außen. Alles wirkte billig und zusammengeschustert.

Im ersten Stock angekommen, klopfte er an der entsprechenden Tür, worauf ein erstaunlich lautes »Herein« folgte. Theo Kettling hatte aufgrund der kräftigen Stimme sofort ein Bild seines Gesprächspartners vor sich; als er eintrat, war er beinahe erschrocken, wie ähnlich es dem Original kam. Sein Gegenüber war um die fünfzig, mittelgroß und leicht untersetzt, hatte schütteres Haar und einen recht gemütlichen, wenngleich hellwachen Gesichtsausdruck. Der Mann war keiner von denen, die am Morgen in der Wohnung des alten Rott waren.

»Sie müssen Herr Kettling sein – Friedbert Kalinowski, Kriminalhauptkommissar. Bitte, nehmen Sie doch Platz.«

Theo Kettling hatte während der Busfahrt krampfhaft versucht, jede bei der Vernehmung mögliche Frage durchzugehen und eine passende Antwort darauf zu finden. Während des Gespräches merkte er nun schnell, dass er sich diese geistige Schwerstarbeit hätte ersparen können. Hauptkommissar Kalinowski wollte kaum mehr wissen als Hauptkommissar Nölle drei Tage zuvor.

Zwei Fragen allerdings waren neu. Erstens: Hatte Theo Kettling in den vergangenen Wochen fremde Menschen im Haus gesehen – oder verdächtige Personen, die sich in der Nähe aufhielten?

Hatte er nicht.

Und zweitens: »Wir haben eine größere Summe Bargeld in Rotts Wohnung gefunden. Anhand seiner Kontobewegungen konnten wir aber feststellen, dass ihm als regelmäßige Einnahme nur seine eher kleine Rente zur Verfügung stand. Haben Sie eine Vermutung, woher das Geld stammen könnte?«

Hatte Theo Kettling ebenfalls nicht. Er dachte einige Sekunden angestrengt nach, ohne zu irgendeinem Ergebnis zu kommen. Schließlich schüttelte er den Kopf und zuckte mit den Schultern.

Bei der Rückfahrt schien der Bus über der Straße zu schweben. Theo Kettling war nach der unspektakulären Vernehmung unendlich erleichtert. Die Wartezeit am Sauerfeld hatte er dazu genutzt, kurz in die Stadt zu gehen und sich die aktuelle Ausgabe der *top-Schlagertexthefte* zu kaufen. Zu Hause würde er, was ihn stets entspannte, die Texte der neuesten Pop- und Rock-Hits mit Muße lesen. Wie immer würde das alte Langenscheidt-Taschenwörterbuch griffbereit auf dem Tisch liegen. Das war nötig, weil Theo Kettling in der Zeit des Nationalsozialismus zur Schule gegangen war und nur über rudimentäre Kenntnisse der englischen Sprache verfügte.

Um 15 Uhr 27 erreichte der schwebende Bus die Haltestelle »An der Albert-Schweitzer-Schule«. Als Theo Kettling auf das Haus zuging, erschien es ihm wieder friedvoll und viel vertrauter als am Morgen beim Betrachten des Zeitungsfotos. Er ging in seine Wohnung, in der er sich als erstes genussvoll eine Krone ansteckte. Dann setzte er sich auf das bequeme alte Sofa im Wohnzimmer und schlug das *top-Schlagertextheft* auf.

Doch beim Übersetzen des Golden-Earring-Songs »Buddy Joe« geriet seine eben noch so heile Welt von einer Sekunde auf die andere wieder völlig aus den Fugen. Er suchte gerade im Wörterbuch nach dem englischen Wort »fuss«, als sein Blick plötzlich bei einem Eintrag hängen blieb:

fren•zied ['frenzid] wahnsinnig;
'fren•zy Wahnsinn *m*; Raserei *f*.

Großer Gott, dass er daran nicht schon viel früher gedacht hatte: Ein Wahnsinniger musste das getan haben.

Sicher, man hatte mit dem alten Rott schnell in Streit geraten können. Aber das waren im Grunde Kleinigkeiten gewesen, die allenfalls als Grund für ein Handgemenge ausgereicht hätten; nie und nimmer konnte daraus ein Mordmotiv abgeleitet werden. Außerdem hatte Ernst Rott ja ausschließlich zu den Hausbewohnern und den nächsten Nachbarn Kontakt gehabt – falls man das überhaupt so nennen konnte. Der Alte war doch außer zum Einkaufen kaum noch rausgegangen.

Nein, es konnte nicht um die Person Ernst Rott gehen. Der Mörder hatte, warum auch immer, einen Bewohner des Hauses Werdohler Straße 195 a töten wollen.

Und wenn die Tat schon von einem Verrückten verübt worden war, dann war dieser Verrückte gewiss kein Einmaltäter. Ein Serienkiller war das, und der hatte es sich zum Ziel gesetzt, einen Mieter nach dem anderen zu erledigen.

Theo Kettling wurde schwindelig. In seinem Kopf drehte sich alles – rasend schnell, doch nicht schnell genug, dass er den Gedanken nicht hätte weiterkonstruieren können: Der Mörder hatte mit der Umsetzung seines teuflischen Plans im obersten Stockwerk begonnen. Warum hatte er zuerst den alten Rott umgelegt? Bestimmt nur deshalb, weil er, Theo Kettling, gerade nicht da gewesen war. Ja, so musste es gewesen sein. Der Täter war in gewisser Hinsicht ordnungsliebend. Er wollte eigentlich oben links anfangen und sich dann weiter vorarbeiten, so wie man einen Text von oben nach unten und von links nach rechts liest. Doch das Schicksal wollte es, dass sein erstes Opfer nicht im Haus war. Einmal da gewesen, disponierte er ganz pragmatisch um und begann oben rechts – Pech für Ernst Rott.

Aber aufgeschoben war nicht aufgehoben. Der Unbekannte würde nachholen, was ihm an jenem Tag versagt geblieben war.

Theo Kettling sah kein Entrinnen. Alles schien vorprogrammiert und unausweichlich. Vor seinem geistigen Auge stampfte der hünenhafte Massenmörder in spe die alte Holztreppe hinauf, ganz dunkel gekleidet und mit finsterster Miene. Stufe um Stufe näherte er sich dem obersten Stockwerk, näherte sich Theo Kettlings Wohnung. Mit irgendeinem Spezialwerkzeug öffnete er die Tür, ähnlich geschickt wie der dicke Mann vom Schlüsseldienst am vergangenen Freitag. Er durchsuchte blitzschnell und mit todbringender Sicherheit die Räume, entdeckte im Wohnzimmer schließlich Theo Kettling, der noch versucht hatte, sich in der schmalen Nische zwischen Zimmerecke, Schrank und Fernsehtischchen zu verstecken. Kam mit Riesenschritten näher und holte seine furchterregende Machete hervor, an der noch das verkrustete, fast schwarze Blut vom alten Rott klebte. Noch bevor sein Opfer schreien konnte, erhob er die riesige Waffe.

Stundenlang konnte Theo Kettling keinen klaren Gedanken fassen. Erst als am Abend Frau Kuhbier vorbeischaute, wurde es kurzfristig besser. Mit ihrer lauten und lebendigen Art vertrieb sie seine Horrorvorstellungen. Gern hätte er ihr von seiner Befürchtung erzählt, doch wie immer vermied er es, offen über seine Ängste zu sprechen; zu groß war die Sorge, sich lächerlich zu machen. So begnügte er sich damit, die Theorie vom brutalen Serienkiller als Scherz getarnt vorzubringen. Vielleicht konnte er ihr auf diese Weise eine Reaktion entlocken, die Aufschluss darüber gab, für wie realistisch sie die Version hielt. Die Antwort fiel wie erwartet aus: »Sie sehen zu viele Krimis, Herr Kettling.«

Immerhin hatte Frau Kuhbier einige Neuigkeiten auf Lager. Gewohnt kommunikativ und wissbegierig hatte sie sich bereits mit den anderen Hausbewohnern ausgetauscht. Neben Theo Kettling waren im Laufe des Tages Frau Funk sowie die Eheleute Kückelbruch und Frau Siebert vernommen worden. Frau Kuhbier selbst und die Eheleute Mazzarello hatten einen Termin für den nächsten Tag. Und auch Fräulein Pöttger war mit sanftem bis mittlerem Druck zu einem Besuch der Kriminalpolizei am folgenden Tag gedrängt worden. Sie würde dafür eigens aus Marburg an der Lahn anreisen müssen, wo sie Medizin studierte. Dadurch würde sie nicht nur zwei wichtige Vorlesungen in Anatomie und Biochemie versäumen, sondern auch eine Autofahrt von insgesamt rund sechs Stunden auf sich nehmen müssen.

Als Frau Kuhbier gegangen war, kam die Angst zurück. In der Nacht fand Theo Kettling kaum Schlaf; bei jedem Geräusch fuhr er hoch, sah im Geiste immer wieder den Serienkiller in die Wohnung eindringen.

*

Wie gerädert stand er am frühen Morgen auf. In seinem Rücken bohrte ein unerträglicher Schmerz, viel stärker noch als sonst. Auch der obligatorische Spaziergang durch die erwachende Stadt brachte kaum Linderung. Alle paar Sekunden drehte er sich um, fühlte sich von dem in des Wortes doppelter Bedeutung großen Unbekannten verfolgt. Als er seine Runde fast beendet hatte, schaute er beim Zeitungsladen am Kluser Platz vorbei, der immer ab spätestens halb sechs geöffnet war.

Zum ersten Mal seit der Schreckensnachricht des Vortages fiel ein Licht in Theo Kettlings schwarzes Herz. Mehr noch, es war wie ein warmer Sonnenstrahl, als ihm Sabine, die Tochter der Ladenbesitzer, ein fast unwirklich lebendiges und alle Ketten sprengendes »Hallo!« entgegenwarf. Theo Kettling ging mindestens zweimal pro Woche in den Laden, meistens morgens, zum Abschluss seines Spaziergangs. Hin und wieder war Sabine da und half ihren Eltern. Sie ordnete die frisch gelieferten Zeitungen in die Regale, kochte Kaffee für die Arbeiter, die vor der Früh- oder nach der Spätschicht eine Stärkung brauchten, und sie bediente die Kunden.

Obwohl sie anscheinend so ganz anders war als er, wahrscheinlich aber gerade deshalb, verehrte Theo Kettling diese junge Frau. Wie wenig hatte er selbst seine Jugend genossen! Diese so kurze Zeit voller Kraft und Leben, während der sogar er sich manchmal unverwundbar gefühlt hatte. Es tat weh, wenn er spürte, wie weit diese Zeit schon zurücklag. Doch es tat noch mehr weh, wenn es sich einen Augenblick später so anfühlte, als sei das alles erst gestern gewesen. Die Jugendjahre zum Greifen nahe und doch unwiederbringlich vorüber.

Und Sabine schien ihre Jugend mit jedem Atemzug zu leben. An den Wochenenden war sie immer irgendwo auf Achse, meistens mit ihrer Band, den Hill Cats. Sie war eine ungemein talentierte Sängerin. In der Bergstadt Lüdenscheid, daher der Bandname, waren die Hill Cats bereits eine feste Größe gewesen, bevor sie dazugestoßen war. Besonders bei Schützenfesten und Kirmessen hatten die jungen Musiker regelmäßig für Stimmung gesorgt. Doch seitdem Sabine als Frontsängerin dabei war, ging es für die Hill Cats erst so richtig bergauf. Egal, wo sie auftraten, die junge hübsche Frau mit den rotblonden Haaren zog die Besucher magisch in ihren Bann. Längst konnte sich die Band ihre Auftritte unter einer Vielzahl von Anfragen aussuchen. So spielten die Hill Cats nicht mehr nur in Lüdenscheid und Umgebung; sie traten vor allem in größeren Städten auf, meist im Ruhrgebiet. Und sie coverten nicht mehr nur die Stücke bekannter Beat- und Rockbands wie den Shadows, den Rolling Stones oder Led Zeppelin, sondern komponierten auch eigene Songs. Im Herbst war die erste Schallplatte der Band erschienen, eine Single mit dem Titel »Hill of Cats« – musikalisch zwischen eingängigem Rock-Rhythmus und durchaus kreativem Sound mit psychedelischen Anklängen. Das Stück auf der Rückseite, die wunderbare Ballade »So far away from you«, stammte sowohl musikalisch als auch textlich aus Sabines Feder.

Eine Zeit lang war Theo Kettling regelrecht verschossen gewesen. Immer wieder hatte er sich dabei ertappt, wie er sich vorstellte, noch mal zwanzig zu sein. Wie er dann versuchen würde, welch absurder Gedanke, Sabines Gunst zu gewinnen. Er würde natürlich nicht als Konditor arbeiten, sondern wäre gerade dabei, etwas aus seinem Leben zu machen. Vielleicht würde er Medizin studieren. Ja, das wäre etwas gewesen: Der zukünftige Arzt und die zukünftige Meereszoologin, genau das nämlich wollte Sabine werden. Sie war gerade mit ihrem Biologie-Grundstudium an der Universität Bochum beschäftigt und mittlerweile im zweiten Semester. Nach ihrem Vordiplom wollte sie zur Uni Kiel gehen, um dort das Hauptstudium der Meereszoologie aufzunehmen.

Schon lange aber gab sich Theo Kettling solchen Tagträumen nicht mehr hin. Stattdessen freute er sich, dass Sabine ihn offenbar menschlich mochte, und er war beinahe etwas stolz, wenn sie alles stehen und liegen ließ, sobald er den Kiosk betrat. Stets erkundigte sie sich nach seinem Gesundheitszustand. Hatte er sich anfangs noch bemüht, selbigen mit einem möglichst dynamischen Auftreten zu beschönigen, antwortete er längst wahrheitsgemäß. Im Gegensatz zu den anderen, die Theo Kettling nur der Form halber fragten, wie es ihm gehe, oder, schlimmer noch, nur deshalb, um ihn postwendend mit sinnlosen Ratschlägen zu terrorisieren, war Sabines Interesse aufrichtig. Sie freute sich mit ihm, wenn es ihm gut ging, und es tat ihr leid, wenn seine Rückenschmerzen stärker als gewöhnlich waren. Umgekehrt zeigte sie Stolz, wenn Theo Kettling ihr nach einem Auftritt der Hill Cats Komplimente machte. Wann immer es möglich war, besuchte er die Konzerte und lobte Sabine danach für ihren tollen Gesang und für ihre Fähigkeit, die Musik zu verkörpern – bei jedem Song, in jeder Minute des Auftritts.

An diesem Morgen merkte sie sofort, dass es Theo Kettling schlecht ging. Sie gab ihm wie gewöhnlich sechs Stücke »rolle«-Kokosschokolade, eingehüllt in knisterndes Pergamentpapier, dazu die *Westfälische Rundschau* und die *Bild* – er war neugierig, ob auch die anderen Zeitungen über den Mordfall berichteten. Dann nahm sie ihm 95 Pfennig ab und schenkte ihm zum Abschied ein Lächeln. Dieses Lächeln – voll unbändiger Kraft und doch so sanft berührend – ließ seine Beschwerden wie jedes Mal für kurze Zeit verschwinden. Während der acht Minuten, die er für den Weg nach Hause brauchte, schien sein Schmerzempfinden abgeschaltet zu sein, und auch der einsetzende Nieselregen war ihm egal. Seit Wochen war das Wetter so, wie es die Menschen in Lüdenscheid und Umgebung am besten kannten: regnerisch.

Am Haus angekommen, waren Schmerzen und schlechte Laune wie auf Knopfdruck wieder da. Nachdem er die aktuelle Ausgabe der *Lüdenscheider Nachrichten* aus dem Briefkasten genommen und die Haustür aufgeschlossen hatte, stieg Theo Kettling wieder der charakteristische Verwesungsgestank in die Nase – schwächer allerdings jetzt und vermischt mit irgendwelchen scharfen Substanzen. Er konnte eindeutig Ammoniak identifizieren, außerdem meinte er, einen handelsüblichen Haushaltsreiniger, wahrscheinlich Meister Proper, wahrzunehmen. Im dritten Stock angekommen, begegnete er dann aber keinem muskelbepackten Kraftprotz mit Glatze und Ring im Ohr, sondern einem eher hageren jungen Mann mit Zigarette im Mundwinkel, der in der Wohnung des alten Rott den Fußboden wischte.

»Eine hübsche Sauerei habt ihr hier«, rief der Bemitleidenswerte aus der Diele durch die offene Wohnungstür, um sich herum eine riesige Auswahl an Lappen, Bürsten, Eimern und Reinigungsmitteln. »Wenn mich die Polente ruft, weiß ich ja vorher schon, dass es wieder nett wird. Aber das hier ist ja wohl wirklich der Gipfel!«

Sofort fühlte sich Theo Kettling schuldig.

»Das tut mir wirklich … na dann … äh … frohes Schaffen noch.«

Der Mann in der Diele warf ihm einen vernichtenden Blick zu, so dass Theo Kettling es vorzog, schnellen Schrittes in seine Wohnung zu gehen und sicherheitshalber die Tür hinter sich abzuschließen.

Der Artikel in den *Lüdenscheider Nachrichten* fiel deutlich kleiner aus als am Tag zuvor. Auf Anfrage der Redaktion hin, so war zu lesen, habe die Polizei mitgeteilt, dass es sich bei der Mordwaffe mit großer Wahrscheinlichkeit um ein handelsübliches Kochmesser handele, wie es in fast jeder Küche zu finden sei.

Keinerlei Neuigkeiten enthielt der Artikel in der *Westfälischen Rundschau.* Stattdessen wurde lediglich die Aufforderung an die Leser wiederholt, sich mit sachdienlichen Hinweisen bei der Polizei zu melden.

Wie vermutet, widmete sich auch die *Bild* dem Fall. Allerdings waren hier aus den fünf oder mehr Messerstichen »bis zu einem Dutzend« geworden. Und Ernst Rott wurde als liebenswürdiger älterer Herr beschrieben, der wegen seines aufgeschlossenen und freundlichen Wesens von allen Menschen in der Nachbarschaft gemocht worden sei. »WEHRLOSER RENTNER IN DER EIGENEN WOHNUNG NIEDERGEMETZELT« lautete die Überschrift des zweispaltigen Artikels.

Eine Zigarette nach der anderen rauchend, verbrachte Theo Kettling die nächsten Stunden damit, Abwehrstrategien gegen das Eindringen des Serienmörders in die Wohnung zu entwickeln. Gegen zwölf Uhr begann er mit deren praktischer Umsetzung. Er verzichtete auf seine Mittagsruhe, lief stattdessen unter höllischen Rückenschmerzen fast drei Kilometer zu einer ortsansässigen Eisenwarenhandlung und kaufte ein neues Sicherheits-Türschloss. Für den Rückweg nahm er den Bus, und schon während der Fahrt schwand seine Zuversicht, dass es ihm gelingen würde, dass Schloss auszutauschen. Handwerklich war er völlig ungeschickt, und zu Hause angekommen, wurde ihm allzu schnell klar, dass er nicht den Hauch einer Chance hatte. Vor ihm auf dem Küchentisch ausgebreitet lagen allerhand hochglanzpolierte Einzelteile sowie etliche Schrauben und seine alte AEG Bohrmaschine. Dazu Bohrer in verschiedenen Größen und eine nagelneue Rundfeile für den Fall, dass sich die Öffnung im Türblatt als zu klein erweisen würde. Der verkaufstüchtige Mitarbeiter des Eisenwarenladens hatte das Werkzeug wärmstens empfohlen, und Theo Kettling hatte sich, wie in solchen Situationen üblich, nicht in der Lage gesehen, Nein zu sagen. Etwa zwei Minuten lang starrte er all das an, was da auf der Tischplatte lag. Ratlos, hilflos, mutlos.

Wütend sprang er schließlich auf, kramte aus der Kommode in der Diele eine alte Plastiktüte und schmiss alles wahllos hinein. Die Tüte wiederum feuerte er in die Lücke zwischen Spüle und Besenschrank. Vielleicht würde er sich ein anderes Mal am Einbau des Schlosses versuchen – falls der Serienmörder ihm dazu noch Gelegenheit ließ.

Theo Kettling sah aus dem Küchenfenster. Von hier aus konnte er auf große Teile des nördlichen Stadtgebietes blicken. Es war beinahe klischeehaft, wie im Krimi: Irgendwo da draußen war er, der wahnsinnige Mörder. Wild entschlossen, weiter zu töten. Ihn, Theo Kettling, als Nächsten aus dem Weg zu räumen – wenn auch nicht mit einer Machete, sondern, wie es in der Zeitung stand, mit einem ordinären Kochmesser.

Als er den Blick nach unten richtete, erschrak er. Großer Gott, die Feuerleiter! Vom Hinterhof führte sie direkt hinauf zu seinem Küchenfenster – ein roter Teppich für den Serienkiller. Er grübelte mit hochrotem Kopf, suchte eine Möglichkeit, wie er seinem potenziellen Mörder den Zugang über die massive Stahlkonstruktion, wohl noch aus der Vorkriegszeit stammend, erschweren oder besser noch gänzlich verwehren konnte.

Keinerlei Lösung findend, machte er sich zunächst an den Aufbau eines Schutzwalls direkt hinter der Wohnungstür. Allen Warnungen seines Orthopäden vor rückenbelastenden Tätigkeiten zum Trotz bugsierte er die schwere Kommode quer durch die Diele vor die Tür. Um die Wirkung des antikriminellen Bollwerks aus nussbaumfurniertem Sperrholz zu verstärken, legte er noch rund ein Dutzend mehr oder weniger gewichtige Bücher und Zeitschriftensammlungen darauf. Tolstois *Krieg und Frieden* lag direkt neben den *auto motor und sport*-Jahrgängen 1964 bis 1970. Die wiederum waren neben Halbblut, Unter Geiern sowie Winnetou I bis III postiert. Zu guter Letzt stellte er das alte Röhrenradio – das war einigermaßen schwer, und er hatte es ohnehin nur selten an – und den Wohnzimmersessel vor die Kommode.

Während des körperlich anstrengenden Möbelrückens kam Theo Kettling dann doch eine Idee, wie er dem Killer den Zugang zur Wohnung über die Feuerleiter zumindest erschweren konnte. Auch wenn ihm der Einfall selbst ziemlich wirr erschien – eine ordentliche Ladung Schmierseife würde ihre Wirkung gewiss nicht verfehlen.

Gerade war er damit beschäftigt, Stufen und Holme unter Zuhilfenahme eines Schrubbers einzuseifen, als es an der Wohnungstür sturmläutete.

Er zuckte zusammen. Allmächtiger, wenn das der Wahnsinnige …

»Herr Kettling, sind Sie da?« Es war Frau Kuhbier.

»Moment, ich … verdammte Scheiße …« Hektisch rannte er in die Diele und wusste nicht, wo er zuerst anfangen sollte. Er versuchte, die Kommode von der Tür wegzuschieben, stieß mit dem schweren Möbel vor das Röhrenradio und spürte einen stechenden Schmerz im Rücken – zu schwer das Ganze.

»Augenblick, ich bin gleich … einen Moment noch.« Erst nachdem er Wohnzimmersessel und Röhrenradio beiseite gestellt und die beschwerenden Bücher hastig in die Ecke geschmissen hatte, gelang es ihm, die Kommode so weit zu bewegen, dass er die Tür öffnen und Frau Kuhbier hereinlassen konnte.

»Ach du lieber Himmel, was ist denn hier los?« Ihr Blick schweifte über das Chaos in der Diele und blieb schließlich an Theo Kettlings Füßen hängen. In der Hektik hatte er die Tischleuchte von der Kommode gerissen und war in den Lampenschirm getreten, der nun wie eine Gamasche seine linke Wade umschloss. Eilig streifte er sich das brokatverzierte Teil vom Fuß und bemühte sich, eine halbwegs nach Wahrheit klingende Lüge zusammenzuschustern, die als Erklärung für sein merkwürdiges Tun dienen sollte.

»Na, das war hier ja alles schon ganz … da musste wirklich dringend mal geputzt … musste da mal. Und vor allem die Feuerleiter draußen – die sah ja grauenhaft, sah die ja aus!«

»Sie werden nie ein Hausmann, Herr Kettling. Beim Putzen muss man planvoll vorgehen.« Frau Kuhbier schien keinen Verdacht zu schöpfen.

Da der Sessel ja neben der Kommode in der Diele stand, nahmen beide auf dem Sofa Platz. Frau Kuhbier hatte inzwischen Rücksprache mit den übrigen Hausbewohnern wegen der Inhalte der Befragungen bei der Kriminalpolizei gehalten. Bei allen, sie selbst eingeschlossen, war die Vernehmung in etwa nach dem gleichen Muster abgelaufen wie bei Theo Kettling. Waren fremde Personen beobachtet worden, die sich im oder vor dem Haus aufgehalten hatten? Hatte Ernst Rott Verwandte oder Freunde gehabt? Hatte er denn wirklich nie

Besuch bekommen? Und vor allem: Hatten die Vernommenen eine Erklärung dafür gehabt, dass sich in der Wohnung des Getöteten auffällig viel Bargeld befunden hatte?

Doch auch die übrigen Bewohner des Hauses Werdohler Straße 195 a hatten der Polizei nicht weiterhelfen können. Abgesehen vielleicht von ein paar banalen Streitereien hatte niemand Kontakt zum alten Rott gehabt. Nicht die Nachbarn und wohl auch sonst kein Mensch auf Gottes Erde. Und keiner hatte auch nur den Hauch einer Idee gehabt, wie der Alte es fertig gebracht hatte, eine größere Geldsumme in seinen Besitz zu bringen.

Als Frau Kuhbier ging, war es kurz nach neun. Eigentlich hatte sie nicht die Zeit gehabt, stundenlang mit Theo Kettling zu plaudern. Doch erstens übernachteten beide Töchter, wie in letzter Zeit häufig, bei Freundinnen und aßen dort zu Abend, und zweitens war die Sache mit dem Mordfall einfach zu spannend, um allein darüber nachzudenken, was es mit alldem auf sich haben konnte.

Theo Kettling, hocherfreut etwas Abwechslung durch die Gesellschaft zu bekommen, hatte zwischendurch eine beachtliche Auswahl an kleinen Snacks zubereitet, die er nur mit Mühe auf seiner großen Etagere hatte unterbringen können. Ganz unten hatte er rund zwei Dutzend Partyspießchen aus Käse und Weintrauben platziert, in der Mitte sechs halbe Eier, drei mit Kaviarersatz und drei mit Sardellen. Ganz oben, auf den kleinsten Teller, hatte er eine Tüte gesalzener Erdnüsse geschüttet. Abgerundet worden war das recht opulente Mahl durch Kartoffelchips und Salzstangen, beides in einer separaten Schale serviert. Erstaunlicherweise war es den beiden gelungen, fast alles aufzuessen.

In Verbindung mit dem Genuss von drei Flaschen Bier hatte die Einnahme der gesundheitlich fragwürdigen Speisen zu einer gewissen Gleichgültigkeit bei Theo Kettling geführt. Nun war er wieder allein in seiner Wohnung, und im Vergleich mit dem Gefühl der Angst vor dem Serienmörder war ihm die Lethargie durchaus willkommen. Den Schutzwall vor der Tür jedenfalls baute er nicht mehr auf. Ohnehin konnte er keine Minute länger stehen oder sitzen, und so ging er ins Schlafzimmer, legte sich auf das Bett und zündete sich eine Krone an.

Wenn es vielleicht doch jemand aus dem Haus getan hatte? Theo Kettling glaubte nicht ernsthaft daran; doch zur Sicherheit ging er, endlich mal halbwegs entspannt und mit angenehmer Bettschwere, die Bewohner einzeln durch.

Frau Kuhbier wohnte mit ihren beiden Töchtern unter Theo Kettling im zweiten Stock. Bei ihr erübrigte sich jede Spekulation. Edelgard Kuhbier hatte wirklich andere Sorgen gehabt, als sich darum zu kümmern, was Ernst Rott getan oder gelassen hatte. Und auch wenn er ihren Töchtern hin und wieder einen schlüpfrigen Spruch hinterhergerufen und einmal sogar Petra, der älteren der beiden, einen Klaps auf den Hintern gegeben hatte, so war dies alles ihrer Mutter ziemlich gleichgültig gewesen: »Die sollen ruhig schon früh merken, was es für Schweine gibt; das erspart spätere Enttäuschungen. Außerdem werden die beiden ja wohl noch mit diesem alten Tattergreis fertig werden.«

Neben Frau Kuhbier, unter der Wohnung des Ermordeten, lebte Martha Funk, Anfang siebzig und mit ernst zu nehmenden gesundheitlichen Problemen – die Pumpe. Eine nette und unkomplizierte Frau, die ihr schwaches Herz auf dem rechten Fleck hatte und durchaus auch in der Lage war, Konflikte auszutragen. So hatte sie sich hin und wieder lautstark mit dem alten Rott gestritten, wenn dieser seinen Fernseher beziehungsweise die Musiktruhe bis zum Anschlag aufgedreht oder im Treppenhaus geraucht hatte. Dass sie es dann allerdings ganz plötzlich vorgezogen haben sollte, den Verursacher der Ruhestörung und des lästigen Zigarettenqualms mit Hilfe eines Kochmessers zu liquidieren, dieser Gedanke war völlig grotesk.

Eine Etage tiefer, im ersten Stock auf der linken Seite, wohnte Fräulein Pöttger – wenn man das in diesem Fall überhaupt so nennen konnte. Sie war die Nichte des Hausbesitzers, eines Rechtsanwalts aus dem knapp dreißig Kilometer entfernten Hagen. Neben seiner ohnehin schon recht einträglichen Tätigkeit als Anwalt und Notar war er in den letzten zwei Jahrzehnten zu einem beachtlichen Vermögen gekommen, indem er eine ganze Reihe alter Mehrfamilienhäuser billig kaufte, sie mehr schlecht als recht sanierte und schließlich vermietete. Fräulein Pöttger hätte sich ohne ihre verwandtschaftlichen Beziehungen ganz sicher keine eigene Wohnung leisten können, so aber genoss sie den Luxus, Wochenenden und Semesterferien in den eigenen vier Wänden verbringen zu können. Da sie noch nicht lange im Haus wohnte und überdies die meiste Zeit an ihrem Studienort Marburg verbracht hatte, war sie dem alten Rott kein einziges Mal über den Weg gelaufen. Das jedenfalls hatte sie Frau Kuhbier am Telefon erzählt.

Bereits seit vielen Jahren, und noch bevor Theo Kettling eingezogen war, lebten die Eheleute Mazzarello im Haus im ersten Stockwerk rechts. Die beiden waren als junges Ehepaar aus Sardinien nach Lüdenscheid gekommen. Ettore Mazzarello schuftete als Gastarbeiter in einer nahe gelegenen Gesenkschmiede. Bis vor zwei Jahren hatte er noch mit dem Bus zur Arbeit fahren müssen, bevor er sich von dem mühsam Ersparten eine Alfa Romeo Giulia kaufte. Die schicke Sportlimousine war der ganze Stolz der mittlerweile fünfköpfigen Familie – die Mazzarellos hatten zwei Töchter, elf und acht Jahre alt, und einen sechsjährigen Sohn. So war in der Wohnung immer viel los, besonders an den Wochenenden, wenn Freunde und Bekannte – meist ebenfalls italienische Gastarbeiterfamilien – zu Besuch kamen. Berührungspunkte zu Ernst Rott gab es, wenn überhaupt, nur ganz wenige. Die Mazzarellos waren viel zu freundlich und unkompliziert, als dass sie sich in irgendwelche Nachbarschaftsstreitereien eingemischt hätten.

Im Erdgeschoss wohnten auf der linken Seite das Ehepaar Kückelbruch und auf der rechten Frau Siebert. Die Senioren zählten beinahe schon zum Inventar. Alle drei waren bereits vor über einem halben Jahrhundert eingezogen. Sie hatten Familien gegründet, und die Frauen und Kinder hatten hier den Zweiten Weltkrieg miterlebt, während die Männer an der Ostfront kämpften. Nun, an ihrem Lebensabend, hielten sie dem Haus die Treue. Hermann Kückelbruch sah sich als eine Art Hausmeister, obgleich ihn dazu niemals jemand ernannt hatte. Er achtete streng darauf, dass alles seine Ordnung hatte. Treppenhaus und Keller mussten stets sauber sein, ebenso der Gehsteig vor dem Haus. Zigarettenqualm und laute Marschmusik zu nächtlicher Stunde waren ihm ein Graus, weshalb er mehr als einmal mit dem alten Rott aneinandergeraten war. Dabei blieb es aber bei Wortgefechten, und immer wurde Hermann von seiner Frau Ida ermahnt, unverzüglich wieder in die Wohnung zu kommen und sich nicht mit diesem »alten Kerl« anzulegen. Vielleicht war es mit viel Fantasie sogar denkbar, dass es irgendwann zu einer Handgreiflichkeit im Hausflur hätte kommen können. Doch das Bild, in dem Herr Kückelbruch rasend vor Wut immer und immer wieder auf den Unruhestifter einstach, dieses Bild in Theo Kettlings Kopf wirkte irreal und bizarr.

Blieb noch Amalie Siebert. Sie war das, was man gemeinhin eine Seele von Mensch nannte. Ihre ausgeprägte Furcht vor Disharmonie hatte sie stets in ihre vier Wände flüchten lassen, sobald sich Ernst Rott näherte.

Nein, dass irgendjemand aus dem Haus den Alten ermordet hatte, war so wahrscheinlich wie eine Affäre zwischen Papst Paul VI. und Uschi Obermaier. Niemand hatte ein echtes Motiv.

Theo Kettling drückte die Zigarettenkippe im Aschenbecher auf dem Nachtschränkchen aus und kam zu dem Schluss, dass er mit seiner Theorie richtig lag. Ein Psycho-Killer hatte seine Mordserie begonnen und feilte gewiss schon an den Plänen zur Fortsetzung seines unheilvollen Werks. Die Frage war: Würde er hier im Haus weitermachen oder woanders?

Die Angst kam zurück, doch sie war nicht mehr so panisch, so luftabschnürend wie noch vor wenigen Stunden. Theo Kettlings Müdigkeit war stärker, und es fiel ihm schwer, die Augen offen zu halten. Er konnte nicht einmal mehr die Energie aufbringen, Wasser heiß zu machen und die Wärmflasche aufzufüllen, mit deren Hilfe sich die Rückenschmerzen in den ersten Nachtstunden meist in erträglichen Grenzen hielten. So lag er in voller Montur auf dem Bett und grübelte. Seine düsteren Gedanken waren einige Sekunden klar und gegenständlich. Dann fransten sie durch den beginnenden Schlaf nach und nach aus und fielen schließlich ganz auseinander. Doch es dauerte immer nur einige Sekunden, bis er zusammenzuckte und der Ablauf von vorn losging.

So wie unzählige Male zuvor war alles in Theo Kettlings Kopf blockiert. Er fühlte sich wie gelähmt und verurteilt zum Abwartenmüssen.

Niemals wäre ihm an diesem Abend des 13. Juni 1972 eingefallen, im Fall des Mordes an seinem Nachbarn selbst zu ermitteln.

4

Zum ersten Mal seit Bekanntwerden des Mordes stand Theo Kettling mit einem guten Gefühl auf.

Immerhin schrieb man schon den 22. Juni, und der Täter war im Verlauf der letzten eineinhalb Wochen wider Erwarten nicht zurückgekommen. Alle Bewohner des Hauses lebten noch und erfreuten sich bester Gesundheit, und ganz langsam reifte in Theo Kettling die Hoffnung, dass der alte Rott vielleicht doch ganz gezielt von dem Mörder ausgewählt worden war. Und dass die Tat vielleicht doch nicht der Auftakt für eine Mordserie gewesen war. Vielleicht gab es ja tatsächlich ein Motiv. Unerklärlich zwar, aber war nicht die größere Summe Bargeld, die in der Wohnung des Alten gefunden worden war, genauso unerklärlich? Gut möglich, dass Ernst Rott deswegen sterben musste. Wahrscheinlich hatte er irgendjemand übers Ohr gehauen, und genau dieser Irgendjemand wollte sich sein Geld zurückholen. Es war zum Streit gekommen, und der Geschädigte hatte die Nerven verloren. Er hatte das vorsorglich mitgeführte Kochmesser hervorgeholt und dem Alten ein ebenso überraschendes wie unschönes Ende bereitet.

Diese in Theo Kettlings Kopf wie ferngesteuert hervorgerufene Theorie, die ihm selbst wieder eine Zukunftsperspektive gab, gefiel ihm so sehr, dass er in einem Anflug erstaunlicher Dynamik schon um halb fünf aufstand und zu einem besonders ausgedehnten Frühmorgen-Spaziergang aufbrach. Er ging die Werdohler Straße entlang in Richtung Stadtmitte und dann über die Wilhelmstraße, Lüdenscheids »Einkaufsmeile«, zur wohl größten Baustelle, die die Bergstadt je gesehen hatte.

Heerscharen von Bauarbeitern waren seit Monaten damit beschäftigt, dem Stadtzentrum ein gänzlich neues Gesicht zu verpassen. Das Sauerland-Center, ein hochmoderner Gebäudekomplex in Form eines gewaltigen Parallelogramms, stand kurz vor seiner Vollendung. Gleichzeitig wühlten sich zahllose Bagger kreuz und quer durch die Innenstadt, um eine für den Lüdenscheider Straßenverkehr revolutionäre neue Verbindung herzustellen – den Rathaustunnel. Für dessen Realisierung war im vorigen Jahr unter anderem das ehrwürdige Apollo-Theater, größtes Lichtspielhaus der Stadt, abgerissen worden.

Und noch ein weiteres auffälliges Objekt befand sich in der Entstehung: Das Breddermann-Hochhaus dokumentierte besonders eindrucksvoll das Streben der Stadtoberen nach urbaner Größe und Modernität. Überall in Deutschland, ja, fast überall auf der Welt wurden Hochhäuser gebaut, waren Stadtzentren vor lauter neuen Großgebäuden nicht mehr wiederzuerkennen. Da wollte man in Lüdenscheid nicht zurückstehen, wollte raus aus diesem Vakuum zwischen Kleinstadt und Großstadt und nicht mehr länger Lünsche sein, wie vor allem ältere Einwohner die Stadt auf Sauerländer Platt nannten, sondern endlich Lü-den-scheid – die sauerländische Metropole. Das Stahlgerüst für das Breddermann-Hochhaus stand bereits, und auch für dieses engagierte Projekt hatte ein schönes Stück Tradition abgerissen werden müssen: Die legendäre Gaststätte Panne war im vergangenen Jahr dem Erdboden gleichgemacht worden.

Während des Rückwegs fiel Theo Kettling auf, dass er während der gesamten Inspizierung der Bauarbeiten nicht an seine Rückenschmerzen gedacht hatte.

So machte er froh gelaunt einen Abstecher in die Grünanlage »An der Albert-Schweitzer-Schule«, ganz in der Nähe seines Zuhauses. Aus Laubbäumen und Sträuchern bestehend unterbrach sie die dichte Bebauung auf einer Länge von rund hundertfünfzig Metern und bildete einen grünen Tupfer zwischen den Häuserreihen. Nach oben hin stieg das Gelände stark an und maß in dieser Richtung kaum hundert Meter. Zwei diagonale Wege führten jeweils von der Werdohler Straße zum höher liegenden Schulgebäude und den angrenzenden Wohngebieten Worth und Honsel.

Dort, wo sich beide Wege kreuzten, standen die Schulte-Zwillinge und unterhielten sich lautstark.

»Ich will aber nicht, dass der bescheuerte Selve in unserer Bande mitmacht.«

»Jetzt stell dich doch nicht so doof an, der ist doch ganz okay.«

»Ist er nicht. Mit dem Arschloch macht man sich doch überall zum Idioten. Guck dir den Halbaffen doch mal an, der sieht fast genauso behämmert aus wie der Trottel, der vor 'n paar Wochen in das Mordhaus gestürmt ist.«

Theo Kettling traute seinen Ohren nicht.

»He, ihr zwei! Wer ist wann in welches Mordhaus gestürmt?«

»Na, in dein Mordhaus, wo der blöde alte Knacker abgemurkst wurde. Da ist so 'n komischer Spinner rein.«

Theo Kettling mochte die elfjährigen Brüder recht gern, und die beiden mochten ihn – vermutlich, weil er ihnen gegenüber betont antiautoritär auftrat, ihnen hin und wieder sogar Zigaretten vom Kiosk besorgte und sie konspirativ übergab.

»Was heißt Spinner? Wie sah er aus? Und wann war das?«

Thomas, etwas weniger spontan als sein Bruder Dirk und in seiner Wortwahl gemäßigter, bemühte sich um Präzisierung: »Der sah halt echt total dämlich aus, ganz komisch irgendwie. Und wie lang das her ist … ich weiß nicht … vielleicht fünf Wochen. Oder sechs. Was meinst du?«

»Ja, kann hinkommen«, pflichtete ihm Dirk bei.

»Habt ihr das der Polizei gesagt?«

Die beiden sahen Theo Kettling irritiert an.

»Wieso der Polizei, die hat uns doch gar nicht gefragt, die waren nur ganz kurz bei unserer Mutter«, antwortete Thomas schließlich.

»Und – hat eure Mutter gesagt, was ihr gesehen habt?«

»Nein, wir haben das zu Hause nicht ... das ist doch nicht wichtig ... das hat doch nichts mit dem Mord ... oder hat dieser Vollidiot wirklich ...«

»Das weiß ich auch nicht. Aber alles, was irgendwer gesehen hat, ist wichtig. Oder kann es zumindest sein. So, und jetzt gehen wir sofort zu eurer Mutter, und die ruft dann die Polizei an. Warum seid ihr eigentlich nicht in der Schule?«, fragte Theo Kettling, der sich bereits in Bewegung gesetzt hatte.

»Weil heute die Ferien anfangen und wir eher ...«

»Jetzt sehen wir sechs Wochen lang nicht diese Arschgesichter von Paukern, das ist echt irre«, unterbrach Dirk seinen Bruder.

»Irre« war eines dieser Wörter, die von den Kindern und Jugendlichen zweckentfremdet wurden und als Synonym für etwas als positiv Empfundenes herhalten mussten; »stark« war ein ebensolches Wort. Am bemerkenswertesten aber war zweifellos »astschocke«, eine auf Erwachsene beinahe verstörend wirkende Sprachschöpfung, die vor allem von Kindern im vorpubertären Alter verwendet wurde und offenbar auch von solchen entwickelt worden war. Theo Kettling jedenfalls hatte große Mühe, sich mit den neuen Slangbegriffen anzufreunden.

»Also, wo kam er her, wie lange war er im Haus und wohin verschwand er?«

Diesmal antwortete Dirk, der so wie sein Bruder einen Zwischenspurt hinlegen musste, um mit Theo Kettlings Marschtempo Schritt halten zu können. »Er kam da vorne den Weg runter und schien's saumäßig eilig zu haben, dieser Heiopei. Er ging in euer Mordhaus, und so nach fünf Minuten kam er wieder raus. Oder vielleicht auch nach zehn.«

»Und wohin ging er dann?«

»Er eierte wieder den Fußweg hoch, zur Schule oben.«

»Da hatte er es noch eiliger als vorher«, ergänzte Thomas.

Theo Kettling bekam eine Gänsehaut nach der anderen. »Und als er dann oben an der Schule war, in welche Richtung ist er da gegangen?«

»Keine Ahnung, wir sind ihm ja nicht hinterher.«

Gisela Schulte war zu Hause. Es dauerte einige Minuten, bis sie das mögliche Ausmaß der Beobachtung ihrer Söhne erfasst hatte. Dann gingen alle vier eilig in Theo Kettlings Wohnung, um die Polizei anzurufen, denn die Schultes hatten kein Telefon. Theo Kettling gab seiner Nachbarin einen Zettel mit der Rufnummer, den er vorsorglich neben das Telefon gelegt hatte.

Das Gespräch dauerte knapp zwei Minuten, und nachdem Frau Schulte aufgelegt hatte, erstattete sie Bericht.

»Wir sollen um eins bei der Kriminalpolizei in der Parkstraße sein. Da kommt extra so ein Phantomgesichterzeichner aus Düsseldorf angefahren – vom Kriminallandesamt … oder so ähnlich.«

Theo Kettling verabschiedete seinen Besuch, und Frau Schulte versprach, sich nach der Wiederkehr umgehend zu melden.

*

Um kurz vor drei war es so weit. Die Mutter der Zwillinge stand vor der Tür – und schnaubte vor Wut.

»Stellen Sie sich vor, die haben uns nicht geglaubt.«

»Wieso, was ist denn …«

»Die haben gesagt, dass sich die beiden das alles bloß ausgedacht haben.«

»Aber warum?«

»Weil es auf der ganzen Welt niemanden geben würde, der so aussieht.« Gisela Schulte kramte ein Stück Papier aus ihrer Handtasche, faltete es auseinander und hielt es Theo Kettling entgegen.

Das Gesicht sah tatsächlich aus wie das Ergebnis überbordender kindlicher Phantasie. Es erinnerte Theo Kettling an … tja, an wen? Oder an was? Möglicherweise an eine Figur aus Entenhausen – an einen der Panzerknacker vielleicht?

»Behalten Sie es. Die Polizei wollte es nicht, und ich will es auch nicht. Ach, zum Teufel, ich will von der ganzen Sache nichts mehr wissen.«

Sie war schon gegangen, als sie sich noch einmal umdrehte. »Meine Jungs sind ganz bestimmt keine Engel. Aber sie lügen mich nicht an, und wenn sie es doch mal getan haben, dann habe ich ihnen das sofort angemerkt. Ich weiß nicht, wer das da auf dem Bild sein soll, aber die beiden haben die Wahrheit gesagt.«

Wie gelähmt stand Theo Kettling in der Diele.

Was hatte das zu bedeuten?

Minutenlang starrte er auf das Phantombild, das ihm Frau Schulte in die Hand gedrückt hatte und das eher wie eine Karikatur wirkte.

Hatte er vielleicht doch irgendwann mal … nein, falls dieser Mensch wirklich existierte, war er ihm mit ziemlicher Sicherheit nie begegnet.

Trotzdem klebte er das Blatt mit einem Stück Tesafilm an den Küchenschrank. Vielleicht musste er es nur lange genug anschauen, um das Gesicht doch jemandem zuordnen zu können.

Krampfhaft versuchte er, sich einen Reim auf das alles zu machen.

Der Serienmörder wurde wieder wahrscheinlicher. Theo Kettling kämpfte dagegen an, dass er die Vorherrschaft in seinem Kopf zurückeroberte.

Spätestens als er am Abend im Bett lag und das Licht ausschaltete, hatte er den Kampf verloren.

*

Nach einer schlimmen Nacht voll quälender Desillusion und bohrender Fragen, auf die es keine Antwort zu geben schien, brachte der Freitagvormittag unverhoffte Abwechslung. Um kurz nach halb zehn kam ein Schulfreund, der Elektriker war und Theo Kettling schon vor Wochen versprochen hatte, nach seinem Fernseher zu schauen. Beim Betätigen des Lautstärkereglers gab das alte Schwarzweiß-Gerät von Graetz seit langer Zeit hässlich kratzende Geräusche von sich.

»Theo, du altes Nussbaumklavier! Wie isses dir?«

»Och …«

»Wo steht der alte Kasten? Mach hin, ich hab nicht viel Zeit, muss gleich beim nächsten Kunden sein.«

Theo Kettling führte seinen Kumpel ins Wohnzimmer, wo dieser sofort einige Werkzeuge aus seiner Tasche holte und sich an dem Fernseher zu schaffen machte.

»Das ist ja echt 'n dicker Hund mit dem Mord. Habe davon in der Zeitung gelesen und hatte sofort dich in Verdacht.« Er ließ ein lautes, unnatürliches Lachen folgen und entfernte mit einem fachmännischen Griff die Rückwand des Fernsehgerätes.

»Hallo …«, meldete sich eine Stimme an der Wohnungstür.

Theo Kettling ordnete sie zunächst einem Mann zu und war

dann ziemlich erstaunt, eine Frau fortgeschrittenen Alters in einer grauen Uniform vor sich zu sehen.

»Deutsches Rotes Kreuz, wir führen in diesen Tagen wieder unsere jährliche Haus- und Straßensammlung durch, und ich möchte fragen, ob Sie unsere Arbeit mit einer kleinen Spende unterstützen möchten.«

Theo Kettling wollte gerade antworten, als der Getränkefahrer mit seiner Sackkarre die letzte Stufe der Treppe erklomm, ihn erblickte und die Luft mit seiner Furcht einflößenden Stimme erzittern ließ.

»Morgen! So, Meister, ein Kasten Stifts Pils, einmal Gerolsteiner Wasser, ein Kasten Florida Boy und zwei Flaschen Persico – wie immer. War's das?«

»Ja, das müsste wohl alles … das scheint alles zu sein, danke.

»Soll ich's in die Vorratskammer bringen?«

»Nein, nein, das ist wirklich nicht nötig … Augenblick, ich muss Geld … einen Moment noch, ich bin gleich auch für Sie, bin ich gleich …«, faselte er der Frau vom Roten Kreuz zu und wollte gerade in die Küche einbiegen, als ihm der Elektriker entgegenkam.

»Alles wieder roger, das Poti war verdreckt. Hab es mit Alkohol gereinigt. Jetzt kratzt da beim Lauterdrehen mal überhaupt nichts mehr.«

»Das ist ja klasse, danke. Was kriegst du?«

»Lass mal stecken. Und pass auf dich auf in dieser ollen Mordhütte.« Der Schulfreund stieß erneut ein lautes Lachen hervor und verschwand genauso schnell, wie er gekommen war.

Theo Kettling nahm seine Geldbörse aus dem Küchenschrank, die ihren festen Platz direkt hinter dem Raffgardinchen der oberen rechten Tür hatte. Er drückte dem Mann vom Getränkehandel 26 Mark 50 plus 50 Pfennig Trinkgeld in die

Hand, der sich daraufhin lautstark dankend verabschiedete und mit seiner nun unbeladenen Sackkarre das Treppenhaus hinunterpolterte.

»Kommen Sie, ich helfe Ihnen tragen«, sagte die Frau in Dienstuniform, an der einen Hand den Bierkasten, an der anderen den mit Florida Boy.

»Och, das ist wirklich nicht …«

»Keine Widerrede! Wo soll ich es hinstellen?«

Obwohl Theo Kettling tief beeindruckt war, wie spielerisch die ältere Dame die schwere Bier- und Limonadenfracht in die Wohnung beförderte, war ihm die Hilfsbereitschaft gar nicht recht. Stärker als ohnehin schon fühlte er sich nun in der Pflicht, mehr zu spenden, als er eigentlich wollte.

Dennoch bemühte er sich, hart zu bleiben. Nachdem er und seine Besucherin die Getränke in der kleinen Vorratskammer hinter dem Küchenschrank verstaut hatten, nahm er sich ein Herz und versuchte, die Frau vom Roten Kreuz auf eine Enttäuschung vorzubereiten.

»Ich kann … glaube ich … nicht viel geben. Ich muss ja im Monat …«

»Das ist doch nicht schlimm. Wir freuen uns über jede Zuwendung.«

»Wäre eine Mark vielleicht in Ordnung?«

»Allmächtiger … das kann doch nicht wahr sein.« Die Rotkreuz-Helferin war völlig entsetzt.

»Sie haben Recht. Ich denke, ich gebe Ihnen zwei Mark.«

»Aber das … das ist doch …«, stammelte sie.

Theo Kettling wollte gerade auf fünf Mark erhöhen, als er merkte, dass die Frau ihn gar nicht mehr wahrnahm. Sie sah ihn auch nicht an, sondern starrte entsetzt an ihm vorbei.

Auf das Phantombild, das am Küchenschrank klebte.

»Wer soll das … von wem haben Sie das?«, fragte sie.

»Ach, das ist eine lange Geschichte.«

»Egal, wie lang diese Geschichte ist, Sie müssen sie mir unbedingt erzählen. Von Anfang an und in allen Einzelheiten. Oh, entschuldigen Sie, ich habe mich noch gar nicht vorgestellt, wie unhöflich.

Larisch ist mein Name, Lieselotte Larisch.«

5

»Das alles fügt sich lückenlos aneinander: Am 9. Mai habe ich gesehen, wie der Mann mit der schrecklichen Fratze das Grab aushob. Knapp vier Wochen später haben Sie zum ersten Mal den Verwesungsgeruch wahrgenommen. Und exakt einen Monat nach meiner Beobachtung wurde die Leiche des Herrn Rott entdeckt – nämlich am 9. Juni. Laut Mitteilung der Polizei lagen zwischen dem Todeszeitpunkt und dem Auffinden des Mordopfers etwa drei bis vier Wochen. Das passt also. Dieser merkwürdige Fremde muss die Tat folglich am 9. Mai begangen haben ... vielleicht auch ein bisschen früher.«

»Oder ein bisschen später.« Nach mindestens zehn Minuten kam auch Theo Kettling mal wieder zu Wort.

Lieselotte Larisch sah ihn fragend an.

»Er könnte das Grab vorher ausgehoben haben, um die Leiche nach dem Mord schnell beseitigen zu können.«

Die Antwort ließ einige Sekunden auf sich warten, kam dann aber ebenso eindeutig wie anerkennend: »Stimmt, Sie haben völlig Recht.«

Theo Kettling fühlte sich beinahe etwas geschmeichelt, von dieser so intelligenten und engagierten Dame uneingeschränkte Zustimmung zu erhalten.

Gerade aß er den fünften Kartoffelkloß. Lieselotte Larisch hatte die Knödel zusammen mit einem wunderbar duftenden und, wie sich herausstellen sollte, auch wunderbar schmeckenden Schweinebraten zubereitet und serviert. Alle Proteste Theo Kettlings hatten am Vormittag nichts genutzt. Lieselotte Larisch hatte darauf bestanden, ihn zu sich in das alte Bauernhaus in Rölvede einzuladen und ihn – und natürlich auch sich selbst – zu bekochen.

Der Metzger in der Gasstraße in Lüdenscheid hatte gerade noch einen Braten passender Größe im Angebot gehabt, und Theo Kettling war dankbar gewesen für die Unterbrechung der Fahrt, während der er mehrfach mit dem Fuß »gebremst« hatte und einige Male kurz davor gewesen war, korrigierend ins Steuer zu greifen. Insgesamt überfuhren die beiden drei Stoppschilder, was zumindest in zwei Fällen zu Beinahe-Zusammenstößen führte, jeweils gefolgt von Lieselotte Larischs ebenso erstauntem wie verständnislosem »Wo kam der denn plötzlich her?«. Darüber hinaus geriet sie mehrfach auf die Gegenfahrbahn, und nur der geistesgegenwärtigen Reaktion der entgegenkommenden Fahrzeugführer war es zu verdanken, dass nichts Schlimmeres passierte.

Endlich in Rölvede angekommen, wähnte sich Theo Kettling in Sicherheit, musste dann aber allzu schnell feststellen, wie trügerisch dieses Gefühl war, als ihn die Dogge Cleo im Korridor ansprang und ihm vor Entzücken mit ihrer beeindruckend großen Zunge quer über das Gesicht leckte, bevor er sich schließlich aus der Umklammerung befreien konnte.

Während der Zubereitung des Essens wurde er von der Gastgeberin mit Fragen bombardiert. Immer wieder musste er erzählen, was sich beim Auffinden der Leiche und danach alles abgespielt hatte, was Ernst Rott für ein Mensch gewesen sei, und vor allem: Habe er, Theo Kettling, in den Tagen und Wochen vor dem mutmaßlichen Tatzeitpunkt denn nicht irgendwelche Verdacht erregenden Beobachtungen gemacht? Nachdem er stets guten Gewissens hatte beteuern können, dass es wirklich nichts Auffälliges zu berichten gebe, war es nun er, der versuchte, Lieselotte Larischs Gedächtnis auf die Sprünge zu helfen.

»Wie war er denn gekleidet?«

»Das kann ich Ihnen beim besten Willen nicht sagen. Es war ja dunkel, und ich habe diesen … diese Gestalt nur im Schein der Taschenlampe gesehen. Und nur den Oberkörper, mit den Beinen stand er ja in dem Grab.« Sie dachte lange und angestrengt nach. »Dunkel, ich würde sagen dunkel. Vielleicht sogar schwarz.« Und nach einer weiteren Pause: »Aber das ist natürlich auch einleuchtend. Er musste ja ein Interesse daran haben, nicht gesehen zu werden. Da lag es nahe, sich dunkel zu kleiden.«

»Und sonst? Ist Ihnen sonst noch etwas aufgefallen? Irgendeine Kleinigkeit?«

Lieselotte Larisch brauchte diesmal nicht lang für die Antwort: »Nein, tut mir leid. Da war nichts.« Sie überlegte noch einmal, verdrehte ihre Augen in die verschiedensten Richtungen und schüttelte dann energisch den Kopf. Schließlich schlug sie in einer Geste großen Tatendrangs mit der flachen Hand auf den Tisch. »Wie fangen wir an?«

Theo Kettling hatte Mühe, die Frage zu verstehen. Irritiert und verunsichert antwortete er: »Nun … ich denke, wir sollten jetzt zur Polizei fahren.«

Lieselotte Larisch sah ihn verständnislos an. »Auf gar keinen Fall, Herr Kettling!«

»Aber warum nicht, es wäre doch unsere Pflicht …«

»Ich bin meiner Pflicht ja nachgekommen, und Sie und Frau Schulte und die Söhne von Frau Schulte auch. Aber die Polizei hat sich für meine Beobachtungen in keiner Weise interessiert und für die der Zwillinge auch nicht.« Entrüstet legte sie nach: »Stattdessen musste ich mich von einem jungen ungehobelten Kerl in nicht hinnehmbarer Art und Weise schulmeistern lassen.«

Theo Kettling kam nach kurzer Überlegung zu dem Schluss,

dass Lieselotte Larisch vielleicht ganz richtig lag. Zwei wirklich wichtige Hinweise waren von der Polizei nicht ernst genommen worden, auch wenn der erste davon vor dem Auffinden des Toten eingegangen war.

»Also, ich schlage vor, wir nehmen das Heft selbst in die Hand«, sagte sie schließlich. »Es ist mir klar, dass unsere Ausgangssituation ziemlich schwierig ist. Aber wir können zumindest Reproduktionen des Phantombilds machen lassen und sie an unsere Bekannten verteilen. Ich kann für mich sagen, dass ich eine ganze Reihe vertrauenswürdiger Menschen kenne, die sehr viel herumkommen und ihrerseits über zahlreiche Kontakte verfügen, vor allem in meinem alten Kollegium und durch meine Rotkreuzarbeit. Alles integere Personen, die das Ganze nicht an die große Glocke hängen.« Sie sah ihren Gast auffordernd an. »Und Sie, Herr Kettling? Sie haben doch sicher auch einen Freundeskreis, an den Sie die Bilder verteilen können?«

»Äh … ja, natürlich. Trotzdem, irgendwie ergibt das doch alles … alles keinen Sinn.«

»Aber sicher ergibt das Sinn. Warum denn nicht?« Die pensionierte Schulrektorin schien, ganz sicher wie zu ihrer aktiven Zeit, kaum Widerspruch zu dulden.

Doch auch Theo Kettling versuchte, hart zu bleiben: »Wieso geht jemand am helllichten Tage, also dann, wenn es am meisten auffällt, in das Haus, verschafft sich irgendwie Zugang zur Wohnung des alten Rott und sticht dann plötzlich wie von Sinnen auf ihn ein? Warum gräbt er irgendwo ein Grab im Wald aus und nutzt es dann doch nicht?«

Die Gelegenheit war günstig, und so stellte er, scheinbar ganz entspannt, die These vor, die ihm so sehr zusetzte. »Ich halte es für wahrscheinlich, dass es sich hierbei um einen Wahnsinnigen handelt, der seine abnorme Lust mit Töten befriedigt.

Wahrscheinlich war das nur der Anfang. Der Täter muss erneut morden. In immer kürzeren Abständen wird er immer wieder zuschlagen.«

Und dann, nach kurzem Zögern, ging er aufs Ganze: »Gar nicht ausgeschlossen, dass er den Plan hat, alle Bewohner des Hauses zu beseitigen.« Betont lässig fügte er mit einem unnatürlichen Lachen hinzu: »Na ja, wie dem auch sei – noch lebe ich ja.«

Lieselotte Larisch, die erstaunlich geduldig zugehört hatte, blickte einen Moment lang auf die Tischplatte und schien gedankenverloren.

Dann antwortete sie umso bestimmter: »So ist es mit an Sicherheit grenzender Wahrscheinlichkeit nicht gewesen. Nein, ich bin fest davon überzeugt, dass der Täter nicht einfach irgendjemanden umbringen wollte, sondern einzig und allein Herrn Rott. Und ich bin genauso fest davon überzeugt, dass er ein eindeutiges Motiv für die Tat gehabt hat.« Sie schob ihre Brille mit einem offenbar geübten Griff auf die Nasenspitze und blickte über den vergoldeten Leichtmetallrahmen Theo Kettling an, der sich unwillkürlich in die Rolle des Pennälers zurückversetzt fühlte. »Wenn jemand in den letzten Jahren keinerlei soziale Kontakte gepflegt hat, heißt das nicht, dass dies bei ihm zeitlebens so war. Ganz sicher hatte Herr Rott früher gewisse Verbindungen zu anderen Menschen. Er hat irgendwo gearbeitet, hatte Kollegen und Vorgesetzte. Ich glaube, er musste sterben, weil noch eine alte Rechnung offen war. Vielleicht sogar im wahrsten Sinne des Wortes – ich erinnere an die größere Geldsumme, die in der Wohnung gefunden wurde.«

»Aber dann hätte der Mörder sich das Geld genommen, anstatt es ihm in die Wohnung zu legen«, konterte Theo Kettling.

»Er hat es vielleicht nicht gefunden. Die Polizei hat ja alles auf den Kopf gestellt. Dafür hatte der Täter vermutlich nicht die Nerven.«

Alles, was diese ältere Dame von sich gab, schien logisch und kaum anfechtbar.

»Und was Ihren Einwand betrifft, der Täter falle am Tage besonders leicht auf … nun, auch da liegen Sie meines Erachtens falsch. Nachts, wenn im Haus alles still ist, birgt jedes Geräusch die Gefahr, entdeckt zu werden. Außerdem spricht ja einiges dafür, dass Herr Rott den Täter selbst in die Wohnung gelassen hat – denken Sie daran, dass der Schlüssel von innen steckte. Wenn ich mir unter einem Vorwand Zutritt in eine fremde Wohnung verschaffen möchte, dann wirkt das auf deren Bewohner am Tage doch wesentlich weniger verdächtig als mitten in der Nacht. Noch dazu bei so einem, nun, nennen wir es öffentlichkeitsscheuen Menschen wie Herrn Rott.«

»Aber warum macht der Mörder sich die Mühe, das Grab auszuheben, und lässt den Toten dann doch in der Wohnung liegen … äh … sitzen? Der alte Rott *saß* ja tot in seiner Küche …«

Lieselotte Larisch setzte einen Geduld und Verständnis ausstrahlenden Gesichtsausdruck auf, als müsse sie einem leistungsschwachen Schüler eine schwierige Grammatikregel begreiflich machen. »Sehen Sie, der Täter befindet sich nervlich in einer absoluten Ausnahmesituation. Es fällt ihm schwer, klar zu denken und logische Entscheidungen zu treffen. Deshalb wurde ihm wahrscheinlich erst später klar, dass es viel zu risikoreich war, erneut am Tatort zu erscheinen und die Leiche aus dem Haus zu schaffen.«

Mit Bauchschmerzen willigte Theo Kettling am Ende ein, die Polizei aus dem Spiel zu lassen.

*

Die Fahrt zurück nach Lüdenscheid verlief kaum weniger spektakulär als die Hinfahrt nach Rölvede. Und wieder wurde ein Zwischenstopp eingelegt, diesmal beim Fotogeschäft in der Werdohler Straße. Lieselotte Larisch ließ 20 Reproduktionen des Phantombilds für sich anfertigen und 10 für Theo Kettling. Die Verkäuferin blickte misstrauisch auf die Zeichnung und sah dann ebenso misstrauisch ihre beiden Kunden an. Zunächst war es »völlig unmöglich, die Bilder noch am gleichen Tag fertig zu machen«. Dann hieß es, nach gutem Zureden von Lieselotte Larisch, die Abholung sei kurz vor Geschäftsschluss um 18 Uhr möglich. Lieselotte Larisch aber gab nicht auf, und mit ihrem beharrlichen Feilschen hatte sie schlussendlich Erfolg auf der ganzen Linie:

»Hiervon 30 Abzüge in 13 mal 18. Und sieh zu, dass die in 'ner halben oder Dreiviertelstunde fertig sind«, wies die Verkäuferin ihren Kollegen an, der sich mit wenig Begeisterung in die Dunkelkammer begab.

Lieselotte Larisch und Theo Kettling verbrachten die Wartezeit im Laden, in dem so früh am Nachmittag nur wenig Betrieb war. Lediglich drei Kunden mussten innerhalb der nächsten 40 Minuten bedient werden, darunter ein belgischer Soldat in Uniform, wie sie in Lüdenscheid zum gewohnten Alltagsbild gehörten.

Im Oktober 1946 waren die ersten belgischen Truppen in die Stadt gekommen. Von Aachen bis Kassel hatte das 1. Belgische Armeekorps einen Teil des britischen Sektors zugewiesen bekommen, und in Lüdenscheid war das Hauptquartier angesiedelt worden. Die meisten Einheimischen standen den Fremden zunächst ablehnend oder zumindest mit einer gehörigen Portion Skepsis gegenüber. Nicht nur, dass überall in ihrem Lünsche fremde Soldaten herumliefen, auch die ohnehin schon schlimme Wohnungsnot verschärfte sich noch. In den folgenden Jahrzehnten besserte sich das Verhältnis zwar, nach wie vor aber lebten die in drei Kasernen stationierten Soldaten und ihre Familien ein weitgehend abgeschottetes Leben. Die insgesamt etwa 3000 Belgier verfügten über eine komplett eigene Infrastruktur; mit eigenen Läden, eigenen Schulen, eigenen Vereinen. Sie hatten ein eigenes Schwimmbad, ein eigenes Theater und auch eine eigene Zahnarztpraxis und eine eigene Apotheke.

Die Abzüge waren fast schärfer als die Zeichnung selbst.

»Sie sollten sie möglichst schnell an ihren Freundeskreis verteilen; je mehr Zeit vergeht, desto schwieriger werden sich unsere Nachforschungen gestalten«, wurde Theo Kettling ermahnt, als ihn Lieselotte Larisch zu Hause absetzte. Außerdem wiederholte sie ihre Empfehlung, doch mindestens zweimal pro Woche schwimmen zu gehen. Das lindere die Rückenbeschwerden enorm, und schon bald sei er nicht mehr auf Schmerzmittel angewiesen.

Trotz des gesundheitlichen Ratschlags und des Minuspunkts, den sie sich damit einhandelte, war Theo Kettling wirklich angetan von dieser Frau, die eine solche Kraft, eine solche Sicherheit und Zuversicht ausstrahlte.

Es war kaum vorstellbar, dass sie Unrecht hatte, und wenn sie mit ihrer Theorie über den Mord und das Tatmotiv richtig lag, konnte er endlich wieder ohne Angst und in Frieden leben.

Während des Zusammenseins mit ihr hatte er immer wieder seine Rückenschmerzen vergessen, mal für fünf, mal für zehn Minuten und einmal sogar für eine geschätzte halbe Stunde. Seine Laune war gut, und sie wurde noch besser, als es um kurz nach 19 Uhr läutete und Sabine vor der Tür stand. Vor einiger Zeit hatten sich die beiden im Kiosk über Can unterhalten, eine Krautrock-Band, die seit ihrer Gründung vor vier Jahren mit ihrer progressiven und experimentellen Musik bei

Insidern für Furore sorgte. »Ich habe mir die neueste LP von denen vorbestellt, die ist im Moment vergriffen; wenn ich sie habe, leihe ich sie dir gern mal aus«, hatte sie damals gesagt. Theo Kettling hatte längst nicht mehr daran gedacht, und nun war er umso erstaunter, Sabine plötzlich gegenüberzustehen.

»Es passte gerade gut, unsere Probe fängt 'ne Stunde später an.« Sie trug ein eng anliegendes Jimi-Hendrix-T-Shirt und eine verwaschene Jeans mit weitem Schlag, der kaum den Blick auf ihre blau-weißen Segeltuch-Turnschuhe freigab.

Mit dem Kopf deutete sie auf die gegenüberliegende Tür. »Ist das die Wohnung, in der …?«

»Ja, da drin lag … äh … saß er. Gruselig, oder?«

»Das kannste wohl laut sagen.«

Sabines Gesichtsausdruck ließ keinen Zweifel daran, dass sie das Haus am liebsten auf schnellstem Wege wieder verlassen hätte. Dennoch ließ sie sich von Theo Kettling auf ein Bier einladen und fand ihre Ruhe schnell wieder. Die beiden unterhielten sich wie fast immer über Musik, aber nicht nur.

»Man sieht an der Ermordung von dem alten Sack ja, wie schnell alles vorbei sein kann. Deshalb möchte ich mein Leben genießen. Und wenn ich irgendwann sterben muss, will ich mir nicht eingestehen müssen, an mir vorbeigelebt zu haben. Ich kann nicht verstehen, wie antriebs- und interessenlos viele Leute sind.«

Es wirkte befremdend auf Theo Kettling, dass Sabine von ihrem eigenen Tod sprach. Sie, der Inbegriff des Lebens und der Jugendlichkeit! Natürlich gab es keinen Zweifel daran, dass auch Sabine älter werden und irgendwann sterben würde, doch Theo Kettling konnte und wollte sich diesem Gedanken nicht stellen.

Einen Moment lang hatte er Angst, sie könnte auch ihn für einen dieser Menschen halten, die antriebs- und interessenlos durchs Leben gehen. Doch mit einem einzigen Satz befreite sie ihn von dieser Sorge, vielleicht weil sie seine Unsicherheit bemerkt hatte.

»Ich find es irre gut, wie sehr du dich für Musik interessierst … und natürlich für Autos, du bist ja ein halber Auto-Professor.«

Theo Kettling spürte eine süße Leichtigkeit, als er Sabine verabschiedete und ihr viel Erfolg für die Bandprobe wünschte. Das wohlige Gefühl verstärkte sich dann noch durch die Musik von »Ege Bamyasi«, dem neuen Can-Album, das er gleich aufgelegt hatte. Der Genuss von drei Flaschen Stifts Pils in Verbindung mit zwei Spalt-Tabletten tat sein Übriges; dazu rauchte er – quasi um Versäumtes nachzuholen – eine Krone nach der anderen, weil er sich bei Lieselotte Larisch nicht getraut hatte, nach einem Aschenbecher zu fragen.

Um kurz nach zwölf legte er sich ins Bett. Mit ausgestreckten Armen hielt er einen der Fotoabzüge hoch, die Lieselotte Larisch für ihn hatte anfertigen lassen und die er niemals an seine Freunde verteilen würde. Einerseits weil ihm dies in keiner Weise erfolgversprechend schien, andererseits weil er keine Lust hatte, jedem diese verworrene Räuberpistole zu erzählen.

Lieselotte Larisch hatte angekündigt, sich spätestens dann zu melden, wenn es etwas Neues gebe. Kurz bevor Theo Kettling einschlief, fragte er sich, wann es so weit sein würde.

*

Die Antwort darauf erhielt er um exakt 3 Uhr 14. Als er sich schlaftrunken zum schrill klingelnden Telefon in der Diele vorgearbeitet und den Hörer abgenommen hatte, hörte er die ungewohnt aufgeregt klingende Stimme der pensionierten Rektorin.

»Herr Kettling, stellen Sie sich vor, ich konnte einfach nicht schlafen, ich habe die ganze Zeit gegrübelt. Mir schien es, als hätte ich irgendetwas vergessen; als hätte ich an diesem Abend damals doch etwas Verdächtiges bemerkt. Und genauso war es, gerade eben fiel es mir ein. Auf dem Forstweg vor dem Wald stand ein Auto. Ein VW Käfer – mit einer Beule im Kotflügel.«

6

Die folgende Woche begann für Theo Kettling ungewohnt stressreich; beinahe war es so wie früher, als er noch erwerbstätig gewesen war. Lieselotte Larisch hatte bei ihrem Anruf in der Nacht zum Samstag ihr Erscheinen für Montagmorgen, Punkt 8 Uhr, angekündigt. Gemeinsam müsse man auf Grundlage der veränderten Situation eine neue Strategie entwickeln. Dass der Termin dafür nicht gleich auf das Wochenende gelegt worden war, lag an Lieselotte Larischs eisernem Pflichtbewusstsein. Sie war vom Roten Kreuz für ein Jugend-Sportturnier eingeteilt worden, um bei eventuell auftretenden Verletzungen Erste Hilfe leisten zu können, und hatte sich außerstande gesehen, den Dienst an einen womöglich weniger erfahrenen Kollegen zu delegieren.

Um 7 Uhr 52 läutete sie bei Theo Kettling, der noch im Unterhemd war und Schaumreste vom Rasieren im Gesicht hatte. Für einige Augenblicke verfiel er in panische Hektik, schaffte es dann aber doch, sich ordentlich zurechtzumachen, noch bevor Lieselotte Larisch die letzte Stufe im Treppenhaus erklomm.

War es bislang sie gewesen, die bei der Konstruktion der Theorien über den Mord mit Logik und Kombinationsgabe geglänzt hatte, so konnte nun Theo Kettling seine Kenntnisse in die Waagschale werfen.

»Welcher Typ war es?«

»Ein VW Käfer, wie ich schon sagte.«

»Aber Frau Larisch, Käfer ist ja nicht gleich Käfer. Da gibt es doch ganz viele Unterscheidungsmerkmale, die uns helfen würden, die Suche wenigstens etwas einzugrenzen.«

»Nun, ich weiß nicht …«

»Welche Form hatten die Rückleuchten? Sahen sie aus wie die Unterseite eines Bügeleisens – dann war es ein 1302er. Oder waren sie eher klein und oval, dann war es eins von den älteren Modellen. Ein 1303er mit den großen Elefantenfüßen kann es ja noch nicht gewesen sein, der kommt erst im August raus.«

»Also, da habe ich wirklich nicht …«

Lieselotte Larisch befand sich offenbar in einer der ganz wenigen Situationen, in denen sie ratlos dastand.

Ganz im Gegensatz dazu war Theo Kettling jetzt in seinem Element: »Die Heckscheibe! Sie müssen sich doch erinnern, welche Form die Heckscheibe hatte. War sie groß und rechteckig oder klein und oval? Oder war es vielleicht sogar ein alter Brezel-Käfer?«

Die Befragte sah ihn mit halb geöffnetem Mund hilflos an, weshalb diesmal er, nicht ohne Genugtuung, einen besonders ruhigen und Verständnis signalisierenden Ton anschlug.

»Es ist ja so: Bis 1953 hatten die VW Käfer geteilte Heckscheiben, mit einem Steg in der Mitte. Die Form erinnert etwas an einen Brezel – daher der Name.«

Lieselotte Larisch schüttelte kurz und heftig den Kopf und war danach wieder ganz die Alte: »Ich bin von Ihren Kenntnissen wirklich beeindruckt, Herr Kettling. Aber sosehr Sie sich auch bemühen – ich kann mich weder daran erinnern, welche Form die Rückfahrscheinwerfer hatten, noch daran, ob das Heckfenster eckig oder oval war. Im Übrigen muss es *eine* Brezel heißen; es ist *die* Brezel, nicht *der* Brezel.«

Theo Kettling war nicht amüsiert über die neuerliche Belehrung seines Gegenübers und nicht gewillt, sie hinzunehmen.

»Rückfahrscheinwerfer und Rückleuchten sind zwei ganz verschiedene Paar Schuhe, Frau Larisch. Wenn Sie im Dunkeln fahren, schalten Sie die Rückleuchten ein, in deren Gehäuse auch die Glühlampen für Blinker und Bremslicht untergebracht sind. Ein Rückfahrscheinwerfer dagegen leuchtet den Bereich hinter dem Auto aus, sobald man den Rückwärtsgang einlegt. So etwas haben in der Regel nur teurere Fahrzeuge, man kann Rückfahrscheinwerfer aber auch nachrüsten.«

Nach diesem erstaunlich souverän vorgetragenen Konter, der scheinbar regungslos zur Kenntnis genommen wurde, konzentrierte er sich wieder auf die wesentlichen Dinge: »Und Sie können wirklich nicht sagen, ob es ein grauer oder ein blauer Käfer war?«

»Nein, es war ja dunkel.«

Theo Kettling versuchte es mit Pragmatismus: »Und wenn Sie sich zwischen grau und blau entscheiden müssten?«

»Dann würde ich zu grau tendieren. In jedem Fall war es ein dunkler Farbton – ein dunkles Grau oder ein dunkles Blau.«

»War die Beule im rechten oder im linken Kotflügel?«

Lieselotte Larisch wollte gerade zur Antwort ansetzen, als sie innehielt. »Tja, wie war das? Wo war die Beule? Bin ich rechts oder links an dem Auto vorbeigegangen? Es tut mir leid, auch das kann ich beim besten Willen nicht sagen.«

Es entstand eine längere Gesprächspause, und schließlich war es Theo Kettling, der aussprach, was beide dachten.

»Wie wollen wir den Wagen finden?«

Lieselotte Larisch überlegte.

»Nun, ich fürchte, uns wird nichts anderes übrig bleiben, als zu versuchen, das Fahrzeug irgendwo im Straßenverkehr ausfindig zu machen.«

»Aber wie sollen wir denn das anstellen?«

»Ganz einfach: Wir stellen uns an belebte Kreuzungen im Stadtgebiet und beobachten die vorbeifahrenden Autos. Und wenn wir ein verdächtiges Fahrzeug sehen, nehmen wir die Verfolgung auf.«

Theo Kettling schwante Übles; nicht zuletzt deshalb meldete er Zweifel an.

»Aber das ist ja wie die Suche nach der Nadel im Heuhaufen. Es gibt doch unzählige Käfer in der Stadt. Und wir wissen noch nicht einmal, ob der Fahrer in Lüdenscheid wohnt. Und ob er den Schaden nicht längst hat beheben lassen. Und dann wissen wir vor allem nicht, ob das Auto, das Sie gesehen haben, unserem mysteriösen Totengräber überhaupt gehört.«

Ganz wie erwartet, prallten die salvenartig vorgetragenen Zweifel voll und ganz an Lieselotte Larisch ab.

»Natürlich ist es nicht ausgeschlossen, dass wir damit scheitern, aber wir wollen uns doch vornehmen, Erfolg zu haben, nicht wahr? Überlegen Sie mal, Herr Kettling – noch vor zwei Tagen gab es für Sie außer einem skurrilen Phantombild nicht die geringste Spur von dem Mörder. Und ich wusste nicht, was ich von dieser Begegnung mit dem Mann im Wald halten sollte. Dann sind wir uns zufällig begegnet und waren beide schon einen großen Schritt weiter. Denn nun konnten Sie sicher sein, dass die Zwillinge die Wahrheit gesagt haben, und ich hatte Gewissheit, dass ich an jenem Abend keiner Sinnestäuschung erlegen war.« Sie lächelte süffisant. »Es fiel uns zwar schwer, eine Strategie zu entwickeln, weil wir kaum etwas Greifbares hatten. Aber immerhin konnten wir das Phantombild weitergeben, und wer weiß, ob dabei nicht etwas Zählbares herausspringt. Und jetzt sind wir schon wieder einen kleinen Schritt weiter. Wir wissen, dass der Mörder einen VW Käfer fährt, zumindest höchstwahrscheinlich. Wir kennen sogar die ungefähre Farbe des Fahrzeuges. Und mit etwas Glück ist der schadhafte Kotflügel noch nicht ausgewechselt worden. In diesem Fall haben wir ein sehr individuelles Merkmal, das uns weiterhelfen kann.«

Sie machte eine lange Pause und blickte ihr Gegenüber beinahe pathetisch an. »Und Sie denken immer noch, wir kommen nicht weiter und wir haben keine Chance, den Fall aufzuklären?«

Theo Kettling fühlte sich wie ein bockiges, uneinsichtiges Kind, dem man die Leviten gelesen hat. Dennoch wies Lieselotte Larischs leidenschaftlich vorgetragenes Plädoyer durchaus eine gewisse Logik auf. Vielleicht dachte er wirklich zu pessimistisch. Vielleicht dachte er immer zu pessimistisch. Wie sonst war es zu erklären, dass er ausschließlich die negativen Aspekte sah, während sie in genau der gleichen Angelegenheit vor Elan nur so sprühte. Eine so gebildete Frau, die es in ihrem Leben mit exakt diesem Optimismus zu einigem gebracht hatte.

»Wenn ich es genau betrachte, könnten Sie eventuell Recht haben«, versuchte er einigermaßen erhobenen Hauptes beizustimmen.

»Na, sehen Sie, wenn man die Dinge nur etwas differenzierter betrachtet, wirkt alles gleich viel freundlicher. Und nun aber los, wir sollten noch heute eine Verkehrsbeobachtung vornehmen.«

Genau das hatte Theo Kettling befürchtet, doch nun musste er in den sauren Apfel beißen und willigte äußerlich bereitwillig, aber innerlich missmutig ein.

Gottlob dauerte die Fahrt zum Ort der Observation nicht lange. Theo Kettling hatte Lieselotte Larisch davon überzeugen können, dass der nur etwa 300 Meter stadtauswärts liegende Worthplatz ein geeigneter Aussichtspunkt war.

Nachdem der Daf gesetzeswidrig, aber beobachtungstechnisch günstig auf dem Gehweg zwischen der Fahrspur in Richtung Autobahnauffahrt Lüdenscheid Mitte und dem Fabrikgebäude der Firma Tropen Schröder abgestellt worden war – Letztere vor allem für die qualitativ hochwertigen Tropen-Kugelschreiberminen bekannt –, zählte man in den folgenden drei Stunden rund einhundertfünfzig graue und blaue Käfer. Es gab sogar zwei mit Beschädigungen an den Kotflügeln, die aber waren dummerweise in den falschen Farben lackiert, nämlich in rot beziehungsweise grün.

Theo Kettling, der schon befürchtet hatte, sein Rücken würde durchbrechen, und der zum Schluss ununterbrochen an den Schmerz denken musste, war heilfroh, als Lieselotte Larisch die äußerst fragwürdig erscheinende Aktion abbrach – freilich nicht, ohne deren Fortführung für den nächsten Tag anzukündigen.

»Wir werden uns davon nicht entmutigen lassen; immerhin haben wir ja eine ganze Menge Fahrzeuge gesehen, die alle verdächtig gewesen wären, wenn sie bloß einen Heckschaden gehabt hätten …« – Theo Kettling war sich nicht sicher, ob die Aussage als Witz gedacht war und er höflicherweise lachen sollte – »… allerdings suchen wir uns morgen einen anderen Standort aus; es erhöht unsere Chancen enorm, wenn wir immer mal wieder einen Wechsel vornehmen.«

Er schlug die Hände über dem Kopf zusammen. Das hörte sich so ganz danach an, als ob er die kommenden Tage und Wochen unter bohrenden Rückenschmerzen damit zubringen würde, auf dem unbequemen Gestühl eines niederländischen Kleinwagens zu sitzen und dabei grauen und blauen VW Käfer ohne Beulen in den Kotflügeln hinterherzustarren. Am Haus Werdohler Straße 195 a angekommen, folgte denn auch die Bestätigung dieses Schreckensszenarios.

»Bis morgen früh, um 8 Uhr bin ich wieder da. Ich freue mich schon.«

Theo Kettling quälte sich aus dem Beifahrersitz. »Ich freue mich auch«, sagte er, ohne dabei rot zu werden.

Die Mittagsruhe brachte kein signifikantes Nachlassen der

Beschwerden. Egal, wie er sich im Bett drehte und wendete, egal, in welche Lage er seinen Körper brachte – die Schmerzen im Rücken wurden kaum schwächer. Und wie immer, wenn er zu lange gesessen hatte, ohne zwischendurch aufzustehen und ein paar Schritte zu gehen, tat es überall weh – nicht nur im Lendenwirbelbereich, sondern auch weiter oben, an den Brust- und Halswirbeln.

Ungewohnt früh, nämlich nach nur einer halben Stunde, stand er auf. Am Küchentisch sitzend, rauchend und aus dem Fenster starrend überlegte er, was er tun konnte, um die völlig sinnlos wirkende Suche nach dem Käfer mit der Beule auf eine etwas professionellere Basis zu stellen. Er wollte zumindest die Möglichkeit haben, sich selbst vorzumachen, dass man bei der Suche irgendwie vorankäme, einen wie auch immer gearteten Fortschritt sehen könnte.

Diese Form der Selbsttäuschung kam stets dann zur Anwendung, wenn etwas »in der Luft hing«, wenn etwas stillstand. Er musste eine Entwicklung erkennen können. Egal, wie langsam diese voranschritt und ob sie letztlich real war oder nicht – wichtig war nur, dass er sie sich einbildete.

Theo Kettling grübelte angestrengt, aber völlig planlos und ohne einen der Gedanken auch nur annähernd weiter elaborieren zu können.

Wie schon so oft zuvor kam die heiß ersehnte Idee dann völlig unvermittelt, fiel quasi ohne eigenes Zutun vom Himmel.

Er nahm den 1er zum Sauerfeld und ging von dort aus etwa zehn Minuten zum VW-Händler in die Lutherstraße. Der eher schmucklose Werkstatt- und Verkaufskomplex lag in einem nicht gerade bevorzugten Wohngebiet, das sich in unmittelbarer Nähe zum alten Friedhof und dem kleinen Lüdenscheider Kopfbahnhof befand.

Im Ausstellungsraum standen ein gelber 1302er Käfer als Limousine, ein 1302er Cabrio in rot, ein orangefarbener 1600 L und ein blauer VW 411. Dessen Vorzüge wurden einem Kunden im gesetzten Alter lautstark und gestenreich vom überaus engagierten Mitarbeiter des Hauses erläutert. Der Verkäufer war ebenfalls nicht mehr der Jüngste und schien kurz vor der Rente zu stehen. Von Kleidung und Auftreten her erinnerte er eher an einen Handwerker. Als er mit seinen Ausführungen fertig war – der Kunde erbat sich einige Tage Bedenkzeit –, ging er, wohl in Erwartung eines weiteren potenziellen Käufers, auf Theo Kettling zu und begrüßte ihn stimmgewaltig und euphorisch.

Umso offensichtlicher war seine Enttäuschung, als der »Käufer« lediglich wissen wollte, in welchen Grau- und Blautönen bislang VW Käfer produziert worden waren.

»Ich habe wirklich wenig Zeit für solche Spirenzkes«, belehrte er Theo Kettling.

Der wollte sich gerade mit einer Entschuldigung für die bereits entstandenen Unannehmlichkeiten verabschieden, als ihn der Verkäufer mit einem wenig Begeisterung ausstrahlenden Blick anwies, ihm zu folgen. Beide gingen quer durch den Verkaufsraum in ein kleines Büro. Außer mit zwei Rolltür-Aktenschränken war der Raum mit einem Schreibtisch sowie einem dahinter- und einem davorstehenden Stuhl möbliert. An den Wänden hingen allerhand Werbeplakate, auf denen verschiedene Käfer sowie andere Modelle der Wolfsburger Autobauer werbewirksam in Szene gesetzt waren. Der Verkäufer, der sich in breitem Sauerländer Akzent als Eugen Schmermkorte vorgestellt hatte, machte sich an einem der beiden Rolltürschränke zu schaffen und kramte nach und nach rund ein Dutzend Leitz-Aktenordner heraus, die er auf dem Schreibtisch auftürmte. Dann ging er jeden Ordner schnell, aber gewissenhaft durch und löste immer wieder einzelne Farbkarten aus der Ringheftung.

Nach etwa fünfzehnminütiger, hochkonzentrierter Arbeit, abgeschlossen durch ein lautes und tiefes »So!«, lagen mindestens 20 Karten auf der Tischplatte aus furnierter Buche. Unter dem Volkswagen-Schriftzug und dem Firmenemblem des Lackherstellers Glasurit mit dem Ara-Papagei waren auf jeder von ihnen 14 Farben in erstaunlicher Brillanz abgebildet.

»Die habe ich sogar schon mal aus der Mülltonne gerettet. Heutzutage sind die jungen Leute ja schnell dabei, wenn es ans Wegschmeißen geht. Und irgendwann braucht jemand den alten Krempel doch noch mal, und dann ist das Theater groß. Aber nicht mit mir! Da sieht man doch mal wieder, dass man solche Sachen aufheben muss.«

Die anfängliche Unlust offenbar überwunden, schien der Mann im karierten, bis oben zugeknöpften Hemd nun zur Höchstform aufzulaufen. Nachdem er sich eine Reval aus der auf dem Schreibtisch bereitliegenden Packung genommen und angesteckt hatte, ging er – verblüffend schnell, dabei aber augenscheinlich alles andere als nachlässig – die einzelnen Farben durch. Dafür ließ er den Zeigefinger von oben nach unten über das Blatt laufen und stoppte abrupt bei jedem Grau- beziehungsweise Blauton.

Theo Kettling kramte umständlich Stift und Zettel aus seiner Hemdtasche, doch Eugen Schmermkorte wehrte mit einer Armbewegung ab.

»Lassen Sie, ich fass Ihnen das schon zusammen … und stecken Sie um Himmels willen diesen Kuli wieder ein!«

Dessen Besitzer wurde rot, als er sah, was da schwarz auf gelb stand: »OPEL der Zuverlässige«.

Nach einigen Minuten, während keiner der beiden ein Wort gesagt hatte, lag die fertige, in zackiger Handschrift erstellte

Liste auf dem Tisch. Insgesamt waren darauf 7 Grau- und 22 Blautöne verzeichnet, sorgfältig unterteilt nach Baujahr und Modell. Neben den Farben, die so phantasievolle Namen wie Jupitergrau, Chinchilla, Capri oder Fjordblau hatten, war mit Tesafilm jeweils ein etwa zwei Quadratzentimeter großer Schnipsel aufgeklebt, den der kompetente Verkäufer zuvor mit einer Schere aus dem Lackstreifen der Farbkarte geschnitten hatte.

Eugen Schmermkorte verabschiedete Theo Kettling, der sich zuvor mindestens fünfmal überschwänglich bedankt hatte.

Auf dem Rückweg zum Sauerfeld bereitete der Rücken weit weniger Schwierigkeiten als noch auf dem Hinweg. So konnte Theo Kettling das Wetter genießen, das erstmals seit Wochen Anlass zur Hoffnung gab. Es war trocken, meist sogar sonnig, und die Temperatur bewegte sich in Richtung 25 Grad. Für die kommenden Tage wurde in der Zeitung und im Fernsehen eine Stabilisierung der Hochdrucklage angekündigt; vielleicht käme jetzt ja endlich der Sommer.

Nach entspannter Busfahrt zu Hause angekommen, zündete er sich eine Krone an, setzte sich auf das Wohnzimmersofa und studierte die Farbliste. Mit deren Hilfe konnte man deutlich professioneller observieren. Man würde die Farben der beobachteten Käfer konkret zuordnen und eine analytische Erhebung erstellen können – so machte es Spaß.

*

In der Tat gestaltete sich die Verkehrsbeobachtung in den nächsten Tagen weitgehend erträglich. Zwar wurden bis einschließlich Mittwoch keinerlei in Frage kommende Käfer mit beschädigten Heckpartien gesichtet, doch Theo Kettling war froh, eine mehr oder weniger abwechslungsreiche Tätigkeit ausüben zu können, indem er alle Fahrzeuge in seine Liste eintrug – mit Vermerk der Kennzeichen und geordnet nach den Herstellerfarben.

Am Dienstag wurde für die Zeit von 8 bis 10 Uhr mit dem Bräuckenkreuz der größte Verkehrsknotenpunkt im Süden der Stadt als Beobachtungspunkt gewählt und von 10 bis 11 Uhr die Kreuzung an der Christuskirche. Erneut begann man am Mittwoch mit dem Bräuckenkreuz und nahm sich später noch mal den Worthplatz nahe Theo Kettlings Zuhause vor. Eigentlich hatte es auch noch Observationen an der verkehrstechnischen Hauptschlagader schlechthin, dem Straßenstern, geben sollen, doch aufgrund der haarsträubenden Baustellensituation im Zentrum war es unmöglich gewesen, einen geeigneten Standplatz zu finden. Jeweils einmal musste man an der Christuskirche und am Bräuckenkreuz kurzzeitig den im Haltverbot liegenden Aussichtsposten verlassen, da sich ein Polizeiauto näherte und man weder ein Verwarnungsgeld zahlen noch in eine unschöne Diskussion verwickelt werden wollte.

Als dann auch am Donnerstag kein verdächtiges Fahrzeug verbucht werden konnte, ließ die Begeisterung langsam, aber sicher nach. Erstaunlicherweise war es vor allem Lieselotte Larisch, die offenbar von einer zunehmenden Unlust heimgesucht wurde. Auch wenn sie diese niemals offen zugegeben hätte, stellte Theo Kettling doch mit einiger Erleichterung fest, dass die Frau auf dem Fahrersitz immer wortkarger wurde und die Freude an den Ermittlungen mehr und mehr aus ihrem Gesicht verschwand.

»Ich denke, wir sollten uns morgen noch mal eine Stunde an den Worthplatz stellen und uns dann Gedanken machen, ob es nicht noch andere Möglichkeiten gibt, dem Täter auf die Spur zu kommen.«

Der Satz klang für Theo Kettling wie Musik in den Ohren.

Es gab ja de facto keinen weiteren Ansatz, den man hätte verfolgen können. Außer einem unwirklich erscheinenden Phantombild und der Erinnerung an einen demolierten VW Käfer hatte man nichts in der Hand.

Der Freitagmorgen aber gestaltete sich aufregender als erwartet. Kaum war die Beobachtungsposition vor der Firma Tropen Schröder eingenommen, brauste ein Käfer mit dicker Beule im rechten hinteren Kotflügel über die Kreuzung. Und der war ausnahmsweise mal nicht weiß, rot, grün oder gelb. Nein, dieser hier war dunkelblau. Ganz genau war es die VW-Farbe mit dem Code L 436 – Indigoblau, wie Theo Kettling mit Hilfe seiner Tabelle innerhalb von Sekunden bestimmte.

Gerade wollte er sich, soweit es ihm möglich war, umdrehen, um Lieselotte Larisch mitzuteilen, wann der Verkehrsstrom ein gefahrloses Einordnen zulassen würde. In diesem Moment flogen Stift, Farbliste sowie eine Tupperdose mit rund einem Dutzend Mohnschluschken, die quasi als süßes Pausenbrot dienen sollten, quer durch den Daf. Die Fahrerin hatte blitzschnell den Zündschlüssel herumgedreht und im gleichen Moment das Gaspedal ohne Rücksicht auf Verluste bis zum Bodenblech durchgetreten. Mit quietschenden Reifen fuhr sie vom Gehweg, schoss auf die Gegenfahrbahn und fing ihr Fahrzeug nur mit Mühe wieder ab. Gleichzeitig quietschten auch die Reifen der anderen Autos, deren Lenker gleich reihenweise zu Vollbremsungen genötigt wurden. Das anschließende Hupkonzert war nicht minder beeindruckend. Theo Kettling versuchte noch den Haltegriff zu erreichen, was aber misslang, so dass er, vor Schmerzen schreiend, im Auto hin und her geschleudert wurde.

Gott sei Dank schien der Käfer von diesem Aufruhr nichts bemerkt zu haben. Er fuhr unbeeindruckt im mindestens als flott zu bezeichnenden Tempo die Werdohler Straße hinunter, die ab dem Worthplatz Werdohler Landstraße hieß und schnell aus der Stadt hinausführte – nach nur etwa 200 Metern hörte die Bebauung ziemlich abrupt auf. Noch mal 300 Meter weiter, im Schlittenbachtal angekommen, bog das Fahrzeug nach rechts in die Bräuckenstraße ab, um sofort wieder zu beschleunigen. Zwar konnte Lieselotte Larisch den unverdächtigen Abstand von rund 50 Metern zum Käfer konstant halten, dafür musste sie aber auch beinahe die volle Motorleistung des Daf ausnutzen. Beide Autos waren mit knapp 80 Stundenkilometern unterwegs und drosselten das Tempo auch nicht, als das gelbe Schild mit der Aufschrift »Lüdenscheid« unmissverständlich klarmachte, dass man sich nun wieder im Stadtgebiet befand und höchstens Tempo 50 fahren durfte.

Theo Kettling, dem beim abenteuerlichen Auftakt der Verfolgung – halb vor Schmerz, halb vor Angst – schwarz vor Augen geworden war, beruhigte sich trotz des hohen Marschtempos allmählich und bemühte sich nun, einen vagen Eindruck von der Person hinter dem Steuer des Käfers zu bekommen. Es war recht deutlich zu erkennen, dass da jemand mit langen Haaren saß, also mit an Sicherheit grenzender Wahrscheinlichkeit nicht der Mann auf dem Phantombild. Entweder war es eine vermutlich jüngere Dame oder aber ein junger Mann mit entsprechender Haarpracht, die sich seit ein, zwei Jahren auch beim starken Geschlecht wachsender Beliebtheit erfreute.

Der Käfer fuhr mit nach wie vor deutlich überhöhter Geschwindigkeit auf das Bräuckenkreuz zu und ordnete sich erst sehr spät auf die Linksabbiegespur ein, so dass Lieselotte Larisch es nicht verhindern konnte – und es zum Glück für Theo Kettling und die anderen Verkehrsteilnehmer auch gar nicht erst versuchte –, dass sich ein weiteres Fahrzeug zwischen Käfer und Daf drängte. Nachdem die Ampel auf Grün gesprungen war, wurde schnell klar, dass der Fahrer des weinroten Renault 4 die Verfolgung ernsthaft gefährdete. Er fuhr auf dem Anstieg zur Höh viel zu langsam, so dass die Lücke zum Käfer zusehends größer wurde. Tatenlos mussten Lieselotte Larisch und Theo Kettling mit ansehen, wie sich das zu observierende Objekt immer weiter entfernte, denn der dichte Gegenverkehr ließ kein Überholmanöver zu, wäre es auch noch so mutig gewesen.

Oben auf der Höh – mit 499 Metern höchstgelegener Punkt im Stadtgebiet – angekommen, war der blaue Käfer verschwunden. Lieselotte Larisch aber wollte sich wie üblich nicht mit den Gegebenheiten abfinden. So donnerte sie auf Verdacht geradeaus über die Kuppe, nachdem der R4 nach links in Richtung Krankenhaus Hellersen abgebogen war.

Und wie so oft wurde sie für ihren Optimismus und ihre Standhaftigkeit belohnt: Bei der Abfahrt hinunter in Richtung des Stadtteils Piepersloh war gerade noch zu sehen, wie etwa 200 Meter weiter vorne der Volkswagen nach rechts in die Siedlung Bierbaum abbog. Er fuhr die Straße »Am Räther« hoch und verschwand dann nach links.

Da der Bierbaum nicht besonders groß war, konnten Lieselotte Larisch und Theo Kettling durchaus Hoffnung haben, das Auto wiederzufinden. Fünf Straßen verliefen oval um eine in moderner Architektur erbaute Kirche von fast schon beeindruckender Schlichtheit. Es gab am Bierbaum etwas mehr als 100 Häuser, zumeist Eigenheime aus den fünfziger und sechziger Jahren, aber auch die in der Bergstadt so zahlreich anzutreffenden Reihenmietshäuser. Aus der Luft betrachtet sah der kleine Stadtteil aus wie ein 600 Meter langes und 400 Meter breites Ei mit einem hässlichen Gotteshaus in der Mitte.

Lieselotte Larisch fuhr ohne erkennbares System mal engere, mal weitere Ovale, und nachdem auch bei der x-ten Umrundung jede Spur von dem verdächtigen Fahrzeug fehlte, ging

Theo Kettling fest davon aus, dass es längst über alle Berge oder zumindest in einer Garage verschwunden war. Auch Lieselotte Larisch schien kurz davor, die gesamte Aktion abzubrechen – wobei sie mit an Sicherheit grenzender Wahrscheinlichkeit wieder eine ihrer pauschalen Durchhaltereden hätte folgen lassen.

Doch plötzlich stieß sie ein lautes, beinahe schon kreischendes »Da!« raus. Theo Kettling zuckte vor Schreck zusammen und sah dann ebenfalls den Käfer, der an der rechten Straßenseite stand.

Beim Versuch, den Daf in eine viel zu enge Parklücke etwa zwanzig Meter hinter dem VW zu quetschen, stellte Lieselotte Larisch ihr Fahrzeug im Winkel von beinahe neunzig Grad zur Straße ab, was auf Dritte gewiss alles andere als unauffällig gewirkt haben muss. Die langhaarige Person hinter dem Steuer des Käfers hatte aber anscheinend nichts mitbekommen, sie schaute abwechselnd auf die Uhr und auf das Einfamilienhaus, vor dem sie den Volkswagen angehalten hatte.

Nach etwa drei Minuten kam eine junge Frau mit kurzen blonden Haaren aus der Tür, bewegte sich schnellen Schrittes zur Beifahrerseite des Käfers und stieg ein.

Sofort setzte sich das Fahrzeug in Bewegung, so dass Lieselotte Larisch alle Mühe hatte, den Daf eilig aus der misslichen Position herauszumanövrieren. Und obwohl der Blickkontakt aufgrund der Verzögerung erneut abriss, konnte die Lücke schon bei der Ausfahrt aus dem Bierbaum geschlossen werden, denn an der Einmündung in die Herscheider Landstraße hatte auch der VW warten und die vorfahrtberechtigten Fahrzeuge passieren lassen müssen. Danach bog er nach rechts ab und fuhr an der Autobahnanschlussstelle Lüdenscheid Süd vorbei in Richtung Versetalsperre. Dort angekommen, ging es nach links in Richtung Herscheid.

Die beiden Personen im Käfer führten offensichtlich eine angeregte Unterhaltung, so dass Theo Kettling und Lieselotte Larisch kaum Gefahr liefen, als Verfolger erkannt zu werden.

Unmittelbar nach Passieren des Staudammes hielt der VW rechts auf dem für Erholungssuchende eingerichteten Parkplatz. Da fast alle der schräg angeordneten Stellflächen frei waren, konnte Lieselotte Larisch diesmal auf wilde Rangiermanöver verzichten. Dennoch schoss sie in des Wortes wahrster Bedeutung über das Ziel hinaus und donnerte mit den Vorderrädern die vor ihr liegende Böschung mindestens einen halben Meter hinauf, was ein überaus hässliches Geräusch im Bereich des Fahrzeugunterbodens zur Folge hatte. Dann beförderte sie Theo Kettling recht unsanft aus dem Auto, indem sie zunächst in einer artistisch anmutenden Einlage die Beifahrertür öffnete und ihn schließlich mit kraftvollem Schubsen der Fahrgastzelle verwies.

Auch die Insassen des Volkswagens waren inzwischen ausgestiegen, und nun war klar, dass es sich bei der Person hinter dem Steuer ebenfalls um eine junge Frau handelte.

»Kommen Sie, Theo, ein schöner Spaziergang an der frischen Luft wird uns gut tun«, sagte Lieselotte Larisch auffällig unauffällig. Die jungen Mädchen – beide mochten vielleicht Anfang zwanzig sein – nahmen keine Notiz und führten in ihren rosa- beziehungsweise türkisfarbenen Turnanzügen stattdessen einige Dehnübungen durch. Offenbar hatten sie vor, ihre Ausdauer durch einen Lauf entlang des Stausees zu kräftigen. Äußerlich jedenfalls stellten sie so ziemlich das genaue Gegenteil des Mannes auf dem Phantombild dar.

Lieselotte Larisch versuchte es auf die direkte Tour.

»Eine ganz hübsche Beule haben Sie da in Ihrem Auto, mein Kind.«

Wie nicht anders zu erwarten, war es die Fahrerin, die antwortete.

»Ja, total ärgerlich. Ich hatte nur mal schnell meine Tante im Städtischen Krankenhaus besuchen wollen, ihr gehört auch der Wagen. Als ich danach wieder aus der Parklücke fahren will, sagt es plötzlich ›Krach‹, da bin ich gegen die Laterne.«

»Erstaunlich, dass es in der Philippstraße so mächtige Laternen gibt …« Lieselotte Larischs Gesprächsführung zeichnete sich nicht gerade durch Geschick und Kreativität aus.

Dennoch antwortete die junge Frau bereitwillig: »Direkt am Krankenhaus in der Philippstraße habe ich keinen Parkplatz mehr gekriegt, deshalb bin ich in die Freiherr-vom-Stein-Straße gefahren.«

Dem anderen Mädchen wurde die Befragung nun offenbar lästig: »Jetzt komm endlich, Gabi. Wir müssen nachher noch für die Klausur am Montag lernen.«

»Ist schon recht. Wir wollen uns auch etwas bewegen und das Wetter einfach ignorieren. Nicht wahr, Theo?«

Entgegen aller Prognosen waren die Temperaturen im Laufe der Woche immer weiter zurückgegangen, und nun zeigte das Thermometer nur noch 12 Grad an.

Da traf es sich gut, dass der Spaziergang nicht lange dauerte. Sobald die Mädchen um die erste Biegung des Fußwegs am Ufer der Talsperre verschwunden waren, ging es schnellen Schrittes zurück zum Daf und dann auf direktem Weg zur Freiherr-vom-Stein-Straße.

Lieselotte Larisch stellte den Wagen an der Einmündung zur Philippstraße ab. Schon die zweite Laterne in Richtung Sauerfeld wies eine Beschädigung auf – mit Lackspuren in Indigoblau. Es konnte höchstens wenige Tage her sein, dass die junge Frau namens Gabi hier gegen gefahren war, denn auch um den Laternenmast herum lagen noch abgeplatzte Lacksplitter.

Es war zum Verzweifeln. Endlich mal hatte es eine scheinbar heiße Spur, eine berechtigte Hoffnung gegeben, und nun war alles wie gewonnen, so zerronnen. Doch Lieselotte Larisch wäre nicht Lieselotte Larisch gewesen, hätte sie angesichts der Enttäuschung resigniert.

»Dieses Fahrzeug immerhin können wir jetzt ausschließen. Trotzdem glaube ich, dass wir nach anderen Ermittlungsmöglichkeiten suchen sollten.«

Theo Kettling wusste nicht, ob er lachen oder weinen sollte.

»Aber jetzt fahren wir erst einmal zu mir nach Hause, und ich mache uns etwas Schönes zu essen.«

Während der erste Teil des Satzes wie eine weitere Terrordrohung wirkte, klang der zweite doch sehr verlockend. So willigte Theo Kettling ein und versuchte sich während der Fahrt abzulenken, indem er das in den vergangenen Tagen erstellte Verzeichnis mit den an den verschiedenen Kreuzungen gesichteten Fahrzeugen durchging.

Insgesamt hatte er von Dienstag an, als ihm seine Farbliste zur Verfügung gestanden hatte, bis einschließlich Donnerstag 434 VW Käfer notiert, 281 blaue und 153 graue. Der Vollständigkeit halber hatte er darunter auch 171 Fahrzeuge erfasst, die eigentlich aufgrund zu heller Farbtöne nicht in Frage kamen. 17 der notierten Volkswagen befanden sich in Besitz von belgischen Soldaten; Theo Kettling hatte das an den »Bezetplaten« erkannt, den schwarzen Nummernschildern mit weißer Schrift für die Angehörigen der belgischen Streitkräfte in Deutschland. Knapp die Hälfte der notierten Autos war mehrfach an den Beobachtungspunkten entlanggefahren; teilweise bis zu sechsmal, wie aus der Strichliste hinter den Kennzeichen hervorging.

Und nur dieser eine, letztlich nicht in Frage kommende blaue Käfer wies eine deutliche Beschädigung an einem der hinteren Kotflügel auf.

Die ganze Arbeit der letzten Tage war umsonst gewesen, und Theo Kettling fühlte sich in seinem zu Beginn der Woche erfolglos vorgetragenen Einwand bestätigt, das richtige Auto könne jemand Auswärtigem gehören oder der Blechschaden sei vielleicht längst behoben worden.

Um kurz vor zehn erreichten die beiden das alte Bauernhaus in Rölvede, ohne dass es während der Fahrt zu größeren Katastrophen gekommen war. Theo Kettling konnte schon im Fahrzeug Cleos lautes Bellen hören. Sofort nachdem Lieselotte Larisch die Tür aufgeschlossen hatte, verwandelte sich die Freude des Tieres in ungezügelte Ekstase, was vor allem Theo Kettling mit beeindruckenden Sabberflecken an seiner Kleidung bezahlen musste.

Als die Dogge sich ein wenig beruhigt hatte, entdeckte Lieselotte Larisch den Zettel, der unter der Tür hindurchgeschoben worden war. In sauberer, kunstvoll geschwungener Handschrift stand eine kurze Nachricht darauf:

Liebe Lilo,
bin gestern in der Stadt jemandem begegnet, der dem Mann auf dem Phantombild ähnlich sieht.
Melde dich doch mal bei mir, wenn Du wieder zu Hause bist.
Gruß, Milli

*

Emilie Backhaus, genannt Milli, war die beste Freundin von Lieselotte Larisch.

Die Frauen kannten sich seit Mai 1956. Damals hatten sie sich zufällig auf der Nordseeinsel Wangerooge getroffen, wo beide mit ihren Schülern auf Klassenfahrt gewesen waren. Die Deutschlehrerinnen hatten sich vom ersten Augenblick an prächtig verstanden, hatten sich fortan in regem Briefverkehr ausgetauscht, und als im Jahr 1960 an der Spormecke, damals noch Volksschule, die Rektorenstelle vakant geworden war, hatte Milli den entsprechenden Tipp gegeben.

Lieselotte war es nicht leichtgefallen, ihre Position an der Volksschule Heiligengeisttor in Oldenburg aufzugeben; denn nach ihrer Flucht aus Jägerndorf im Sudetenland hatte sie die reizvolle norddeutsche Stadt lieben gelernt und dort eine neue Heimat gefunden.

Eingestuft in die Kategorie 5, »Entlastet«, war sie aus dem Entnazifizierungsverfahren herausgegangen und hatte danach an der Heiligengeisttor-Schule unter anfangs denkbar schwierigen Bedingungen unterrichtet. In Klassen mit bis zu 80 Schülern unterschiedlichster Jahrgänge war es nur unter Aufbietung ihrer ganzen Kraft möglich gewesen, den Kindern etwas mitzugeben. Doch nach und nach hatte sich die Situation gebessert, waren ordentliche Verhältnisse an der Schule eingekehrt, und Lieselotte Larisch war von der mit Argwohn beobachteten »Flüchtlingslehrerin« zu einer bei Schülern wie Eltern gleichsam geschätzten Pädagogin avanciert.

Lediglich der Aufstieg zur Rektorin war ihr versagt geblieben. Den Posten hatte 1958 ein alteingesessener Kollege bekommen, wie es hieß wohl vor allem aufgrund seiner exzellenten Beziehungen zum konservativen politischen Lager. Vielleicht noch immer etwas verbittert darüber hatte sich Lieselotte Larisch nach langem inneren Kampf für das Rektorat an der Spormecke beworben.

Der Schulausschuss gab ihr den Zuschlag für die Stelle, und sie und ihre Mutter wechselten zum zweiten Mal in ihrem Leben, diesmal freiwillig, ihr Zuhause. Milli und Lieselotte gehörten noch drei Jahre gemeinsam dem Kollegium an, bevor Erstere in den Ruhestand trat.

Die Freundschaft zwischen den beiden Frauen aber blieb bestehen und wurde sogar noch intensiver, als sich der Kontakt auf die private Ebene beschränkte. Mindestens einmal pro Woche traf man sich bei Kaffee und Kuchen, entweder bei Lieselotte oder bei Milli in der Viktoriastraße in Schalksmühle oder in einem der Lüdenscheider Cafés. Dazu kamen die monatlichen Treffen mit dem übrigen Kollegium am Sonntagvormittag. Die hielt man seit einiger Zeit im Ausflugslokal Wissing am Homert-Aussichtsturm ab, nachdem im vergangenen Herbst der Wirt des Gasthauses Schröder an der Herscheider Landstraße angekündigt hatte, dass er seinen Restaurationsbetrieb bald schließen werde. Das traditionsreiche Haus, an dem im 19. Jahrhundert die Postkutschen Halt gemacht hatten, würde schon bald einer großzügigen Verkehrsführung zum Opfer fallen, die wiederum durch den Bau der Sauerlandlinie für nötig erachtet wurde.

Ein ganz besonderes Highlight für die beiden Freundinnen waren die gemeinsam unternommenen Studienreisen, die sie unter anderem bereits nach Leningrad, dem früheren Sankt Petersburg, und in die Toskana geführt hatten.

Direkt nachdem Lieselotte Larisch am Freitag Millis Nachricht gelesen hatte, war sie ans Telefon gestürmt und hatte sie angerufen. Man hatte sich für Sonntagnachmittag in Rölvede verabredet, und nun saß man gemeinsam mit Theo Kettling an der festlich gedeckten Kaffeetafel in Lieselotte Larischs Wohnzimmer. Zum Leidwesen der Pensionärinnen machten niedrige Temperaturen und immer wieder einsetzende Schauer eine gepflegte Konversation im hübschen Garten des Bauernhauses unmöglich.

»Na ja, ähnlich schon, aber genauso ausgesehen hat er nicht. Ähnlich halt. Zumindest etwas.« Millis so vielversprechender Hinweis schien nach und nach auseinanderzufallen.

Theo Kettling hatte indes ganz andere Probleme. Seit Samstag litt er unter einer allzu engagierten Tätigkeit seines Verdauungsapparates und musste, wie so oft bei Stress und großer Aufregung, alle ein bis zwei Stunden auf die Toilette. So suchte er bereits zum dritten Mal das in modischem Orange geflieste Gästebad auf. Nachdem er wieder ins Wohnzimmer gekommen und umständlich über Cleo gestiegen war, die es sich vor seinem Platz gemütlich gemacht hatte, bekam er gerade noch das Ergebnis der Beratungen mit.

»Also gut, Milli. Egal, ob er ihm nur etwas ähnlich sieht oder etwas mehr ähnlich oder sogar ziemlich ähnlich – Theo und ich werden der Sache auf jeden Fall auf den Grund gehen. Und wenn du am Donnerstag gesehen hast, wie er gegen 12 Uhr das Sauerfeld hinaufging, und wenn er von seiner Kleidung her eindeutig als Bauarbeiter zu erkennen war, dann spricht doch einiges dafür, dass er auf einer der vielen Baustellen im Stadtzentrum arbeitet und mittags zum Essen in eine Kneipe oder nach Hause geht.«

Theo Kettling hätte seinen vom häufigen Klopapiergebrauch wundgescheuerten Hintern darauf gewettet, dass Lieselotte Larisch mal wieder richtig kombiniert hatte.

7

Lieselotte Larisch hatte mal wieder richtig kombiniert.

Wie sich herausstellen sollte, arbeitete der Mann auf der Baustelle am Breddermann-Hochhaus. Jeden Mittag um Punkt zwölf kam er mit rund zwei Dutzend weiteren Arbeitern aus dem halbfertigen, kastenförmigen Gebäude. Er eilte die Altenaer Straße hinauf, bis diese nach gut einhundert Metern in die Sauerfelder Straße mündete. Dann bog er nach links ab, ging an den Bushaltestellen vorbei und überquerte fünfzig Meter nach der Kreuzung Sauerfelder Straße und Freiherr-vom-Stein-Straße die Fahrbahn. Noch bevor er das vernachlässigt und marode aussehende Haus mit der Nummer 30 erreichte, stürmten drei Kinder heraus und begrüßten ihn lautstark. Offenbar wohnte er mit seiner Familie im ersten Stock, denn nur wenige Momente, nachdem Vater und Kinder ins Haus gegangen waren, konnte man sie hinter schmutzigen Fensterscheiben und zwischen zerschlissenen Vorhängen erkennen.

Theo Kettling und Lieselotte Larisch hatten am Montag um Viertel nach elf mit ihren Nachforschungen begonnen und sich zunächst die Arbeit aufgeteilt. Während sie sich im Baustellenbereich Straßenstern und Breddermann-Hochhaus aufgehalten und Ausschau nach dem Verdächtigen gehalten hatte, war der Bereich Sauerland-Center und Rathaustunnel von ihm übernommen worden.

Lieselotte Larisch hatte sofort gewusst, dass es sich bei diesem Menschen, der da aus der Lücke im Bauzaun gekommen war, genau um den handeln musste, den Milli vier Tage zuvor gesehen hatte. Im ersten Moment war es ihr kalt den Rücken heruntergelaufen, und sie hatte gemeint, den Mann wiederzuerkennen, der sie vor acht Wochen beinahe zu Tode erschreckt hatte. Doch schon einen Augenblick später war sie sich nicht mehr sicher gewesen. Zwar hatte der Bauarbeiter exakt diese wirren lockigen Haare und auch die dicken dunklen Augenbrauen; aber hatte das Gesicht des Fremden im Wald nicht deutlich älter gewirkt?

Immerhin hatte man nun nicht mehr nur einen mit Bleistift gezeichneten Verdächtigen, sondern einen aus Fleisch und Blut. Und einen Namen hatte er auch – Günter Nölle stand in unbeholfen wirkender Handschrift auf einem Streifen Tesakrepp, der irgendwann flüchtig neben dem mittleren von drei Klingelknöpfen des Hauses an der Sauerfelder Straße geklebt worden war und sich an den Ecken und Rändern bereits ablöste.

So hatte es außer Frage gestanden, dass der Mann weiter beobachtet werden musste. Theo Kettling und Lieselotte Larisch hatten an den folgenden drei Tagen den Unbekannten überwacht, ohne dabei irgendetwas Verdächtiges zu beobachten. Jeden Morgen hatte er um Viertel vor sieben das Haus verlassen und war zum Breddermann-Hochhaus gegangen. Ab und zu hatte man ihn auf einem der Gerüste an der Außenfassade gesehen, eine Zigarette rauchend und sich mehr oder weniger angeregt mit den Arbeitskollegen unterhaltend. Um 12 Uhr hatte er den Rohbau verlassen und war eilig nach Hause gegangen. Frisch gestärkt war er um kurz vor eins wieder herausgekommen und zur Baustelle gegangen. Um 17 Uhr hatte er Feierabend gehabt, den er am Montag und Dienstag daheim mit seiner Familie verbracht hatte. Nur am Mittwochabend hatte er das Haus verlassen, um in die Gaststätte Zur ollen Piepe zu gehen, die in unmittelbarer Nähe des Bahnhofs lag. Zusammen mit sieben anderen Männern – Theo Kettling und Lieselotte

Larisch erkannten unter ihnen drei der Breddermann-Bauarbeiter wieder – hatte er ein paar Bier getrunken und gegen halb zehn fröhlich pfeifend den Heimweg angetreten.

Obgleich die Beschattung ganz sicher nicht professionell vonstattengegangen war, hatte Günter Nölle offenbar keinen Verdacht geschöpft. Selbst im Kneipenraum der Gaststätte, wo Lieselotte Larisch und Theo Kettling zwischen all den lauten und Bier trinkenden Kerlen wie bunte Hunde gewirkt haben mussten, hatte er so gut wie keine Notiz von den beiden genommen, sondern lediglich drei oder vier Mal kurz herübergeschaut, ohne dass man dabei einen Hauch von Interesse in dem markanten Gesicht hätte erkennen können.

Am Donnerstagabend war dann nicht nur die Geduld von Theo Kettling, sondern erstaunlicherweise auch die von Lieselotte Larisch aufgebraucht gewesen. Deshalb war man nach langen Diskussionen übereingekommen, am nächsten Tag den direkten Kontakt mit dem Verdächtigen zu suchen. Theo Kettling hatte nur unter Vorbringen größter Bedenken zugestimmt; er hatte Angst gehabt, wiedererkannt zu werden, denn schließlich hatte man Günter Nölle in den vergangenen Tagen auf Schritt und Tritt verfolgt und in der ollen Piepe fast zwei Stunden lang nur wenige Meter von ihm entfernt gesessen.

»Erstens glaube ich nicht, dass er uns überhaupt wahrgenommen hat, und zweitens könnte die neuerliche Begegnung ja auch ein Zufall sein«, waren Theo Kettlings Einwände wie gewohnt von Lieselotte Larisch pulverisiert worden.

*

Um zehn nach vier stand er am Freitag auf, was selbst für seine Verhältnisse außerordentlich früh war. Bei seinem morgendlichen Spaziergang ging er zunächst zum Worthplatz, bog dort nach links in die Lennestraße ab und trottete diese knapp 400 Meter hinab, bevor er wiederum nach links abbog in die Elsa-Brändström-Straße. Er ging an den schmucklosen weißen Reihenmietshäusern entlang – jenen Häusern, die er beim Blick aus den Fenstern in Küche und Arbeitszimmer seiner Wohnung sah – und erschrak, als er plötzlich Schritte hinter sich hörte.

Wie sich im nächsten Augenblick herausstellte, stammten diese aber nicht von Günter Nölle oder von sonst jemandem, der als Mörder in Betracht kam. Es war die Zeitungsfrau, die dafür sorgte, dass die Leser ihre Morgenlektüre pünktlich im Briefkasten vorfanden.

Als Theo Kettlings Pulsfrequenz wieder zurückgegangen war, sinnierte er über die Beobachtungen, die Lieselotte Larisch und er in den vergangenen Tagen gemacht hatten. Günter Nölle war mit seinem groben und recht ungepflegten Äußeren ganz gewiss nicht der Traum aller Schwiegermütter. Aber im Grunde genommen wirkte er eher gutmütig und auf keinen Fall kaltblütig und brutal. Beinahe schon rührend waren die Szenen vor dem Wohnhaus gewesen, wenn er seine Kinder in die Arme schloss, sie küsste und mit ihnen balgend im Haus verschwand. Nein, wie der skrupellose oder geisteskranke Mörder, der den alten Rott mit einem Kochmesser niedergemetzelt hatte, wirkte dieser Mann nicht.

Andererseits war es ja möglich, dass die Dinge viel komplizierter lagen, als sie auf den ersten Blick aussahen. Theo Kettling dachte an den Abend des vergangenen Freitags. Lieselotte Larisch hatte ihn nach der gemeinsamen Unterredung mit Milli heimgefahren und um 20 Uhr 10 vor dem Haus in der Werdohler Straße abgesetzt. So hatte er gerade noch den Beginn der neuen Folge des »Kommissars« mitbekommen. Die ZDF-Krimiserie mit Erik Ode stand auf seiner Beliebtheitsskala ganz oben, und er hatte erst eine einzige der 50 bisher ausgestrahlten Folgen verpasst. Damals hatten die Hill Cats ein Konzert in der Schützenhalle am Loh gegeben. Theo Kettling hatte die Wahl gehabt zwischen dem »Tod eines Ladenbesitzers« und der überaus lebendigen, über die Bühne wirbelnden Sabine und sich für Letztere entschieden. Die Kommissar-Folge vom vergangenen Freitag jedenfalls war mal wieder ein wahres Kleinod anspruchsvoller deutscher Fernsehunterhaltung gewesen. Das Mordopfer war diesmal ein Obdachloser gewesen, der durch Zufall in die Gesellschaft wohlhabender Menschen geraten war. Denen hatte er weitgehend unfreiwillig als eine Art moderner Hofnarr gedient, und am Ende hatte er sein Leben lassen müssen, weil ein junger reicher Schnösel ihn erschoss – einfach nur zum Spaß.

Vielleicht verhielt es sich bei Günter Nölle ganz ähnlich. Vielleicht war er auch in irgendwelche dubiosen Machenschaften hineingezogen worden, und ehe er sich versehen hatte, hatte er in einer Sackgasse gesteckt. Nur waren die Vorzeichen hier andere. Er war nicht das Mordopfer, er war der Mörder. Hatte vielleicht töten müssen, keinen Ausweg mehr sehend.

Um kurz nach fünf war Theo Kettling wieder zu Hause. Er machte sich für den Tag fertig und frühstückte ausgiebig, ohne sich dabei allerdings entspannen zu können.

Denn heute war der Tag, an dem man Günter Nölle von Angesicht zu Angesicht begegnen würde.

Was er und Lieselotte Larisch dabei wohl zu erwarten hatten? Wenn der Mann mit dem gelben Schutzhelm und der verstaubten Arbeitskleidung gar nicht so gutmütig und gemütlich war, wie er aussah, was dann? Wenn er würde fürchten müssen, er, Theo Kettling, und Lieselotte Larisch könnten ihm gefährlich werden? Wenn er sich würde entscheiden müssen zwischen dem glücklichen, unbeschwerten Leben daheim mit seiner Familie und einem Dasein im Zuchthaus bei Wasser und Brot?

Die Antwort darauf war ebenso logisch wie Furcht erregend. Günter Nölle, Gefahr laufend, so viel Liebes zu verlieren, würde Frau und Kinder unter irgendeinem Vorwand aus dem Haus schicken. Theo Kettling und Lieselotte Larisch, beide wie gelähmt angesichts des Unvermeidlichen, des Unfassbaren, würden wie im Zeitraffer jeweils das eigene Leben an sich vorbeirasen sehen, schon nur noch schemenhaft mitbekommend, wie ihr Mörder das Kochmesser aus dem Küchenschrank nehmen würde, um dann erneut den Beweis anzutreten, welch verheerende Wirkung das profane Haushaltsutensil zu entfalten imstande ist.

Theo Kettling sah ganz deutlich die Szenen, die sich danach abspielen würden. Sah seinen eigenen Körper und den von Lieselotte Larisch, beide blutüberströmt, wie sie von Günter Nölle nacheinander aus dem Haus und in einen ... Theo Kettling überlegte ... vielleicht fontanagrauen VW Käfer – Farbcode L 595 – geschafft wurden. Nach zehnminütiger Fahrt würden beide wieder an der Versetalsperre sein. Diesmal aber nicht mit zwei jungen Mädchen plaudernd und ein Stück den Uferweg entlanggehend, sondern mausetot. Erst nach Tagen schließlich von Spaziergängern gefunden, aufgebläht und als menschliche Körper kaum noch zu erkennen. Durchlöchert von Aalen zudem, denen man als schmackhafte Abwechslung zu Würmern, Kleinfischen und Insektenlarven diente.

Erfolglos sich bemühend, die dunklen Gedanken loszuwerden, und zudem ununterbrochen an den Schmerz im Rücken denkend, ging Theo Kettling in der Wohnung auf und ab. Um kurz nach halb acht zog er die Jacke an – nach wie vor war es kühl und regnerisch – und ging zur Bushaltestelle. Um 8 Uhr machte die Sparkasse auf, und da er ohnehin Geld holen musste, würde er sich auf diese Weise etwas ablenken. Er würde anschließend ein bisschen durch die Stadt laufen und sich um 11 Uhr mit Lieselotte Larisch vor dem Breddermann-Hochhaus treffen.

Zwischen 50 und höchstens 80 Mark lag die Summe, die er sich gemeinhin auszahlen ließ. Gern hätte er hin und wieder mehr abgehoben, hatte aber Sorge, die Dame oder der Herr hinter dem Kassenschalter würde dies für unverhältnismäßig erachten, ihn vielleicht sogar mit Blicken oder Worten zurechtweisen, seine finanzielle Situation schließlich nur allzu gut kennend.

Diese war indes gar nicht so schlecht, wie sie von ihm selbst und vielleicht auch von Außenstehenden eingeschätzt wurde. Denn neben seiner Erwerbsminderungsrente erhielt er jeden Monat 200 Mark von seiner Großtante Gertrud. Die 91-jährige empfing ihn in unregelmäßigen Abständen zu Kaffee und Kuchen, und er half ihr gelegentlich bei den kleinen Dingen des Alltags. Obgleich sie für ihr Alter erstaunlich fit war, hatten während der letzten Jahre die Wehwehchen doch zugenommen, und sie war froh, Einkäufe, Behördengänge oder anstrengende Arbeiten im Haushalt nicht allein erledigen zu müssen.

Mit der finanziellen Unterstützung von Tante Gertrud standen Theo Kettling monatlich mindestens 800 Mark zur Verfügung; meist auch mehr, denn die alte Dame war nicht geizig und honorierte kleinere und größere Gefälligkeiten nicht selten durch Zustecken eines 50-Mark-Scheins.

Und da er auch schon vor seiner Berufsunfähigkeit regelmäßig gespart und selten größere Anschaffungen vorgenommen hatte, verfügte er über durchaus komfortable Rücklagen. So hätte er es sich problemlos leisten können, den Führerschein zu machen und sich einen Kleinwagen zu kaufen. Theo Kettling aber, nie auch nur einen Meter probeweise gefahren, hatte

Angst, sich zu dumm anzustellen, sich schon bei Antritt der ersten Fahrstunde zum Gespött der ganzen Nachbarschaft zu machen. Vor seinem geistigen Auge spielten sich furchtbare Dinge ab: Nach endlosen Übungseinheiten mit seinem völlig entnervten Fahrlehrer fiel er wieder und wieder durch die Prüfung und erlangte schon bald traurige Berühmtheit als größter Fahrschultrottel des Sauerlands.

Die Hauptfiliale der Sparkasse Lüdenscheid lag am Sauerfeld, direkt neben den Bushaltestellen. Nachdem er 60 Mark abgehoben hatte, ging er fast drei Stunden lang ziellos durch die Innenstadt, unterbrochen nur durch einige Ruhepausen, die er seinem Rücken zuliebe auf verschiedenen Sitzbänken einlegte.

Lieselotte Larisch war wie immer überpünktlich. Um acht vor elf traf sie an der Baustelle des Breddermann-Hochhauses ein. Eigentlich wäre sie noch früher dort gewesen, doch sie hatte beinahe zehn Minuten lang einen Parkplatz in der Nähe gesucht, um schließlich doch keinen zu bekommen und den Daf weit unten in der Altenaer Straße abstellen zu müssen.

An den Schaufenstern der umliegenden Geschäfte möglichst unauffällig vorbeischlendernd, ging sie mit Theo Kettling noch mal den Plan durch. Man würde sich als Mitarbeiter des Ordnungsamtes ausgeben. Rund um das Sauerfeld hätten in der vergangenen Nacht Randalierer ihr Unwesen getrieben und den Lack zahlreicher Autos zerkratzt. Günter Nölle solle den beiden sein Fahrzeug zeigen, damit dies auf etwaige Schäden inspiziert werden könne. Auf diese Weise wisse man schnell und zweifelsfrei, ob der Verdächtige im Besitz eines Käfers sei und, wenn ja, ob dieser die richtige Farbe habe.

»Was machen wir, wenn er unsere Dienstausweise sehen will?«

»Dann halten wir ihm kurz unsere richtigen Ausweise unter

die Nase und stecken sie schnell wieder ein. Damit wird er sicher zufrieden sein, und lesen kann er so schnell auch nichts.«

»Und wenn er beim Ordnungsamt anruft und sich nach uns erkundigt?«

»Wenn überhaupt, macht er das erst, wenn wir schon weg sind. Und dann kann es uns egal sein. Im Übrigen werden wir natürlich Decknamen benutzen; lassen Sie sich schon mal einen schönen einfallen!«

»Und wenn er uns doch wiedererkennt? Zum Beispiel in der Kneipe, da haben wir ja fast neben ihm gesessen.«

»Meine Güte, Theo! Er wird uns nicht wiedererkennen. Und wenn schon – dann ist das Ganze eben ein Zufall. Zwei Mitarbeitern des Ordnungsamtes ist es doch nicht verboten, abends gemeinsam in ein Gasthaus zu gehen.«

Es half nichts, alle Einwände prallten wie üblich an Lieselotte Larisch ab, und sie konnte das, was da kommen würde, offenbar kaum erwarten: »Vielleicht hat er am Freitag schon mittags Feierabend, dann hat er mehr Zeit für uns, und wir können uns ein besseres Bild von ihm machen.«

Theo Kettling wünschte sich, dass genau dies nicht der Fall sein würde. Und dass man erfahren würde, Günter Nölle hätte gar kein Auto oder vielleicht einen Opel, einen Fiat oder einen Simca. Dass man möglichst schnell die ganze Sache würde abhaken können.

Doch seine Hoffnung erfüllte sich nicht. Stattdessen war es so, wie Lieselotte Larisch es erahnt hatte. Um 12 Uhr am Freitagmittag begann für Günter Nölle das Wochenende. Man verfolgte ihn wie an den vier Tagen zuvor bis zu seinem Haus und ging nach zwei oder drei Minuten ebenfalls hinein. Die Tür war offen, und nachdem Theo Kettling und Lieselotte Larisch durch das schmutzige, muffige Treppenhaus nach oben in den ersten Stock gegangen waren, standen sie zwei Jungen gegenüber, die den Hausflur zum Fußballspielen nutzten. Der größere von den beiden mochte vielleicht sieben oder acht Jahre alt sein, der kleinere fünf oder sechs.

»Mama, da is 'ne ganz dicke Frau und 'n ganz dünner Mann«, schrie der ältere, der genau wie sein Bruder nur Unterhemd und Schlüpfer trug und einen ungepflegten Eindruck machte.

Nach einigen Sekunden steckte eine ebenso ungepflegt wirkende Frau mit Zigarette im Mundwinkel ihren Kopf durch die Tür. »Seid doch ma still, verdammt noch ma!«, brüllte sie die Jungs an, die sich davon völlig unbeeindruckt zeigten und weiter laut johlend vor den violetten Plastikball mit dem Aufdruck »MEXICO 70« traten.

»Was wollen se?«, wandte sich Frau Nölle, die einen vor Dreck schon ganz speckigen, rosafarbenen Bademantel und schmutzige Frottee-Latschen trug, an die Besucher.

»Wir kommen vom Ordnungsamt Lüdenscheid. Mein Name ist Schiller«, antwortete Lieselotte Larisch.

Theo Kettling sah sie verdutzt an.

»Und das ist mein Kollege … Stellen Sie sich der Dame vor, The… äh … Dieter!«

Theo Kettling, der vergessen hatte, sich einen Decknamen auszudenken, versuchte krampfhaft zu überlegen, war aber nicht in der Lage, einen klaren Gedanken zu fassen.

»Beckenbauer«, hörte er sich selbst sagen.

Frau Nölle, die ansonsten keine Reaktion zeigte, wies die beiden mit einer überaus bestimmenden Kopfbewegung an, ihr in die Wohnung zu folgen. Theo Kettling und Lieselotte Larisch bahnten sich den Weg durch Unmengen von Spielsachen, die wild verstreut auf den mit Flecken übersäten Teppichen in Diele und Wohnzimmer lagen. Erneut mit einer energischen Kopfbewegung deutete die Ehefrau des Verdächtigen auf das Cordsofa, doch erst nachdem Lieselotte Larisch dessen Sitzfläche mit einigen beherzten Griffen von einem Wust schmutziger Wäschestücke befreit hatte, konnten sie und Theo Kettling darauf Platz nehmen.

»Günter, wo bleibste denn, hier is 'ne Frau Schiller und 'n Herr Beckenbauer vom Lünscher Ordnungsamt.«

Der Gerufene kam unverzüglich aus der Küche. Er trug noch seine Arbeitskleidung und hatte einen halben Ring Fleischwurst in der Hand, von dem er gerade ein mächtiges Stück abbiss.

»Also wenn se jetz schon wieder wegen der albernen Geschichte vor vier Jahren kommen, dann werd ich wahnsinnig, das is doch nu wirklich lange erledigt«, sagte er mit vollem Mund.

»Welche Geschichte?«, fragte Lieselotte Larisch und schlug einen ähnlich forschen Ton an wie ihr Gegenüber.

»Na, die kleine Rangelei aufe Lünscher Kirmes. Außerdem hat der andere angefangen, da braucha sich dann nich zu wundern, wenn 's ma kracht.«

»Nein, nein – keine Sorge, deswegen sind wir nicht hier.«

Lieselotte Larisch legte eine Pause ein, weil die Jungen neugierig geworden waren und nun Vater und Mutter umständlich auf den Schoß krabbelten.

»Letzte Nacht wurden hier in der Gegend viele Autos mutwillig zerkratzt. Wir würden gerne mal nachsehen, ob auch Ihr Fahrzeug in Mitleidenschaft gezogen wurde.«

Auch das dritte Kind, ein kleines Mädchen von vielleicht drei Jahren, kam nun ins Wohnzimmer und nahm neben dem jüngeren der Söhne ebenfalls auf dem Schoß von Günter Nölle Platz.

»Da geh ma lieber mit Frau Schiller und Herr Beckenbauer nachsehn; nich dass an unsrer Karre auch was dranne is«, meldete sich die Ehefrau zu Wort, die gerade vorsichtig versuchte, ihren Zigarettenstummel auszudrücken, ohne dass dabei andere Kippen aus dem übervollen Aschenbecher fielen.

Günter Nölle besaß also ein Auto, und Theo Kettling erschrak – das erste Kriterium war bereits erfüllt. Geistesabwesend starrte er in die Gesichter der Kinder, deren Münder von Schokoladen- und sonstigen Essensspuren umrandet waren. Er fühlte eine leichte Übelkeit aufsteigen, und ihm wurde schwindelig.

»Sind se mit dem Fußballer verwandt?«

Es dauerte einige Augenblicke, bis er merkte, dass Günter Nölle mit ihm gesprochen hatte. »Was ...? Äh ... nein, ich ...«

»Trotz des Namens ist unser lieber Dieter ein waschechter Sauerländer«, sprang Lieselotte Larisch in die Bresche. »Aber nun wollen wir uns doch Ihr Fahrzeug ansehen.«

Die Eheleute entledigten sich der auf ihnen lümmelnden Kinder und wiesen sie an, in der Wohnung zu warten, bis man wiedergekommen sei.

»Der Karren tut umme Ecke inne Gartenstraße stehn« – Günter Nölle, der sich gerade das letzte Stück Fleischwurst in den Mund gestopft hatte, war kaum zu verstehen.

»So, da wärn wa«, schmatzte er schließlich, während Theo Kettling und Lieselotte Larisch der Atem stockte.

Vor ihnen stand ein VW Käfer 1302. Sofort stürmten beide ans Fahrzeugheck, doch es war keine Beschädigung zu erkennen. Und auch die Farbe passte nicht richtig. Es war zwar ein Blau, aber kein dunkles. Marinablau mit dem Farbcode L 54D war eher als sehr helles Baby-Blau zu charakterisieren.

Obwohl der 1302er erst seit zwei Jahren gebaut wurde und das Auto somit weitgehend neuwertig hätte sein müssen, war es in keinem guten Zustand. Wenn es irgendwann mal gewaschen worden war, dann musste das lange her sein. An Motor- und Kofferraumhaube waren – offenbar ohne Sinn und Verstand –

zahlreiche Aufkleber angebracht worden. So waren nicht nur die Embleme von Schalke 04 und Rot-Weiss Essen vertreten, von zwei Fußballvereinen also, deren Anhänger nicht gerade freundschaftlich verbunden waren. Auch Aufkleber von CDU und SPD prangten friedlich nebeneinander. Mindestens 20 der neuen und überaus beliebten Pril-Blumen – in der Fernsehreklame mit »Hol dir die fröhlichen Blumen, hol dir das fröhliche Pril« beworben – waren ebenfalls kreuz und quer verteilt. Am schlimmsten aber war es um den Fahrzeuginnenraum bestellt, was man auch durch die geschlossenen Scheiben gut erkennen konnte. Hier lagen allerhand Dinge herum, die eigentlich in die Mülltonne gehört hätten: zerdrückte Cola- und Fantadosen, benutzte Papiertaschentücher und – Theo Kettling ertastete mit seiner Zunge erste Anzeichen von Herpes-Bläschen im Mundwinkel – Pommes-frites-Schälchen mit roten Einfärbungen, wohl von verkrusteter Currysauce herrührend.

»Wat is nu, ich tu nix sehn.« Theo Kettling und Lieselotte Larisch fühlten sich wie aus dem Schlaf gerissen, und selbst Günter Nölles durchdringende Stimme vermochte es nicht, für schnell wieder einsetzende Geistesgegenwart zu sorgen – nicht einmal bei Lieselotte Larisch.

»Äh … wie bitte?«

»Na, wegen der Kratzer. Hamse welche gefunden?«

»Nein … nein, Sie scheinen Glück gehabt zu haben. Aber vielleicht können wir noch mal ins Haus gehen, es gäbe da noch einige Formalitäten zu erledigen.«

Lieselotte Larisch war nun wieder ganz die Alte, und Theo Kettling, der schon gehofft hatte, der Besuch sei beendet, ahnte Böses.

Günter Nölle war wenig begeistert, leistete aber keinen Widerstand: »Ich weiß zwar nich, was es da noch für Formatäten zu erledigen geben tut, aber meinetwegen, gehn wa halt.«

Sofort setzte sich die Karawane in Bewegung; vorneweg der nun laut pfeifende Familienvater, dicht gefolgt von der Mutter in Bademantel und Frottee-Schlappen, dahinter schließlich Theo Kettling und Lieselotte Larisch gleichauf.

Oben in der Wohnung angekommen, schickte Günter Nölle seine Frau zum Arbeiten in die Küche: »Ich hab jetz langsam Hunger, verdammt noch ma. Jetz sieh aber ma zu, dasse was aufn Teller zaubern tus!« Auch die Jungs, die sich gerade auf dem Sofa breit machen wollten, wurden abdelegiert: »Und ihr tut eurer Mutter helfen und tut hier nich rumlungern!«

Genau wie Frau Nölle nahmen sie den Befehl missmutig, aber ohne große Einwände entgegen. Einzig das kleine Mädchen wurde noch im Wohnzimmer geduldet und setzte sich wieder auf den Schoß des Vaters.

Lieselotte Larisch holte ein in Leder gefasstes Notizbuch aus der Handtasche, das durchaus geeignet war, damit Eindruck zu schinden, für eine Mitarbeiterin des Ordnungsamtes aber wenig formell und zu repräsentativ wirkte.

»Ich muss noch schnell einige Daten aufnehmen, Herr Nölle. Die Vorschriften erfordern es.«

»Von mir aus. Ewig wirds ja woh nich mehr dauern, wir wolln nämich gleich spachteln.«

»Keine Sorge, es wird wirklich ganz schnell gehen. Wie lange besitzen Sie den Wagen schon?«

»Den hab ich Anfang letztes Jahr gekauft, im Februar glaub ich. Na ja, wir hattn nich die ganze Knete, da haben wir 'n Teil von der Sparkasse …«

»Das spielt keine Rolle. Und hatten Sie schon mal einen Schaden daran zu beklagen?«

»Was denn fürn Schaden?«

Der jüngere Sohn meldete sich aus der Küche: »Papa, wir wolln uns 'n Stück Schokolade essen, und Mama lässt uns nich.«

»Da tutse auch ganz Recht mit haben, vorm Essen gibts nix Süßes.«

Lieselotte Larisch war zwar wegen der noch ausstehenden Antwort auf die Frage nach dem Fahrzeugschaden angespannt, doch nicht angespannt genug, als dass sie diese neuerliche sprachliche Katastrophe nicht bemerkt hätte.

Da war es wieder gewesen, dieses Phänomen, das es vor allem hier im Sauerland zu geben schien und das sie deshalb den Sauerländer Dativ nannte. Ich esse mir ein Stück Schokolade. Ich trinke mir eine Limo. Wie oft hatte sie versucht gehabt, ihre Schüler von der völligen Sinnlosigkeit dieser Sprachkonstruktion zu überzeugen: Dekliniert das doch mal, dann merkt ihr ganz schnell, dass das nicht geht – wem esse ich ein Stück Schokolade? Ich esse mir ein Stück Schokolade. Die Schüler fanden das lustig und schienen es zu verstehen – um kurz darauf den Fehler erneut zu machen. Es bereitete ihr körperliches Unbehagen, auf eine Belehrung des Jungen zu verzichten, doch sie blieb standhaft und konzentrierte sich wieder auf das Gespräch mit Günter Nölle.

»Ich fragte nach einem eventuellen Schaden.«

»Und ich fragte, was für 'n Schaden.«

»Ach ja, Entschuldigung. Nun, ich meine, gab es schon mal eine Beule zu beklagen, beispielsweise am hinteren Kotflügel?«

»Wieso 'n ausgerechnet am hinteren Kotflügel?«

Jetzt ist es soweit, dachte Theo Kettling, jetzt sitzt er in der Falle.

Dann ging in seinem Kopf alles ganz schnell. Das Unausweichliche, das, was er in seinen düsteren Visionen ganz deutlich hatte kommen sehen und was ja ganz einfach passieren musste, stand nun unmittelbar bevor.

Es war beinahe so wie in den Albträumen seiner Kindheit. Jemand – er hatte nie erkennen können wer – verfolgte ihn. So schnell der kleine Theo Kettling auch rannte, der andere war einfach nicht abzuschütteln. Scheinbar unendlich lang ging das so, ohne Aussicht, diesem Jemand entkommen zu können. Doch irgendwann kam sie dann, die Kante mit dem dahinterliegenden Abgrund, wohl mehrere hundert Meter tief. Als es keine Möglichkeit mehr zum Weglaufen gab, tat er das, was er immer in diesem Traum getan hatte. Im festen Bewusstsein, gleich aufzuwachen, sprang er in die Tiefe.

Und auch hier, in dieser schmuddeligen Wohnung und mit diesen merkwürdigen Menschen um sich herum; in einer Situation, die einerseits irreal und dumpf erschien, die andererseits aber genauso eindeutig wie unentrinnbar das kurz bevorstehende Ende ankündigte – auch hier sprang er.

»Geben Sie es doch wenigstens zu!« Theo Kettling schrie so laut, dass sich seine Stimme überschlug. »Sie haben den Alten auf dem Gewissen! Warum haben Sie das getan? Und warum haben Sie ihn nicht einfach nur totgestochen, so wie es sich gehört hätte ... warum haben Sie ihn abgeschlachtet wie ... wie ein Stück Vieh?«

Dann, so als ob jemand einen großen Schalter umgelegt hätte, war es still. So unwirklich still, dass Theo Kettling tatsächlich nicht mehr wusste, ob dies alles jetzt gerade passierte oder doch nur ein Traum war. Er wünschte sich aufzuwachen. Doch er wachte nicht auf.

Stattdessen blickte er in das Gesicht von Lieselotte Larisch, das ihm merkwürdig verzerrt erschien, ungefähr so, als würde er es durch einen Fotoapparat mit extremem Weitwinkelobjektiv betrachten. Er blickte in weit aufgerissene Augen und auf den darunterliegenden, halb offenen Mund. Völlig unwillkürlich ließ er den Blick durch das Zimmer gleiten. Die Mutter und ihre Söhne standen in der Tür und sahen ebenso verstört aus wie das kleine Mädchen auf dem Schoß des Vaters.

Erst jetzt sah er in Günter Nölles Gesicht. Im Gegensatz zu den anderen wirkte das seinige keineswegs irritiert und fragend. Theo Kettling sah zusammengekniffene, wütende Augen, sah ungepflegte Haut, die immer röter wurde, und bebende Lippen.

»Ich weiß nich, wer ihr komischen Vögel seid und woher ihr kommen tut. Aber ich weiß, was ich gleich mit euch machen tu …« Langsam, aber überaus entschlossen erhob sich der Familienvater, nachdem er seine Tochter vom Schoß gehoben hatte. »Na wartet, ihr verdammtes Gesindel, ich werd euch zeigen …«

Völlig synchron sprangen Theo Kettling und Lieselotte Larisch von dem Sofa auf und stürmten in die Diele, Günter Nölle folgte ihnen mit einem Abstand von höchstens zwei Metern. Offenbar aus Solidarität mit seinem Vater versuchte der ältere Sohn, den an zweiter Position rennenden Theo Kettling festzuhalten. Dieser konnte sich zwar schnell losreißen, verlor aber wertvolle Zentimeter – genau wie Lieselotte Larisch, die einem auf dem Boden liegenden Kinderfahrrad mit Stützrädern ausweichen musste. Zu allem Überfluss wollten beide dann auch noch exakt zeitgleich durch die Wohnungstür, so dass sie kurzfristig stecken blieben und Günter Nölle den Kragen von Theo Kettlings Wildlederjacke zu fassen bekam. Gottlob setzte die panische Todesangst ungeahnte Kräfte frei, und nachdem er seinen Ellbogen mit voller Wucht nach hinten gerammt hatte – gefolgt von einem gequälten Aufschrei Günter Nölles –, konnte er die Flucht fortsetzen. Lieselotte Larisch war im Hausflur schon unten am Ende der Treppe angelangt, als Theo Kettling gerade die ersten Stufen hinabstürzte.

Doch es gab noch einen weiteren Angriff zu überstehen, wieder ausgeführt von dem älteren der beiden Jungen. Vorbei an seinem nach Luft ringenden Vater hatte er sich den Weg zum

Treppengeländer gebahnt und warf von dort aus einen großen Raupenbagger des Herstellers Tonka mit voller Wucht schräg nach unten auf Theo Kettling, den das erstaunlich schwere Metallspielzeug in der Kniekehle traf. Zwar kam er dadurch ins Straucheln und schoss durch die immer noch offen stehende Haustür nach draußen. Dort kam er aber, abgesehen von der durch die Ladeschaufel eingerissenen Hose, unversehrt an und hatte nach wenigen Metern auch Lieselotte Larisch eingeholt.

»Lasst euch hier ja nich nochma blicken, sons tu ich Kleinholz aus euch machen«, brüllte Günter Nölle aus dem Fenster, woraufhin beide gleich wieder Tempo aufnahmen und in Richtung Stadtmitte liefen.

Erst kurz vor dem Straßenstern drosselten sie auf Initiative der mittlerweile beängstigend kurzatmigen Lieselotte Larisch die Geschwindigkeit. »Nun hören Sie endlich auf zu rennen, er verfolgt uns nicht.«

Danach wurde mehrere Minuten lang nichts gesprochen. Beide gingen nebeneinander her, und es entstand ein bleiernes Schweigen, das Theo Kettling immer peinlicher wurde. Als man am wie üblich schief eingeparkten Daf angekommen war, schien Lieselotte Larisch ihre Stimme wiedergefunden zu haben.

»Herr des Himmels, Theo! Was in aller Welt ist bloß in Sie gefahren?«

»Das … das tut mir wirklich … jetzt hab ich es total versaut.«

»Hm … na ja … so schlimm ist es nun auch wieder nicht, immerhin waren wir ja beide ziemlich angespannt.«

Das tat gut. Wenn auch Theo Kettlings Schuldgefühle nicht völlig verschwanden, so wurden sie doch deutlich weniger.

»Was glauben Sie, war er es?«, fragte Lieselotte Larisch.

»Ich weiß nicht … als wir bei ihm saßen, war ich mir ganz sicher. Aber jetzt im Nachhinein …«

»Ich tendiere auch eher zu Nein. Gewiss, auf den ersten Blick deutet vieles darauf hin, dass er der Täter ist – er sieht in etwa so aus wie die Gestalt, die ich im Wald gesehen habe, und er fährt einen VW Käfer. Aber die Details stimmen nicht. Man nimmt ihm durchaus ab, dass er ein grober Kerl ist. Aber es ist doch ein großer Unterschied, ob jemand hin und wieder in eine Schlägerei verwickelt ist oder ob er einen Menschen auf brutalste und blutrünstigste Art und Weise tötet. Er fährt zwar einen Volkswagen, aber ich bin mir fast sicher, dass der Käfer, den ich im Wald gesehen habe, dunkelblau und nicht hellblau war. Wenn er überhaupt blau und nicht grau war. Und außerdem: Als Sie die Sache mit dem Mord … nun ja … ansprachen, da schien es mir nicht so, als hätten Sie damit ins Schwarze getroffen. Ich hatte den Eindruck, dass Herr Nölle wirklich nicht wusste, wovon die Rede war.«

Nach einer langen Pause, in der Lieselotte Larisch gedankenverloren auf die Erde starrte und Theo Kettling nicht nach Sprechen zumute war, klatschte Erstere schließlich in die Hände und blies zum Aufbruch.

»Kommen Sie, wir fahren nach Rölvede; auf diesen Schreck mache ich uns erst mal etwas Anständiges zu essen.«

Doch Theo Kettling lehnte es – zum ersten Mal überhaupt – ab, sich bekochen zu lassen. Lieselotte Larisch war zunächst etwas pikiert, zeigte letztlich aber Verständnis dafür, dass ihm das gerade erlebte Abenteuer ziemlich auf den Magen geschlagen war und er in dieser Verfassung gewiss keinen Bissen heruntergebracht hätte. Auch von Lieselotte Larischs Angebot, ihn nach Hause zu fahren, machte er keinen Gebrauch. Zum einen befürchtete er, dort würde ihm nun, so kurz nach dem durch ihn verursachten Desaster, die Decke auf den Kopf fallen, zum anderen wollte er die Gelegenheit nutzen und seinen Friseur aufsuchen. Schon als Kind war er gemeinsam mit seinem Vater in den Salon in der Bahnhofstraße gegangen, der sich während der Jahre und Jahrzehnte kaum verändert hatte. Die Einrichtung war unmodern und zum Teil verschlissen, und auch den Friseur hatte Theo Kettling eigentlich immer nur als älteren Mann wahrgenommen. Inzwischen war er wirklich alles andere als jung, hatte die Grenze zum Rentenalter schon lange überschritten und bereits im letzten Jahr angekündigt, das Geschäft Ende 1972 zu schließen.

Im Salon wurde immer über irgendetwas diskutiert. Entweder unterhielt sich Theo Kettling mit dem Friseur, oder er lauschte mehr oder weniger amüsiert den Gesprächen, die zwischen Inhaber und Kunden geführt wurden. Genau dies war die Ablenkung, die er jetzt brauchte. Schnellen Schrittes, und ohne den Kopf zu heben, ging er an der Ollen Piepe vorbei, doch von Günter Nölle war gottlob nichts zu sehen.

Diesmal war im Salon wenig los. Außer Theo Kettling war nur ein Kunde da, der gerade auf dem bis zum Anschlag hochgebockten Friseurstuhl saß und die wenigen Haare geschnitten bekam, die ihm das Alter gelassen hatte. Der Mann war, so schätzte Theo Kettling, noch deutlich älter als der Friseur, vielleicht um die achtzig. Körperlich und geistig wirkte er noch recht fidel. Er hatte ihn schon einige Male zuvor hier gesehen, war jedoch nie mit ihm ins Gespräch gekommen, und auch jetzt mischte er sich nicht in die angeregte Unterhaltung ein, die der Mann mit dem Friseur führte.

Es ging um den Rücktritt von Wirtschafts- und Finanzminister Karl Schiller. Der Sprecher im Radio, das wie gewohnt auf einem Tischchen in der Ecke stand und quasi die Hintergrundbeschallung übernahm, führte gerade ein Interview mit dem CDU-Vorsitzenden Rainer Barzel, der den Rücktritt als Beweis dafür wertete, dass die sozialliberale Regierung hoffnungslos in sich zerstritten und völlig unfähig sei, die vor ihr liegenden schwierigen Aufgaben zu meistern. Der Friseur und sein Kunde nahmen keine Notiz davon und machten sich ihr eigenes Programm.

»Ich sag dir, der Schiller hat ganz Recht. Da muss doch jetzt endlich mal Schluss sein mit dieser verdammten Schuldenmacherei. Guck dir den blöden Brandt doch mal an; der verteilt seine Geschenke auf Pump, und die späteren Generationen müssen dann für dem seine Scheiße geradestehen.«

Der Mann auf dem Friseurstuhl traute sich offenbar nicht, direkt zu antworten. Stattdessen saß er völlig regungslos da, wohl aus Angst, geschnitten zu werden, weil der Friseur sich gerade mit dem Rasiermesser an seinem Nacken zu schaffen machte. Schließlich fand er doch den Mut zu antworten und stimmte seinem Gesprächspartner zu: »Das seh ich auch so. Der Schiller hat wenigstens noch Rückgrat. Pass mal auf, wenn der zur CDU wechseln sollte, dann verliert die SPD 'ne ganze Menge Wähler.«

»Und wenn der Schmidt jetzt wirklich Nachfolger vom Schiller wird, dann muss der Brandt, dieser Idiot, ordentlich aufpassen, dass er nicht den Rang abgelaufen kriegt; könnte mir gut vorstellen, dass der Schmidt ganz schön scharf darauf ist, selbst Bundeskanzler zu werden.« Der Friseur rieb seinem Kunden noch ein paar Tropfen des in dem Salon seit eh und je verwendeten und entsprechend altmodisch riechenden Herrendufts in den frisch rasierten Nacken, nahm ihm drei Mark vierzig ab und verabschiedete ihn. »Und denk dran, dass ich die ersten zwei August-Wochen im Urlaub bin. Sonst komm lieber vorher noch mal vorbei.«

Theo Kettling wurde auf dem durchgesessenen Lederstuhl wie sein Vorgänger bis ganz nach oben gebockt.

»Wie immer?«, fragte der Friseur, als er die wenigen grauen Haare wegfegte, die auf dem Boden lagen.

Bevor Theo Kettling antworten konnte, ging die Tür auf, und der Kunde von eben kam wieder herein.

»Mein Wagen will schon wieder nicht. Könnt ihr mich mal anschieben?«

Der Mann hatte sein Fahrzeug etwa fünfzig Meter oberhalb des Salons auf der anderen Straßenseite geparkt. Es war ein alter 1200er Käfer, lackiert in einem dunklen Grau, dem man bei Volkswagen den Namen Jupitergrau sowie den Farbcode L 225 gegeben hatte und das von 1952 bis 1963 angeboten worden war. Theo Kettling hatte zwar die Observierungsliste nicht komplett im Kopf, war sich aber ziemlich sicher, dass dieses Auto mit dem Kennzeichen LÜD-U-894 noch nicht erfasst worden war. Während sich der Fahrer hinter das Steuer setzte, gingen der Friseur und Theo Kettling an das Fahrzeugheck, an dem wie erwartet keine Beule zu sehen war. »Zu-Gleich«, brüllte der Friseur, nachdem er eine Lücke im fließenden Verkehr ausgemacht hatte.

Der Wagen sprang gerade an, als Theo Kettling mit seiner Handfläche die unebene und offenbar schlecht gespachtelte Stelle am rechten Kotflügel fühlte. Als der Käfer sich in Bewegung setzte und er das Fahrzeug losließ, erkannte er auch, dass der schadhafte Bereich unfachmännisch nachlackiert worden war.

8

Nach all der Aufregung vom Vortag hätte Theo Kettling den 8. Juli 1972 gern etwas ruhiger verbracht.

Doch da er noch am Abend Lieselotte Larisch angerufen und sie über die Beschädigung am Wagen des alten Mannes informiert hatte, bot der Samstag keine Gelegenheit zum Durchatmen. Die Angerufene hatte ihn sofort beauftragt, Versäumtes nachzuholen, den Friseur zu kontaktieren und – scheinbar beiläufig – nach dem Namen seines Kunden zu fragen.

Theo Kettling hatte getan, wie ihm befohlen, und am Telefon angedeutet, er kenne den Mann irgendwie, wisse aber nicht, wo er ihn hinstecken solle.

Der Friseur hatte einiges zu berichten gewusst – der Fremde heiße Gerd Bassenge, sei seit einigen Jahren Witwer und bereits jenseits der achtzig. Außerdem hatte er noch erzählt, dass Gerd Bassenge früher als Goldschmied bei einem alteingesessenen Juwelier in der Wilhelmstraße gearbeitet habe und sich heute als Erster Vorsitzender der Philatelie-Freunde Lüdenscheid intensiv dem Briefmarkensammeln, seiner großen Leidenschaft, widme.

Lieselotte Larisch sprühte mal wieder vor Tatendrang: »Ich habe bereits im Telefonbuch nachgesehen – Herr Bassenge hat einen Anschluss und wohnt am Buckesfeld. Wir werden folgendermaßen vorgehen …«

Theo Kettling stöhnte leise auf und genehmigte sich einen großen Schluck von Lieselotte Larischs Kaffee, der ihr an diesem Morgen aus irgendeinem Grund besonders stark geraten war. Wie nicht anders zu erwarten, waren am Abend alle Versuche fehlgeschlagen, sie davon zu überzeugen, dass diesmal er, Theo Kettling, ein Frühstück in seiner Wohnung zubereiten könne, und so saß er nun wieder im alten Bauernhaus in Rölvede vor einem mehr als reichlich gedeckten Tisch. Eine fast unüberschaubare Menge an Gläsern mit selbst gemachter Marmelade aus allen erdenklichen Früchten stand direkt neben einer riesigen Wurst- und Käseplatte, daneben wiederum befand sich ein Körbchen mit einer beachtlichen Auswahl an Brotsorten.

»Ich habe mit Mutter früher ebenfalls Briefmarken gesammelt; nicht ernsthaft, sondern einfach nur zum Zeitvertreib. Im Laufe der Jahre sind fast drei Schuhkartons voll zusammengekommen. Ich werde Herrn Bassenge anrufen und ihn um einen Termin bitten. Als Grund werde ich angeben, dass mir die Kartons beim Aufräumen in die Hände gefallen sind und ich nun wissen möchte, ob die Marken einen gewissen Wert haben und ob es sich lohnt, sie sorgfältig in Alben zu ordnen.«

Theo Kettling wollte gerade Bedenken äußern, doch Lieselotte Larisch war bereits ins Wohnzimmer gestürmt, hatte den Hörer des mit einem Brokatmantel umhüllten Telefons an sich gerissen und wählte die Nummer, die sie sich zuvor auf einem Zettel notiert hatte. Theo Kettling war am Frühstückstisch sitzen geblieben, weil Cleo wie üblich vor seinen Füßen lag und er sich nicht traute, die Dogge aufzuscheuchen. So konnte er Lieselotte Larisch nicht sehen, hörte aber das Geräusch, das die Wählscheibe beim Drehen verursachte. Dann hörte er mindestens eine halbe Minute lang nichts. Er rechnete schon damit, dass sie jeden Moment auflegte, aber dann hatte sie offenbar doch den gewünschten Gesprächspartner am anderen Ende der Leitung.

»Ah, einen schönen guten Morgen, Herr Bassenge, mein Name ist Schiller. Ich hoffe, dass ich nicht allzu sehr störe …

prima, ich bräuchte nämlich mal Ihr Expertenwissen in Sachen Philatelie. Ich trage mich mit dem Gedanken, meiner Briefmarkensammlung etwas mehr Aufmerksamkeit zuteilwerden zu lassen. Dafür benötige ich ein paar fachliche Hinweise, und vor allem würde ich gern wissen, ob sich das Ganze überhaupt lohnt.«

Nach dieser Ansage, die, so fand Theo Kettling, etwas einstudiert gewirkt hatte, schien Gerd Bassenge seinerseits einen kleinen Vortrag zu halten; von Lieselotte Larisch jedenfalls war erstaunlich lang nichts zu vernehmen. Schließlich kam sie aber doch wieder zu Wort und war derart entzückt, dass sich ihre Stimme zu überschlagen drohte.

»Das ist ja ganz wunderbar, heute passt es auch bei mir sehr viel besser als in der kommenden Woche … Wie bitte? … Ach, das wäre ungünstig; ich habe gerade die Handwerker im Haus. Wäre es möglich, dass ich zu Ihnen komme? … Ah ja, am Buckesfeld … doch, doch, ich weiß, wo das ist … gegenüber der belgischen Kaserne, ganz recht … 14 Uhr ist eine gute Zeit, ja. Stört es Sie, wenn ich einen Freund mitbringe, der sich ebenfalls für dieses Thema interessiert?«

Theo Kettling erschrak und hoffte inständig, aber vergeblich, dass Gerd Bassenge einen zweiten Besucher ablehnen würde.

»Wunderbar, dann bis um 14 Uhr, wir freuen uns.«

Als Lieselotte Larisch zurück in die Küche kam, sah sie sich den Protesten ihres ungewohnt energisch auftretenden Gastes gegenüber.

»Das geht nicht, da kann ich nicht mitkommen. Ich habe den Mann doch gestern erst beim Friseur getroffen; er wird mich bestimmt wiedererkennen und Verdacht schöpfen. Und jetzt sagen Sie nicht wieder, dass das ja auch alles ein Zufall sein kann.«

Lieselotte Larisch hätte es niemals zugegeben, doch es war

ihr deutlich anzumerken, dass sie diesen Punkt schlichtweg vergessen hatte. Die Antwort nämlich kam nicht postwendend wie gemeinhin üblich, sondern ließ einige Sekunden auf sich warten.

»Aber natürlich könnte das ein Zufall sein. Und außerdem ist es ja gar nicht sicher, dass er Sie wiedererkennt. Sie haben doch selbst gesagt, dass er sich die ganze Zeit über mit dem Friseur unterhalten hat.«

Theo Kettling versuchte, sich in die Situation zurückzuversetzen. Gerd Bassenge hatte während des Haareschneidens den Kopf nicht umgedreht. Aber hatte man sich nicht kurz angeschaut, als Gerd Bassenge zur Kasse gegangen war und Theo Kettling zum Friseurstuhl? Und war sein Gesicht für Gerd Bassenge nicht zu sehen gewesen, als dieser wieder hereingekommen war und darum gebeten hatte, den Käfer anzuschieben? Immerhin – mit ziemlicher Sicherheit waren keinerlei Blicke beim Überqueren der Straße gewechselt worden, dafür war der Verkehr zu dicht gewesen. Aber was war beim Anschieben gewesen – hatte Gerd Bassenge Theo Kettling im Rückspiegel gesehen?

Er unternahm einen letzten, verzweifelten Versuch, Lieselotte Larisch von ihrem Vorhaben abzubringen.

»Eigentlich hat das doch gar keinen Sinn. Auch wenn er einen dunkelgrauen Käfer fährt und irgendwann einen Schaden am Kotflügel hatte – der Mann sieht wirklich nicht so aus wie der auf dem Phantombild.« Theo Kettling trug den Einwand lustlos und ohne jede Leidenschaft vor, weil er im Grunde genau wusste, wie sinnlos sein Protest war. Wenigstens aber konnte ihn so die Reaktion Lieselotte Larischs nicht sonderlich enttäuschen.

»Trotzdem handelt es sich um einen Verdächtigen, der durchaus mit dem Mord in Verbindung stehen kann. Und außerdem ist es ja möglich, dass er den Wagen verliehen hat. Wir müssen versuchen, das herauszufinden und Herrn Bassenge ordentlich auf den Zahn fühlen. Und Sie werden mich doch nicht allein zu einem Mörder in die Wohnung schicken wollen, Theo! Also falls er es war.«

Gegen dieses Totschlagargument ließ sich natürlich schwerlich etwas einwenden.

Bis zur Abfahrt nach Lüdenscheid blieben noch rund drei Stunden. Lieselotte Larisch spülte zunächst das Frühstücksgeschirr und bereitete dann einen Gemüseeintopf für den Mittagstisch zu; freilich nicht, ohne zwei Mettwürstchen und eine mächtige Scheibe Bauchspeck hinzuzufügen, um das Mahl »etwas gehaltvoller« werden zu lassen. Die mehrfach angebotene Hilfe Theo Kettlings lehnte sie jedes Mal energisch ab.

Während des Essens staunte dieser einmal mehr, welch enorme Mengen die ältere Dame zu sich zu nehmen im Stande war. Doch auch er selbst löffelte, obgleich nach dem gerade erst zu sich genommenen opulenten Frühstück und aufgrund der Aufregung vor dem, was da bevorstand, kaum hungrig, fast drei Teller in sich hinein. Einerseits schmeckte der kräftige Eintopf schlicht zu gut, andererseits nötigte dessen Zubereiterin Theo Kettling zu dem unmäßigen Verzehr mit der Feststellung, er müsse unbedingt etwas auf die Rippen kriegen.

Während er anschließend mit Magenschmerzen und beinahe bewegungsunfähig dasaß, bemühte sich Lieselotte Larisch, einer ähnlichen Katastrophe wie vor rund 24 Stunden vorzubeugen.

»Und heute wollen wir uns ohne jede Aufregung ein Bild von dem Verdächtigen machen. Dabei bleiben wir ganz ruhig, und wir halten uns stets vor Augen, dass Herr Bassenge ein alter Mann ist, der uns beide gewiss nicht ohne weiteres überwältigen kann.«

»Jaja, natürlich«, antwortete Theo Kettling, für den die Anspielung ebenso peinlich wie ärgerlich war. Die Schmerzen im Rücken – seit dem »Vorfall« in der Wohnung der Familie Günter Nölle ohnehin schon stärker als gewöhnlich – drohten trotz einer Überdosierung der Medikamente am Morgen völlig aus dem Ruder zu laufen. Denn nun kamen zu den massiven Problemen im Lendenwirbelbereich auch noch Schmerzen im mittleren und oberen Rücken hinzu. Um etwas Linderung zu erfahren, ging er ins Badezimmer, kramte zwei Spalt-Tabletten aus seiner Hosentasche und spülte sie mit einem großen Schluck Wasser hinunter. Die Geheimhaltung der Aktion war notwendig, um die gleichermaßen gewohnten wie Nerven kostenden Belehrungen Lieselotte Larischs zu umgehen, die gewiss wieder in nicht enden wollenden Vorträgen auf die Gefahren von Arzneimittelmissbrauch hingewiesen und ihren sinnlosen Rat wiederholt hätte, stattdessen regelmäßig schwimmen zu gehen.

Wie sich während der Fahrt zur Buckesfelder Straße schon nach wenigen hundert Metern herausstellte, war Theo Kettlings Zustand in der Tat völlig desolat und für ihn selbst mehr denn je besorgniserregend. Die Tabletten zeigten kaum Wirkung, in seinem Rücken bohrte und hämmerte es, und vor seinem geistigen Auge hielt Lieselotte Larisch nicht das Steuer ihres Dafs in der Hand, sondern eine laufende Kettensäge, die sie ihm beim Überfahren selbst des kleinsten Schlaglochs mit voller Wucht in die Wirbelsäule rammte.

Dazu kamen ein dumpfer Kopfschmerz sowie andauernde Magen- und Darmkrämpfe, die umso stärker wurden, je mehr Theo Kettling darüber nachdachte, wie eingepfercht er in diesem klaustrophobisch engen Fahrgastraum saß und dass, selbst wenn es ihm gelingen sollte, sich schnell aus dem blechernen Sarg zu befreien, weit und breit keine Toilette erreichbar sein würde.

Zur Krönung des Ganzen sorgte Lieselotte Larisch wie gewohnt für eine Reihe von Situationen, in denen jedem Mitfahrer, sofern er nicht schlief oder unter dem Einfluss von Rauschmitteln stand, zwangsläufig das Herz stehen bleiben musste. Dabei waren das Missachten der Vorfahrtsregel oder das Beinaheübersehen einer roten Ampel noch die weniger bedrohlichen Momente. Viel schlimmer war es, als sie engagiert über die Notwendigkeit einer regelmäßigen Auffrischung von Erste-Hilfe-Kursen für Autofahrer dozierte, ohne den Blick für eine halbe Ewigkeit von Theo Kettling abzuwenden, und erst wieder nach vorne sah, als dieser laut »Vorsicht!« brüllte. Mit einem gewaltigen Reißen am Lenkrad – Lieselotte Larisch schmiss ihren mächtigen Oberkörper nach rechts – konnte sie zwar den Zusammenstoß mit dem entgegenkommenden Auto knapp verhindern, hatte anschließend aber größte Mühe, den Daf wieder einzufangen, so dass Theo Kettling – ähnlich wie beim Auftakt der Fahrzeugverfolgung vor einer Woche – unter höllischen Schmerzen hin und her flog.

Während der Fahrt hatte er Kilometer und Minuten gezählt, hatte sich die Toilette von Gerd Bassenge herbeigesehnt. Jetzt, am Ziel angekommen, konnte er nicht mehr. Er vermutete, dass der bei Lieselotte Larischs Hasardeur-Einlage erlittene Schock seinen gesamten Verdauungsapparat außer Kraft gesetzt hatte.

Das Haus im Stadtteil Buckesfeld war Teil eines enorm aufwendigen Siedlungsprojekts aus den fünfziger Jahren. Um der rasant zunehmenden Wohnungsknappheit zu begegnen, hatte man zunächst hier, im Nordwesten Lüdenscheids, begonnen, einfache Mietshäuser zu bauen, in denen sich auch sozial schwächere Familien das Wohnen leisten konnten. Schon bald aber hatte man erkannt, dass der neu geschaffene Raum nur ein Tropfen auf dem heißen Stein gewesen war. In den folgenden Jahren waren weitere mit Wohnungsbaumitteln subventionierte Siedlungen in fast allen Stadtteilen entstanden, unter anderem in der Elsa-Brändström-Straße – wo Theo Kettling häufig während seiner frühmorgendlichen Märsche entlangging – und auch direkt in seiner Nachbarschaft, in der Werdohler Straße selbst. Am konsequentesten war man am Wehberg vorgegangen. Dort hatte eine Siedlungsgesellschaft die gesamte Bauernschaft gekauft. Mehr als 1100 Wohnungen waren in den vergangenen Jahren am Wehberg entstanden. Hochhaus reihte sich an Hochhaus, und Passanten fühlten sich in eine der DDR-Plattenbausiedlungen versetzt, von denen gelegentlich in den Medien berichtet wurde. Inzwischen regte sich in der Bevölkerung zunehmend Widerstand gegen diese Art der Stadtentwicklung, was vor allem durch immer mehr und immer wütendere Leserbriefe in den Heimatzeitungen zum Ausdruck kam.

Im Vergleich mit dem Wehberg jedenfalls mutete das Wohngebiet hier am Buckesfeld regelrecht idyllisch an.

»Pscht!«

Theo Kettling, der froh war, wenn auch unter Schmerzen, so doch immerhin lebend dem Daf entstiegen zu sein, starrte gedankenverloren in den wolkenverhangenen Himmel, und es dauerte einige Augenblicke, bis er verstand, dass Lieselotte Larisch seine Aufmerksamkeit einforderte.

»Da steht er«, murmelte sie und deutete mit dem Kopf auf den grauen Käfer, der am Straßenrand geparkt war. »Wir gehen jetzt ganz normal und völlig unauffällig an dem Wagen vorbei zum Haus.«

Nachdem sie die Straße überquert hatten, verlangsamte Lieselotte Larisch dann aber doch den Schritt und starrte mit weit aufgerissenen Augen und offensichtlich hochkonzentriert im Vorbeigehen auf das Fahrzeugheck.

»Ich habe die Stelle gesehen«, flüsterte sie nervös, als sie neben Theo Kettling auf die Haustür zuging.

Sechs Parteien wohnten in dem in schlichtem Grau gestrichenen, aber sehr gepflegt wirkenden Haus. Der Name Bassenge, wie die anderen in akkurater weißer Schrift auf einheitlichen schwarzen Schildchen zu lesen, war der dritte von oben. Lieselotte Larisch drückte den Knopf etwa eine Sekunde lang.

Theo Kettling konnte die Klingel zwar leise, aber doch deutlich hören. Es war dieses typische unangenehme Schnarren, das vor allem in älteren Häusern – so auch in der Werdohler Straße 195a – die Bewohner unsanft darauf aufmerksam machte, dass jemand Einlass begehrte. Von unten wenig spektakulär klingend, war das Geräusch in der Wohnung – je nach persönlicher Stimmungslage – mindestens unverschämt und herrisch, meist sogar boshaft bis terrorisierend. Theo Kettling hatte sich deshalb im vorigen Jahr einen dezenten Gong einbauen lassen, hatte später aber feststellen müssen, dass sich das »Ding Dong«, wenn er sich nicht gut fühlte oder sich in einer Stresssituation sah, dem alten Schnarren auf merkwürdige Weise annäherte.

Nach etwa zehn Sekunden ertönte der Türöffner. Lieselotte Larisch drückte die Haustür so energisch auf, dass diese unter lautem Scheppern nach hinten gegen die Wand schlug.

Der gute Eindruck, den das Gebäude von außen machte, setzte sich im Treppenhaus fort. Zwar hätten Wände und Fensterrahmen durchaus einen frischen Anstrich vertragen, doch alles war sehr sauber, da – wie aus einem neben den Briefkästen hängenden Plan hervorging – zweimal pro Woche geputzt werden musste. Gerd Bassenge, der laut Putzliste am nächsten Wochenende mit dem Reinigungsdienst an der Reihe war, meldete sich von oben.

»Sie müssen eine Treppe hoch, in den ersten Stock.«

Die Stimme war etwas dünn und klang so, wie man es von einem alten Mann erwartete. Auf Theo Kettling wirkte sie – wie schon einen Tag zuvor beim Friseur – ruhig und sympathisch, und er fragte sich, ob so ein brutaler Mörder sprechen konnte.

Oben angekommen, erfuhr der akustische Eindruck eine optische Bestätigung. Gerd Bassenge sah auch bei genauerer Betrachtung aus wie ein gutmütiger älterer Herr, und sein nettes Lächeln ließ erahnen, dass er genau das verkörperte, was man gemeinhin einen angenehmen Menschen nannte. Er war etwa 1,75 Meter groß, schlank bis dünn, und das Leben hatte ihm viele Falten ins Gesicht geschrieben.

Man begrüßte sich höflich, wobei dieses Mal auch Theo Kettling einen Decknamen parat hatte. Bezug nehmend auf seine Begeisterung für schöne Automobile nannte er sich Maygatt – eine recht holprige Wortschöpfung aus Maybach und Bugatti. Jedenfalls schien Gerd Bassenge ihn nicht wiederzuerkennen; Theo Kettling senkte trotzdem schnell den Blick, als sein Gegenüber ihn ansah.

Ganz anders Lieselotte Larisch: Während des Händeschüttelns schaute sie Gerd Bassenge auffallend lange und tief in die Augen.

»Bitte, kommen Sie doch rein«, befreite sich der Gastgeber schließlich von dem durchdringenden Blick.

Die Einrichtung in der Wohnung war unmodern, vermutlich war seit Jahrzehnten keine Renovierung vorgenommen worden. Alles aber war aufgeräumt und sauber, so wie es bei einem allein lebenden Mann nicht unbedingt zu erwarten war. Gerd Bassenge führte seine Gäste durch die Diele ins Wohnzimmer, wo ein halbes Dutzend Urkunden an den Wänden hingen – neben einem Gesellenbrief und einem übergroßen Meisterbrief zum Goldschmied auch verschiedene Auszeichnungen auf dem Gebiet der Schmuckherstellung und -begutachtung.

»Setzen Sie sich doch«, sagte Gerd Bassenge und deutete auf zwei Sessel, die vor dem Tisch standen. Er selbst nahm auf dem Sofa Platz, dessen Polsterung – besonders links, dort, wo er jetzt saß – schon ganz blank gescheuert war.

»Na, dann zeigen Sie mal Ihre Schätze«, forderte er Lieselotte Larisch auf, den Inhalt der in einer großen Kaufhof-Plastiktüte mitgeführten Schuhkartons zu präsentieren.

»Es ist alles durcheinander. Mutter und ich haben sowohl Marken von Briefen und Ansichtskarten aus der Bundesrepublik als auch aus der Ostzone … äh … aus der DDR gesammelt.« Während ihrer Ausführungen holte sie insgesamt drei Kartons aus der Plastiktüte, zog die Gummibänder ab, mit denen Deckel und Unterteile fixiert waren, öffnete die profanen Behältnisse und ließ deren Inhalte langsam auf die Tischplatte gleiten. Dabei ging sie zügig, aber sehr sorgsam vor, als handele es sich bei den bunt gemischten Postwertzeichen um einen überaus wertvollen Schatz. »Es sind auch eine ganze Reihe Marken aus dem Ausland dabei. Und dann hat mir noch eine frühere Arbeitskollegin vor einigen Jahren eine alte Sammlung überlassen, die ihr mittlerweile verstorbener Vater zusammengetragen hatte und für die sie keine rechte Begeisterung aufbringen konnte.«

In der Tat musste es ziemlich lange her sein, dass der inzwischen verblichene Herr Briefmarken gesammelt hatte, denn Lieselotte Larisch förderte aus dem letzten der drei Kartons überwiegend Marken aus dem Deutschen Reich zu Tage. Viele davon zeigten die Konterfeis von Adolf Hitler und Paul von Hindenburg.

Offenbar verschaffte sich Gerd Bassenge zunächst einen groben Überblick. Langsam ließ er den Blick über die drei Hügel und wieder zurück gleiten. Dann, während er Zeige- und

Mittelfinger der rechten Hand vorsichtig durch die Marken bewegte, holte er tief Luft und setzte zu einem kleinen Referat an.

»Viele Menschen, die Briefmarken sammeln – meistens wie Sie in Schuhkartons –, denken, dass sie nach einigen Jahren ein kleines Vermögen zusammengetragen haben.« Dann folgte eine betont lange Pause, als wolle er den Zuhörern Gelegenheit geben, sich auf die bevorstehende Enttäuschung vorzubereiten. »In den allermeisten Fällen ist das aber nicht der Fall. Auch dies hier ist … soweit ich das jetzt auf die Schnelle … wohl alles die übliche Massenware.«

Lieselotte Larisch war gerade bemüht, einen enttäuscht wirkenden Gesichtsausdruck aufzusetzen, als Gerd Bassenge in dem Stapel mit den von der Arbeitskollegin überlassenen Marken offensichtlich etwas Interessantes entdeckte.

»Diese hier allerdings …« Er öffnete die oberste Schublade einer kleinen Kommode, die neben dem Sofa stand und die er von seinem Platz aus bequem erreichen konnte.

Theo Kettling war plötzlich starr vor Schreck, war sich sicher, dass der so freundlich und harmlos aussehende alte Herr nun ein Kochmesser oder vielleicht auch einen Revolver hervorholen würde. Zum Glück blieb zu wenig Zeit, um irgendwelche Dummheiten zu begehen und die Situation eskalieren zu lassen wie einen Tag zuvor bei Günter Nölle. Denn schon im nächsten Augenblick hielt Gerd Bassenge lediglich eine beeindruckend lange Pinzette in der Hand, die er aus einer dunkelblauen Schutzhülle aus Gummi gezogen hatte. Ähnlich wie der Chirurg dem Schussverletzten das Projektil aus dem Körper entfernt, zog er mit fachmännisch wirkenden Bewegungen ein etwa sechs mal vier Zentimeter messendes Stück Papier hervor, auf dem eine auffallend große Briefmarke klebte. Im krassen Gegensatz zu dem stark vergilbten Ausschnitt des Umschlages leuchtete sie in einem hellen Rot. Abgebildet war ein

Zeppelin, der über der Erdkugel schwebte. Am oberen Rand stand »Deutsche Luftpost« geschrieben, an der linken Seite »Amerika«, an der rechten »Europa« und unten »1 Reichsmark«. Direkt neben dem Zeppelin zudem der Aufdruck »POLARFAHRT 1931«. Dem Stempel konnte entnommen werden, dass der Brief am 11. Dezember jenes Jahres in Berlin aufgegeben worden war. Erneut zog Gerd Bassenge die oberste Schublade der Kommode heraus. Sehr zu Theo Kettlings Beruhigung kam auch diesmal keine Waffe zum Vorschein, sondern eine merkwürdige Kombination aus Taschenlampe und Lupe. Gerd Bassenge betätigte den kleinen Schalter am Griff und starrte mit offenem Mund auf die nun beleuchtete Briefmarke. Sekundenlang verharrte er in dieser Position. Dann, offenbar um ein Detail besser erkennen zu können, kniff er die Augen zusammen und bewegte den Kopf vor und zurück, um den idealen Abstand zur Lupe zu finden.

»Donnerwetter!«, sagte er schließlich begeistert und griff ein drittes Mal zur Schublade der Kommode. Theo Kettlings Puls beschleunigte sich diesmal nur noch ganz leicht und beruhigte sich sofort wieder, als Gerd Bassenge ein Buch herausholte. Der Umschlag war hellgrau, und unter einer stilisierten Briefmarke stand in großen schwarzen Buchstaben »MICHEL DEUTSCHLAND 1972«. Schnell und zielsicher schlug er die Seite 90 auf und schob das Druckwerk zusammen mit der Marke und der Leuchtlupe zu Lieselotte Larisch hinüber.

»Sehen Sie, normalerweise wäre diese Briefmarke gestempelt 100 Mark wert – immerhin.« Während er das sagte, klopfte er mit dem Zeigefinger auf die Stelle im Buch, an der die entsprechende Summe abgedruckt war. »In diesem Fall haben wir es aber mit einem der seltenen Exemplare zu tun, die den bei Sammlern so begehrten Druckfehler aufweisen.« Er nahm die Pinzette und deutete mit der Spitze auf die linke obere Seite der

Briefmarke. »Schauen Sie hier – zwischen ›Polar‹ und ›Fahrt‹ fehlt der Bindestrich. Und da man der Marke wirklich einen einwandfreien Zustand attestieren kann, ist sie somit nicht 100, sondern stolze 1000 Mark wert.«

Lieselotte Larischs Gesicht fing an zu strahlen, doch Gerd Bassenge bremste die Euphorie wieder.

»Das heißt aber nicht, dass Sie sicher sein können, diesen Preis bei einem Verkauf auch tatsächlich zu erzielen. Erfahrene Sammler zahlen nur in den seltensten Fällen den Wert, der im Michel angegeben ist. Aber auf jeden Fall ist ein solches Schätzchen doch ein wunderbarer Anreiz, eine ordentliche und gepflegte Sammlung aufzubauen.«

Theo Kettling kannte Lieselotte Larischs Körpersprache mittlerweile ziemlich gut. Er merkte, wie sehr es ihr auf den Nägeln brannte, endlich zur Sache kommen zu können. Immer wieder spitzte sie für einige Sekunden den Mund, rollte anschließend die Lippen nach innen und bewegte den Unterkiefer hin und her. Währenddessen klopfte sie mit den Fingerspitzen der linken Hand auf ihren Oberschenkel. Noch aber war sie in der Lage, Disziplin zu halten und sich nicht durch einen allzu früh eingeleiteten Themenwechsel verdächtig zu machen.

»Und wie gehe ich vor, wenn ich eine – wie Sie es ausdrücken – ordentliche und gepflegte Sammlung aufbauen möchte?«

Lieselotte Larisch sagte das mit einem ganz leicht, aber für Theo Kettling deutlich wahrnehmbar gekränkten Unterton. Dass bei ihr in irgendeiner Form Unordnung herrschte oder sich etwas in einem ungepflegten Zustand befand – und sei es nur eine Ansammlung alter Briefmarken –, war ihr gewiss unerträglich.

»Zunächst müssen Sie die Marken ablösen. Dafür brauchen

Sie eine Schale mit lauwarmem Wasser und ein Trockenbuch. Auf keinen Fall dürfen Sie die nassen Marken auf gewöhnliches Papier legen, die kleben Ihnen sonst an.«

»Ah, das ist ein guter Hinweis.« Lieselotte Larisch gelang es zwar, den in diesem Fall eher gemäßigt daherkommenden Sauerländer Dativ zu ignorieren, doch ihre Ungeduld wurde nun ganz offenkundig größer. »Gut, dann werde ich das so …«

»Ich empfehle Ihnen, sich zunächst ein einfaches Einsteckalbum zu kaufen, da können Sie die Marken dann nach selbst definierten Kriterien sammeln, und Sie können Ihre Ordnung jederzeit ändern.«

»Prima, so werde ich es machen. Nun ja, ich denke, wir wollen dann mal wieder nach Hause. Hoffentlich verläuft die Rückfahrt ohne Zwischenfälle. Stellen Sie sich vor, im letzten halben Jahr wurden mir fünf Beulen ins Auto gefahren. Haben Sie auch schon mal ein solches Pech gehabt?«

»Ach … so gehäuft eigentlich nicht. Aber vor einiger Zeit habe ich mir selbst eine Beule hinten in den Kotflügel gefahren. Da habe ich beim Zurücksetzen nicht richtig aufgepasst. Sie sollten sich unbedingt angewöhnen, die Briefmarken nur noch mit der Pinzette anzufassen.« Gerd Bassenge erhob sich von seinem Platz, ging zum großen Wohnzimmerschrank an der gegenüberliegenden Wand und öffnete eine der vielen Türen. »Hier habe ich noch eine alte Pinzette, die können Sie gerne haben. Und einen alten Michel-Katalog habe ich auch noch für Sie.«

»Oh, das ist sehr nett, vielen herzlichen Dank. Ich hoffe, Sie hatten nicht allzu große Unannehmlichkeiten nach dem Unfall damals.« Lieselotte Larisch war heftigst bemüht, das Gespräch schnell wieder in die gewünschte Richtung zu lenken.

»Nein, nein, ein Bekannter hat die Stelle so einigermaßen ausgebessert. Ich fahre einen alten Käfer, da reicht das. Am einfachsten ist natürlich das Sammeln in Vordruckalben, da hat man für jede Briefmarke eine kleine Kunststofftasche. Ich bin aber der Meinung, das hat mit diesem faszinierenden Hobby eigentlich nicht mehr viel zu tun.«

»Da haben Sie sicher Recht. Es ist ja fast schon tröstlich, wenn man an der Beule im Auto selbst schuld ist. Ich habe kürzlich meinen Wagen einer Freundin geliehen, und die ist dann doch tatsächlich in den Straßengraben gefahren.«

»Diese Gefahr besteht bei mir zum Glück nicht. Meine Tochter und ihr Mann besitzen selbst ein Auto, sonst habe ich keine Verwandten mehr in der Nähe, und in meinem Bekanntenkreis ist eigentlich auch jeder motorisiert. Sinnvoll wäre es sicherlich auch, wenn Sie mal bei unserem Vereinsabend hereinschauen. Wir freuen uns immer über Besuch.«

»Das machen wir gerne.« Lieselotte Larisch stand zeitgleich mit Theo Kettling auf, setzte aber ihre schlecht getarnte Befragung fort.

»Nun wollen wir uns aber verabschieden. Wir möchten noch ein wenig spazieren gehen, nicht wahr, Dieter? Vielleicht sollten wir mal einen kleinen Marsch auf dem Höhengebiet bei Winkeln oder Rölvede machen, dort hat man einen so herrlichen Ausblick in die Landschaft. Kennen Sie die Gegend, Herr Bassenge?«

»Ja, ich bin dort mal längsgefahren, das ist aber schon ewig her. Ehrlich gesagt bin ich kein ausgesprochener Naturfreund. Wenn ich den Drang nach etwas Bewegung verspüre, reicht es mir, ein Stück die Straße auf- und abzugehen. Ich kann natürlich nur aus eigener Erfahrung sprechen, aber meiner Meinung nach gibt es kein anderes Hobby, das einen derart breiten Einblick in die Geschichte bietet wie die Philatelie.«

Lieselotte Larisch und Theo Kettling hatten inzwischen wieder alle Briefmarken in den Schuhkartons verstaut, dabei die mit dem Zeppelin ganz vorsichtig eingebettet, und die Kartons in die Kaufhof-Plastiktüte verfrachtet. Gemeinsam mit Gerd Bassenge gingen sie langsam in die Diele, während ihnen weiterhin die Vorzüge dessen Steckenpferdes erläutert wurden.

»Welche Freizeitbeschäftigung sonst ermöglicht es, aus der ganzen Welt Motive zu speziellen Themen zusammenzutragen? Tiere, Blumen, Sport, Weltraum – es gibt nichts, was man nicht findet.«

In der Diele angekommen, blieb er am Telefontischchen stehen, griff nach einem dort bereitliegenden Kugelschreiber und schrieb etwas auf einen ebenfalls neben dem Telefon liegenden Notizblock. »Ich gebe Ihnen mal die Adresse unseres Vereinsheims. Wir treffen uns dort jeden ersten Donnerstag im Monat ab 19 Uhr. Wie gesagt, es wäre schön, wenn wir Sie begrüßen dürften.«

Mit einem Ruck riss er den Zettel vom Block und reichte ihn Lieselotte Larisch. Über der handgeschriebenen Notiz war der Werbeslogan »Exklusiver Luxus aus zweiter Hand – Auktionshaus Lütgenmeier, Dortmund« zu lesen.

»Sie nehmen an Versteigerungen teil?«

Obgleich Gerd Bassenge weiterhin freundlich lächelte, war ihm doch anzumerken, dass ihm die Frage nicht passte.

»Nein, nein, das nicht. Aber ich erstelle gelegentlich Expertisen für neu eingegangenen Schmuck. Die werden für die Beschreibungen in den Auktionskatalogen gebraucht und auch, um den Ausrufpreis festzulegen.«

»Das ist sicher sehr interessant«, heuchelte Lieselotte Larisch, deren Interesse aber schon wieder etwas ganz anderem galt.

Neben dem Telefon stand ein Foto, das dem Anschein nach in den fünfziger Jahren aufgenommen worden war. Es zeigte eine glückliche Familie vor einem See mit einem dahinterliegenden Gebirgspanorama. Links Gerd Bassenge, rechts seine Frau und in der Mitte die – gemessen am Alter von Vater und Mutter – noch sehr junge Tochter von vielleicht 13 oder 14 Jahren. Alle drei lachten und winkten in die Kamera.

»Oh, sind Sie das mit Ihren Lieben?«, fragte Lieselotte Larisch ungeschickt.

»Ja, da waren wir im Urlaub in Berchtesgaden. Meine Frau liebte die Berge.«

»Das kann ich gut verstehen. Es ist doch wirklich herrlich in den Alpen.«

Sie machte eine kurze Pause, und Theo Kettling merkte, wie es in ihrem Kopf arbeitete.

»Und ist Ihre Frau …«

»Sie ist vor fünf Jahren gestorben.« Gerd Bassenge starrte auf den Fußboden, und es dauerte einige Sekunden, bis er weitersprach. »Na ja, so ist das eben, wenn man alt wird … einer bleibt am Ende übrig.«

Es entstand eine Pause, die Theo Kettling derart peinlich war, dass er krampfhaft überlegte, was er sagen konnte, um die Situation etwas aufzulockern und die drückende Stille zu beenden. Doch wie während des gesamten Aufenthalts in der Wohnung schwieg er und überließ Lieselotte Larisch das Reden.

»Da ist es doch schön, dass Sie solch eine Erfüllung in Ihrem Hobby finden. Und sicherlich auch Trost.«

»Ja, das stimmt. Die Arbeit im Verein hilft mir wirklich sehr.«

»Und es ist ja auch gar nicht selbstverständlich, dass man als Ehepaar so lange zusammen sein durfte. Schlagen Sie nur die Zeitung auf – wie oft kommt es vor, dass jungen Menschen etwas zustößt; Menschen, die dachten, sie hätten ihr ganzes Leben noch vor sich.«

»Das ist natürlich richtig.«

Gerd Bassenge sagte das auffallend kühl, und zum ersten Mal war das freundliche Lächeln aus seinem Gesicht verschwunden.

»Nun denn, nochmals vielen Dank, dass wir so kurzfristig kommen konnten. Und natürlich für Ihre kompetente Beratung.«

Wie schon bei der Begrüßung schüttelte Lieselotte Larisch ihrem Gastgeber unangemessen lange die Hand und sah ihm dabei tief in die Augen. Erst als Gerd Bassenge mit einer gleichsam unvorhergesehenen wie schwierigen Frage ihre Konzentration einforderte, ließ sie den Blick ab.

»Wie kamen Sie auf mich?«

»Wie bitte?« Lieselotte Larisch schindete Zeit.

»Wegen der Briefmarken. Woher wissen Sie, dass ich …«

»Aus der Tageszeitung. Über die Aktivitäten der Philatelie-Freunde wird doch mehr oder weniger regelmäßig im Lokalteil berichtet.«

Theo Kettling genoss gerade die Erleichterung darüber, dass Lieselotte Larisch eine plausible und sicher auch glaubwürdige Antwort eingefallen war, als er urplötzlich selbst in höchste Erklärungsnot geriet.

»Und Sie – sind wir zwei uns nicht gestern begegnet?«

»Wie bitte … ich … äh …«

»Gestern Mittag, beim Friseur.«

Theo Kettling brach der Schweiß aus. »Ach … äh … natürlich, ja. Na das ist vielleicht 'n Ding, nicht wahr, Frau La… Lala… Schiller?«

»Allerdings, da sieht man mal wieder, wie klein doch die Welt ist. Nun wollen wir aber wirklich los.«

*

Im Auto herrschte zunächst einige Minuten lang Schweigen. Theo Kettling steckte der Schreck darüber, dass Gerd Bassenge ihn wiedererkannt hatte, noch in den Knochen, und Lieselotte Larisch widmete sich offenbar angestrengt grübelnd der Frage, ob dieser alte Mann irgendetwas mit dem Tod des Ernst Rott zu tun haben könnte. Theo Kettling merkte das nicht zuletzt daran, dass die Fahrt weitgehend ohne die sonst üblichen Zwischenfälle verlief. So rasant Lieselotte Larisch ihr Auto bewegte, wenn es irgendetwas Spannendes in Angriff zu nehmen galt, so defensiv war ihr Fahrstil, wenn es in ihrem Kopf noch viel heftiger als ohnehin schon arbeitete.

»Nach genauer Betrachtung fürchte ich, dass wir Herrn Bassenge nicht länger als Verdächtigen einstufen können«, sagte sie schließlich, nachdem sie zuvor offensichtlich schwer mit sich gerungen hatte – wohl wissend, dass dieses Eingeständnis wie eine Niederlage auf Theo Kettling wirken würde.

Dieser versuchte, die Gelegenheit beim Schopf zu packen und die Einschätzung zu untermauern: »Da stimme ich Ihnen völlig zu. Genau wie bei Günter Nölle haben sich unsere Hoffnungen leider in Rauch aufgelöst.« Gleichermaßen gespannt wie hoffnungsvoll blickte er zu Lieselotte Larisch hinüber, die aber schon wieder tief in Gedanken versunken war.

»Die Augen …«

»Wie bitte?«

Theo Kettling war nun doch etwas beunruhigt. Lieselotte Larisch fuhr höchstens noch mit zwanzig Stundenkilometern, was einerseits nicht weiter ins Gewicht fiel, da die beiden schon auf der verkehrsarmen Nebenstraße in Richtung Rölvede unterwegs waren, andererseits aber darauf hindeutete, dass sie ernsthaft verunsichert war.

»Herr Bassenge. Einerseits sah er ganz anders aus als der Mann im Wald. Aber die Augen …«

Sie machte eine Pause.

»Als ich ihm die Hand gab und er mich ansah, da war mir … da war es fast so wie …«

Sie stellte den Wagen vor der Scheune ab, schüttelte sich kurz und war dann wieder ganz klar. »Nein, da passt einfach nichts zusammen. Ich bin der Meinung, dass wir einen Punkt erreicht haben, an dem wir derzeit nicht weiterkommen. Es wird das Beste sein, wenn wir unsere Nachforschungen vorübergehend einstellen. Vielleicht gibt es ja schon bald neue Hinweise, die eine Fortsetzung unserer Bemühungen rechtfertigen.«

Theo Kettling fühlte sich wie im Siebten Himmel. Wie lange hatte er auf diesen Moment gewartet, hatte gehofft, dass Lieselotte Larisch die Lust verlieren würde an diesen gleichermaßen nervenaufreibenden wie sinnlosen Aktivitäten. Und jetzt endlich war es so weit. Er selbst war ohnehin fast sicher gewesen, dass Gerd Bassenge weder als Mörder noch als Auftraggeber in Frage kam, und er hatte sich furchtbar darüber geärgert, Lieselotte Larisch überhaupt von der Begegnung beim Friseur berichtet zu haben. Am Vormittag war dann das seine große Hoffnung gewesen, was letztlich auch eintrat, nämlich dass sie nach all der Vorfreude über den neuen »Verdächtigen« derart enttäuscht von den Ergebnissen des Gespräches sein würde, dass sie den Antrieb für weitere Untersuchungen verlöre.

So hatte er vorsorgehalber zugestimmt, nach Beendigung des »Verhörs« mit ihr zum Kaffeetrinken zurück nach Rölvede zu fahren, um der Enttäuschung gegebenenfalls durch geschickte Argumentation Vorschub leisten zu können. Doch jetzt war das nicht mehr nötig, und er freute sich darauf, ruhig und gelassen das gemeinsame Vespern genießen zu können.

»Nun wollen wir uns erst einmal den erfreulicheren Dingen des Lebens widmen. Kommen Sie, ich habe eine Schwarzwälder Kirschtorte gemacht«, sagte Lieselotte Larisch, die erstaunlich gewandt aus dem Daf stieg, während Cleos enthusiastisches Bellen bereits zu hören war. Nachdem sie die Tür aufgeschlossen und den freundlichen Angriff des Tieres abgewehrt hatte, war Theo Kettling an der Reihe. Nur mit Mühe gelang es ihm, sich auf den Beinen zu halten, und jedes Mal, wenn die Hündin an ihm hochsprang, wurde er mit ordentlicher Wucht nach hinten gegen die Wand geworfen.

Zum Glück klingelte das Telefon, wodurch Cleo abgelenkt wurde und zu ihrem Frauchen rannte, das sich bereits im Wohnzimmer befand und den Hörer abgenommen hatte.

»Ja, bitte … ah, du bist es Milli, wie schön!« Lieselotte Larischs Stimme drohte sich mal wieder zu überschlagen, woran sich ermessen ließ, wie sehr sie über den Anruf erfreut war. »Aber ja, natürlich passt es mir. Und stell dir vor, Theo ist auch hier. Ich setze schon mal das Kaffeewasser auf – bis gleich!«

Emilie Backhaus hatte sehr zu Theo Kettlings Beruhigung nicht etwa den nächsten Verdächtigen parat, sondern wollte lediglich wissen, ob die Ermittlungen irgendetwas ergeben hatten. Lieselotte Larisch indes verspürte offenbar keine große Lust, die Neugier ihrer Freundin zu befriedigen. So knapp wie möglich berichtete sie von den Befragungen, ließ dabei Theo Kettlings großen Auftritt in der Wohnung von Familie Nölle pietätvoll aus und gab dann auch Milli bekannt, dass die Untersuchungen derzeit ruhten, natürlich nicht ohne den in seiner Alibifunktion klar erkennbaren Hinweis, dass es ja schon bald neue Erkenntnisse geben könne, die dann eine Wiederaufnahme der Nachforschungen erforderlich machten.

Milli versuchte es noch zwei-, dreimal mit gezielten Nachfragen, doch Lieselotte Larisch lenkte das Gespräch stets schnell in eine andere Richtung, und so ging es schon bald ausschließlich um die Nordseeinsel Wangerooge. Hier hatten sich die beiden kennengelernt, hier waren sie noch zweimal gemeinsam mit Schülern auf Klassenfahrt gewesen, und offenbar fuhren sie – getrennt oder gemeinsam – nach wie vor hierhin, denn beide waren erstaunlich gut informiert, wo es aktuell die beste Scholle, wo die beste Krabbensuppe und wo das beste Deichlamm gab.

Theo Kettling verfolgte das Ganze mit stark reduzierter Aufmerksamkeit und konnte sich dabei erstaunlich gut entspannen. Es war beinahe wie beim genussvollen Hören eines Pink-Floyd-Albums, nur dass hier keine Akkorde, keine Gitarrensolos und keine Gesänge an seinem Kopf vorbeizogen, sondern irgendwelche belanglosen Geschichten aus vergangenen Tagen. Es ging um allerhand Schülerstreiche, um lustige Gesänge in der ratternd sich fortbewegenden Inselbahn und um vollgekotzte Schüler, die nach der Fährüberfahrt bei Windstärke 9 oder 10 keine frische Kleidung mehr im Koffer gehabt hatten und deshalb die Rückfahrt im Bus für alle zu einem ganz besonderen olfaktorischen Erlebnis werden ließen. Und natürlich ging es um die Schönheit des niedersächsischen Wattenmeeres, um das tosende Rauschen der Wellen und um jene angeblich unvergleichlichen Momente, wenn am Abend die Sonne als roter Feuerball im ewigen Meer versinkt.

Theo Kettling fühlte sich leicht und gelassen. Die Ermittlungen waren von höchster Ebene ganz offiziell für beendet erklärt worden. Zwar lief der Mörder noch immer frei herum, doch man hatte ja ohnehin nicht ernsthaft an die Möglichkeit geglaubt, das Verbrechen aufzuklären, auch wenn Lieselotte Larisch sich das immer wieder eingeredet hatte. Wahrscheinlich aber hatte sie in einem Punkt Recht: Der Täter war wirklich kein Psychopath, und ganz bestimmt hatte er einen triftigen Grund gehabt, einzig und allein den alten Rott um die Ecke zu bringen.

Obwohl Theo Kettling wie üblich von Zeit zu Zeit aufstehen

musste, um seinen Rücken zu entlasten, waren die Schmerzen seit der Ankündigung Lieselotte Larischs, die Ermittlungen einzustellen, doch deutlich zurückgegangen.

Als er gegen 17 Uhr 50 ein weiteres Mal aufstand, erhob sich auch die Gastgeberin, um in die Küche zu gehen und das Abendessen vorzubereiten. Zuvor hatte sie Milli ohne große Mühe überreden können, noch ein oder zwei Stündchen zu bleiben; schließlich wisse man ja nicht, wann man wieder in so netter Runde zusammensitze. Lieselotte Larischs Proteste ignorierend, folgte ihr Milli in die Küche und half bei den anstehenden Arbeiten. Theo Kettling trank seine zweite Flasche Bier aus – genau wie die erste hatte er sie ungefragt serviert bekommen – und hörte eine beinahe schon bewusstseinserweiternde Symphonie aus klapperndem Geschirr, aus einer in kurzer Abfolge sich öffnenden und schließenden Kühlschranktür sowie aus den Stimmen zweier älterer Damen, die überaus engagiert darüber diskutierten, ob zum Garnieren eines Käsebrotes eher eine Gurkenscheibe oder aber eine Scheibe hart gekochtes Ei oder vielleicht doch ein Blättchen Kopfsalat geeignet sei.

Nach 20 Minuten war es so weit: Während Lieselotte Larisch erstaunlich gekonnt drei fast randvoll mit dem restlichen Eintopf vom Mittag gefüllte Teller balancierte, beförderte Milli zwei große Platten mit Schnittchen ins Wohnzimmer. Theo Kettling bekam seine dritte Flasche Bier gereicht, und nun griffen auch die Damen zu Alkoholischem. Der Korken der eilig aus dem Keller geholten Flasche Asti Spumante flog quer durch den Raum, und Lieselotte Larisch hatte alle Mühe, zumindest den Großteil des schnell austretenden Schaumweins in die bereits auf dem Tisch stehenden Gläser zu füllen.

Von diesem Moment an entwickelte sich ein feuchtfröhlicher Abend, der erst gegen Mitternacht sein Ende fand, als

Milli sich nach endlos scheinenden Diskussionen gegen ihre Freundin durchsetzen konnte mit der Entscheidung, den Heimweg anzutreten.

»Ich würde mich an deiner Stelle nicht mehr ans Steuer setzen«, versuchte Lieselotte Larisch ein letztes Mal Einfluss auszuüben, verbunden mit dem Hinweis, sie habe in dem großen Haus mehr als genug Platz, und das alte Sofa im Arbeitszimmer sei schnell mit Bettwäsche bezogen. Und außerdem stelle sich Theo ja auch nicht so an und übernachte, ohne große Diskussionen zu führen, im Gästezimmer.

Doch Milli fuhr, und Theo Kettling versuchte erfolglos nachzuvollziehen, wie viele Flaschen Bier er zu sich genommen hatte. Es war wie immer, wenn er übermäßig viel Alkohol trank: Er konnte sich noch so sehr vornehmen, jedes Glas oder jede Flasche zu zählen, konnte jede Minute eisern daran denken. Irgendwann kam stets der Moment, an dem es nicht weiterging, an dem er sich einfach nicht mehr erinnern konnte, die letzte Zahl wie ausgelöscht war.

»Das Bett im Gästezimmer ist bezogen«, beendete Lieselotte Larisch das sinnlose Kopfrechnen. »Aber bevor wir uns beide zurückziehen, beseitigen wir noch den Rest Asti Spumante. Jeder ein halbes Glas, und die Flasche ist leer.«

Theo Kettling, dem zwischendurch sogar ein Aschenbecher gereicht worden war und der nach Lust und Laune hatte rauchen dürfen, traute sich nicht, Widerstand zu leisten. So fügte er sich protestlos in sein Schicksal und schlang die längst Zimmertemperatur aufweisende, zuckersüße Brühe hinunter, ohne dabei eine Miene zu verziehen.

»Wann wollen wir morgen frühstücken?«, fragte Lieselotte Larisch, der anzumerken war, dass der Alkohol ihre Zunge etwas schwer gemacht hatte.

»Och …«

»Na, auf jeden Fall nicht vor dem Aufstehen, würde ich sagen – wir haben ja Zeit. Gute Nacht.«

Als Theo Kettling im Bett lag, fühlte er sich wie von allen Lasten befreit. So nervtötend Lieselotte Larischs Anwesenheit oft war, so angenehm war es jetzt, in diesem Moment, hier im Haus dieser starken und energischen Frau zu sein, die stets so viel Kraft und Zuversicht vermittelte. Er hörte das beruhigende Ticken der Standuhr und hin und wieder aus der Diele die knurrenden und grunzenden Geräusche, die Cleo im Schlaf machte.

Ein solches Gefühl der Sicherheit und Geborgenheit hatte er seit seiner Kindheit nicht mehr erlebt.

Er, der spindeldürre und kränkliche Junge, war damals mehr oder weniger regelmäßig mit Onkel Josef aus Mülheim an der Ruhr einige Tage zur Erholung nach Bad Kissingen gefahren. Gemeinsam hatten sie dort lange Spaziergänge im scheinbar unendlich großen Kurpark gemacht, hatten in der Brunnenhalle zwischendurch die verschiedenen Heilwässer getrunken, manche erträglich, andere scheußlich schmeckend, und waren beim Abendessen in den feinen Restaurants der Kurstadt wie Könige behandelt worden. Theo Kettlings Eltern hätten das nie und nimmer bezahlen können. Onkel Josef aber war einigermaßen wohlhabend gewesen, und er genoss die Kurzurlaube mit dem kleinen Theo genauso, wie der kleine Theo sie selbst genoss. Immer wenn es nach Bad Kissingen ging – in der Vorkriegszeit ohne Autobahnen und auf schlecht ausgebauten Straßen eine lange Fahrt –, kam Onkel Josef in aller Herrgottsfrühe mit seinem Adler Trumpf angefahren. Theo, schon voller Vorfreude, aber nach dem frühen Wecken noch sehr müde, bezog sein Schlaflager auf der Rücksitzbank, auf der schon eine Wolldecke und ein kleines Kopfkissen bereitlagen. Im Halbschlaf hatte er dann das sonore Brummen des Motors gehört, hatte das beruhigende Schaukeln des Autos gespürt und war unendlich glücklich gewesen.

Längst nicht so stark wie damals, aber in Ansätzen doch klar wiederzuerkennen, hatte er dieses Gefühl jetzt auch. Er dachte kurz an den Rückenschmerz, der nur gedämpft spürbar und keinesfalls belastend war. Angenehm betäubt versuchte er dann, das Einschlafen hinauszuzögern, um den Moment etwas länger genießen zu können. Doch der Alkohol forderte seinen Tribut, und nach höchstens zwei Minuten fielen ihm die Augen zu.

9

Nicht durch das Klingeln des Weckers, nicht durch das Krähen des Hahnes in der Nachbarschaft und auch nicht durch Lieselotte Larischs Haushaltsaktivitäten wurde Theo Kettling am Morgen geweckt.

Es war Cleo, die ihm mit ihrer beeindruckend großen Zunge quer über Mund und Nase leckte. Gerade noch in behaglichem Morgenschlaf, sprang er wie von der Tarantel gestochen auf, stürmte zum Spülbecken im Badezimmer, griff hektisch nach der Seife und wusch sich mindestens ein halbes Dutzend mal übertrieben das Gesicht. Eigentlich achtete er immer peinlich genau darauf, keinen Schaum an die Lippen zu bekommen, weil ihm der Laugen-Geschmack ein einziger Graus war. Doch der Hundespeichel mit dem bis dato unbekannten Trockenfutter-Aroma war weitaus schlimmer.

»Ah, Sie sind aufgestanden, Theo. Das passt ja prima, das Frühstück ist gerade fertig. Ich habe tatsächlich noch eine neue Zahnbürste gefunden, sie liegt auf dem kleinen Schränkchen neben der Tür.«

Obgleich Lieselotte Larisch ihren Gast mit keiner Silbe zur Eile mahnte, fühlte sich Theo Kettling unter Druck gesetzt und erledigte seine Morgentoilette hektisch. Die bislang erstaunlicherweise kaum wahrnehmbaren alkoholbedingten Kopfschmerzen wurden nun stärker, aus Erfahrung wusste er aber, dass sich dies nach einem ordentlichen Frühstück legen würde.

Wie üblich ließ die Essensauswahl auf dem Küchentisch nichts zu wünschen übrig, und Theo Kettling hatte trotz des flauen Gefühls im Magen einen anständigen Hunger. Insgesamt nahm er – für seine Verhältnisse schon rekordverdächtig – zweieinhalb Brötchen zu sich, belegt mit von Lieselotte Larisch selbst eingemachter Erdbeer-Marmelade sowie mit Salami und der vorzüglichen, ebenfalls selbst eingelegten Sauren Rolle. Beinahe schon traditionell wurde er im Appetit von seiner Gastgeberin übertroffen, die anscheinend überhaupt nicht verkatert war und nach dreieinhalb Brötchen, zwei Eiern und einem Stück Schwarzwälder Kirschtorte – dem Rest vom Vortag – zum Angriff blies.

»Ich denke, bevor ich mich an das Mittagessen mache, sollten wir einen kleinen Sonntagsspaziergang mit Cleo unternehmen. Sie bleiben doch zum Essen?«

»Ich weiß nicht, eigentlich …«

»Ach, ach, ach, natürlich bleiben Sie. So ganz allein in Ihrer Wohnung fällt Ihnen ja doch nur die Decke auf den Kopf.«

Einerseits ärgerte sich Theo Kettling, dass er sich mal wieder nicht hatte durchsetzen können, andererseits würde ihm etwas Bewegung in der Tat gut tun, schließlich hatte er auf seinen Frühmorgen-Marsch verzichtet. Noch hielten sich die Rückenschmerzen in Grenzen, doch das würde sich bei anhaltendem Verzicht auf körperliche Aktivität mit Sicherheit bald ändern. Außerdem hatte er jetzt einen Grund, den Termin bei Tante Gertrud abzusagen. Eigentlich hatte er versprochen, zum Kaffee zu kommen und bei dieser Gelegenheit zwei Behördenbriefe zu »übersetzen«, die in der vergangenen Woche im Briefkasten gelegen hatten. Die alte Dame würde aber gewiss nichts dagegen haben, das Ganze auf Montag oder Dienstag zu verschieben, zumal er dann gleich Hof und Gehweg würde fegen können, und ein recht üppiges Trinkgeld winkte. Theo Kettling nahm sich vor, am Mittag anzurufen; im Moment hatte es ohnehin keinen Zweck, da Tante Gertrud in der Kirche war.

Schon in der Diele war Cleo kaum noch zu bremsen, denn so sehr sie sich davor drückte, bei Regen eine Pfote vor die Tür zu setzen, so sehr liebte sie Ausflüge bei schönem Wetter. Zwar waren die Höchsttemperaturen mit etwa 20 Grad Celsius für den Hochsommer mehr als bescheiden, doch seit Mitte der zu Ende gehenden Woche war es nicht nur möglich, ohne Jacke aus dem Haus zu gehen, man konnte es auch wagen, den Regenschirm zu Hause zu lassen, und nicht selten zeigte sich sogar die Sonne.

»Jetzt gehen wir erst einmal zu dem Grab im Wald, das haben Sie ja noch gar nicht gesehen«, sagte Lieselotte Larisch, als sie die Haustür hinter sich zuzog und sich, halb von Cleo gezogen, in Bewegung setzte.

Als man das Dorf hinter sich gelassen hatte, ließ sie die Hündin von der Leine. Wie aufgedreht sprang das stattliche Tier hin und her, sprintete immer wieder dreißig oder vierzig Meter voraus, um dann ebenso angriffsartig zurückzukommen und wahlweise Theo Kettling oder Lieselotte Larisch anzuspringen.

Die drei hatten gerade den Forstweg am Waldrand erreicht, als die bislang vergleichsweise gute Sonntagslaune von einer Sekunde zur anderen umschlug.

Cleo rannte plötzlich davon, diesmal aber ohne zurückzukommen, diesmal querfeldein den Fichtenwald hinunter. Es war nicht das erste Mal, dass sich die Beteuerung des Züchters, Deutsche Doggen hätten glücklicherweise einen sehr unterentwickelten Jagdtrieb, schlicht als dreiste Lüge erwies. Denn offenbar hatte Cleo auch jetzt irgendein Wildtier gewittert und war durch nichts in der Welt – schon gar nicht durch das Rufen ihrer Halterin – zu stoppen. Theo Kettling, der sich verpflichtet fühlte, es Lieselotte Larisch gleichzutun und ebenfalls die Verfolgung der Hündin aufzunehmen, staunte nicht schlecht darüber, wie rasant die dicke ältere Frau vor ihm den Waldhang hinabsprintete. Nur mit großer Mühe gelang es ihm, hinterherzukommen. Denn während Lieselotte Larisch anscheinend alles andere als die Verfolgung ihres Haustieres ausgeblendet hatte und dabei auch die im Weg befindlichen trockenen Äste der dicht stehenden Fichten ignorierte, die unter lautem Knacken gleich reihenweise wegbrachen, machte Theo Kettlings Rücken nun Probleme. Leidvoll wurde er daran erinnert, dass stoßartige Belastungen Gift für seine desolaten Bandscheiben waren, und die stechenden Schmerzen wurden mit jedem Tritt schlimmer.

Nach etwa einhundertfünfzig Metern hatte er Lieselotte Larisch dann aber doch eingeholt. Sie saß auf dem Hosenboden am Rand eines Waldweges, der von einer steilen und spät als solche zu erkennenden Böschung begrenzt war.

»Passen Sie auf, dass Sie nicht auch ins Rutschen geraten …« Der gut gemeinte Rat kam eine Sekunde zu spät. Theo Kettling hatte bereits das Gleichgewicht verloren und saß nun direkt neben Lieselotte Larisch.

Die beiden schauten sich kurz wortlos an und atmeten einige Male tief durch, bevor sie sich wieder auf den Weg machten. Dieses Mal liefen sie nebeneinander her, wurden aber bereits nach siebzig oder achtzig Metern erneut abrupt in ihrem Vorwärtsdrang gebremst. Parallel zum oberen Weg verlief hier ein weiterer, und auch auf diesen führte von der Bergseite eine steile Böschung, die beide wie in einer bizarren Choreographie völlig synchron auf ihren Hinterteilen hinabrutschten. Unten angekommen, schien Lieselotte Larisch die Contenance zu verlieren.

»Wo steckt dieses verdammte Mistvieh?«, stieß sie hervor, die Leine wütend auf den vor ihr liegenden Weg werfend. Dann fixierte sie plötzlich den Blick und schaute mit zusammengekniffenen Augen geradeaus. »Da ist sie. Cleo, komm sofort her!«

Es dauerte einige Sekunden, bis auch Theo Kettling die Hündin entdeckte. Sie lief aufgeregt am Ufer eines kleinen Baches hin und her, der etwa fünfzig Meter entfernt lag und den Berg an dieser Stelle sanft einschnitt. So hätte man nun vergleichsweise bequem das letzte, nicht mehr besonders steile Stück bis zu dem Tier gehen können, wenn dieses sich nicht jenseits des Baches befunden hätte.

»Heilige Maria und a Stückla Josef!«, schimpfte Lieselotte Larisch, als Cleo wiederholt ihre Aufforderung ignorierte, zu ihr zu kommen.

Theo Kettling, der den Ausspruch noch nie gehört hatte, war beinahe etwas irritiert darüber, wie wütend Lieselotte Larisch sich gerade präsentierte. Bis dato hatte er sie nie fluchend und stets Selbstdisziplin übend kennengelernt, und nun jagte ein Gefühlsausbruch den nächsten.

»Ich bin nicht gewillt, mir jetzt auch noch nasse Füße zu holen – verflixt und zugenäht! Kommen Sie, wir gehen den Weg entlang, der führt bestimmt auf die andere Seite.«

Sie hatte Recht. Nach etwa einhundert Metern kam eine kleine Brücke, und danach ging es in umgekehrter Richtung auf der anderen Hangseite weiter. Die beiden gingen noch ein kurzes Stück, da kam ihnen Cleo auch schon entgegen, die Spur des Wildes offenbar endgültig verloren. In gemächlichem Trab drehte sie den Kopf mal hierhin, mal dorthin, vermied dabei aber jeden Blickkontakt mit ihrer Halterin. Diese nahm die Hündin mit einem kräftigen Klaps auf den Hintern in Empfang und erteilte ihr dann eine ordentliche Standpauke, die derart laut ausfiel, dass ein Habicht vor Schreck von seinem Platz in einer der umliegenden Fichten flüchtete und sich mit mächtigen Flügelschlägen entfernte. Lieselotte Larisch nahm Cleo an die Leine, senkte den Kopf und atmete tief durch.

Irgendetwas Interessantes schien sie auf dem Boden des Weges entdeckt zu haben. Vorsichtig rollte sie mit der Schuhsohle einen Stein vom grasbewachsenen Mittelstreifen in die linke der beiden Fahrrinnen, die sich im Laufe vieler Jahre durch das Befahren mit Traktoren und sonstigen forstwirtschaftlichen Fahrzeugen gebildet hatten. Nach einigen Sekunden holte sie auf die gleiche Weise einen weiteren Stein zwischen den Grashalmen hervor und dann noch einen.

»Jetzt sehen Sie sich das an.«

Theo Kettling wollte sich keine Blöße geben und fragte sich deshalb angestrengt, was an drei bräunlichen, etwa hühnereigroßen Steinen so schrecklich interessant sein konnte. Doch ihm fiel nichts ein: »Ich weiß nicht recht, was Sie …«

»Schotter. Gleisschotter. Das ist ohne Zweifel Gleisschotter. Hier muss früher eine Eisenbahnstrecke entlanggeführt haben.«

Theo Kettling war sich völlig sicher, dass dem nicht so war. Entsprechend forsch fiel seine Antwort aus. »Hier gab es keine Bahnstrecke, Frau Larisch. Wirklich nicht. In unserer Region haben wir die Volmetalbahn, die geht von Hagen über Meinerzhagen und Gummersbach nach Dieringhausen. In Brügge zweigt eine Strecke nach Lüdenscheid ab und in Oberbrügge eine nach Halver; beides sind quasi Sackgassen. Und dann gab es früher noch drei Schmalspurstrecken. Eine von Lüdenscheid nach Altena, eine von Lüdenscheid nach Werdohl und eine von Schalksmühle nach Halver. Diese Bahnen wurden im Volksmund ›Schnurre‹ genannt und wurden von der Kreis-Altenaer-Eisenbahn unterhalten. Mehr ist nicht und mehr war nicht, ganz bestimmt. Das alles weiß ich übrigens schon seit der Volksschule, unser Lehrer legte immer sehr viel Wert auf regionale Bildungsinhalte.«

Er hatte die so ungewohnt selbstsicher vorgetragenen Ausführungen gerade beendet, als er feststellen musste, dass sein

Lehrer ganz offensichtlich den Schülern etwas verschwiegen oder aber eine gewaltige Wissenslücke gehabt hatte. Direkt voraus lag eine Abzweigung. Ein Weg führte in sanfter Steigung und in einer weiten Rechtskurve am Hang entlang bergauf, der andere verlief, ebenfalls eine Rechtskurve beschreibend, talwärts. Beide waren sehr exakt angelegt, ihr Verlauf wie mit dem Zirkel gezogen. Außerdem gab es hier noch mehr Schotter und sogar Fragmente von Bahnschwellen – mittlerweile völlig morsch, aber noch als solche zu erkennen. Es bestand kein Zweifel daran, dass sich an genau dieser Stelle mal eine Weiche befunden hatte.

Lieselotte Larisch schwieg, setzte aber ein vielsagendes, triumphierendes Lächeln auf. Theo Kettling indes war so baff, dass er die stille Anspielung gar nicht bemerkte. Er blickte den Waldhang hinab und entdeckte etwa zwanzig Meter tiefer eine weitere Trasse. Und wiederum darunter befand sich ebenfalls eine.

Was zum Teufel hatte das zu bedeuten? Gab es hier, abseits größerer Ortschaften und mitten im Wald, früher mal einen Eisenbahnknotenpunkt? Das konnte einfach nicht sein, davon hätte er irgendwann einmal gehört oder gelesen.

»Wie wäre es, wenn wir noch ein Stück hier hochgehen?«, hörte er Lieselotte Larisch fragen, die eine Antwort gar nicht erst abwartete und sich umgehend in Bewegung setzte. Auch Theo Kettling war mittlerweile neugierig geworden, was es mit alldem auf sich hatte; doch sein Rücken schmerzte immer mehr, und er hätte weitere Erkundungen gern verschoben. Aus der festen Überzeugung heraus, dass Lieselotte Larisch sowieso nicht kompromissbereit war, folgte er ihr schließlich wortlos und die Zähne zusammenbeißend.

Tatsächlich gab es schon bald wieder etwas Interessantes zu sehen. Immer wieder tauchten neben der Trasse geheimnisvolle Bauwerke auf, manche an Wohnhäuser erinnernd, andere ganz eindeutig an Bunker.

Dann verlor sich die Eisenbahnstrecke, und direkt vor Theo Kettling, Lieselotte Larisch und Cleo erhob sich der riesige Autobahndamm. Von hier unten konnte man die Fahrzeuge auf der Sauerlandlinie nicht sehen, und erstaunlicherweise konnte man die allermeisten auch nicht hören. Lediglich die Motorengeräusche schwerer Lastwagen drangen bis hierhin vor.

»Sehen Sie, da drüben sind ja auch noch welche von diesen merkwürdigen Bauwerken«, rief Lieselotte Larisch verzückt und nahm sofort Kurs auf.

»Und was ist denn das da?«

Diesmal war es Theo Kettling, der eine interessante Entdeckung gemacht hatte. Am Rand einer großen Wiese, die wie aus dem Nichts zwischen den Bäumen des dichten Waldes aufgetaucht war, stand ein Trinkbrunnen. Unter dem aus Bruchsteinen gemauerten Bogen und der in etwas unbeholfen wirkender Schrift verewigten Jahreszahl 1915 ragte ein Metallrohr hervor, aus dem ein schmaler Strahl klaren Wassers plätscherte. Theo Kettling ließ das kühle Nass über seine Arme laufen, und auch Lieselotte Larisch nutzte die Gelegenheit zur Erfrischung.

»Und Sie als Einheimischer haben wirklich gar keine Kenntnis darüber, was es mit alldem auf sich hat?«, fragte sie, während sie Cleo – trotz ihres Ausbüxens vor einer halben Stunde – großmütig von der Leine ließ.

»Nein, habe ich nicht«, antwortete Theo Kettling ebenso knapp wie wahrheitsgemäß.

Da man mittlerweile weitgehend die Orientierung verloren hatte, ging man aufs Geratewohl bergab und stieß dabei schon bald nicht nur auf neue Bunker, sondern auf weitere geheimnisvolle Bauwerke. »Schauen Sie mal, da unten steht eine richtige Villa.« Lieselotte Larisch deutete mit dem Zeigefinger auf ein in der Tat herrschaftlich anmutendes Haus, das rund einhundert Meter tiefer im Tal des Sterbecke-Baches lag. Wie gewohnt wartete sie eine mögliche Reaktion Theo Kettlings erst gar nicht ab und kämpfte sich nach unten vor bis zur Villa.

»Jetzt ist es aber langsam Sense mit der verdammten Querfeldein-Rennerei«, murmelte Theo Kettling in sich hinein. Sein Rücken schmerzte immer mehr, und er nahm sich vor, in den nächsten Minuten allen Mut zu bündeln und auf den Abbruch der Expedition zu bestehen.

»Ah, jetzt weiß ich wieder, wo wir sind«, begeisterte sich Lieselotte Larisch, als sie mit Cleo am Fuße des Hangs angekommen war und vor dem Haus stand, das – wie jetzt zu erkennen war – Teil einer ganzen Siedlung gewesen sein musste. »Dort drüben« – sie wippte mit dem Kopf in Richtung des gegenüberliegenden Berghangs – »ist die Straße, die runter nach Rummenohl führt. Ich fahre dort immer entlang, wenn ich nach Hagen muss. Und ich habe mich jedes Mal gefragt, was das hier alles ist.«

Was sie als »das hier alles« bezeichnete, war eine beeindruckende Ansammlung von alten Gebäuden. So wie die Villa sahen einige noch weitgehend intakt aus, andere befanden sich mehr oder weniger im Zerfall. Im Gegensatz zu den eher zufällig angeordnet scheinenden Bunkern oben im Wald musste dies hier aber wirklich mal eine kleine Stadt gewesen sein; oder aber, das schien wahrscheinlicher, eine mächtige Fabrikanlage. Große Produktionshallen in der typischen Industriearchitektur des frühen 20. Jahrhunderts wechselten sich ab mit kleinen Betriebshäuschen, dazu kamen das villenartige Bauwerk mit seinem sich an der Vorderseite anschließenden Turm und am unteren Ende des Geländes ein weiteres vornehmes Wohnhaus.

Die allermeisten Gebäude standen leer, einige wenige waren

zu Werkstätten umfunktioniert worden. Ein junger Mann, der sich hier eine Schlosserei eingerichtet hatte, traktierte ein vor ihm liegendes verrostetes Geländer mit wilden Hammerschlägen und würdigte die Vorbeigehenden keines Blickes. Ganz im Gegensatz zu einem offensichtlich recht übel gelaunten Zeitgenossen, der sich in einem anderen Gebäude an einem erbarmungswürdig aussehenden Fiat 850 zu schaffen machte. Für einige Sekunden hörte er auf, am Motor des Fahrzeuges herumzuschrauben, und sein Blick machte eindrucksvoll deutlich, dass er den Hund und die beiden Menschen als Eindringlinge betrachtete. Theo Kettling beschleunigte sofort den Schritt, und auch Lieselotte Larisch fühlte sich in diesem Moment anscheinend nicht besonders wohl; sie zog Cleo dicht zu sich und forcierte ebenfalls das Tempo.

»Nun aber nichts wie zurück nach Rölvede; kommen Sie, diesmal nehmen wir die Straße«, stieß sie hervor, während sie laut schnaufend den Schritt nochmals beschleunigte.

Theo Kettling, schwindelig vor Schmerzen und nach Luft ringend, war es nun endgültig leid, und er setzte zu einem ordentlichen Donnerwetter an. Genau in dem Moment aber, als er den Mund öffnete, war es so, als drehe jemand an einem Regler nicht nur seinen Mut zurück, sondern auch seine Verärgerung. Innerhalb von Sekundenbruchteilen wuchs in seinem Kopf die Forderung heran, das Problem diplomatisch zu lösen und eine Konfrontation zu vermeiden.

»Frau Larisch, es wäre wahnsinnig schön, wenn Sie etwas langsamer laufen könnten. Mein Rücken macht das so langsam nicht mehr mit.« Immerhin schwang noch ein durchaus bissiger Unterton in Theo Kettlings Äußerung mit.

Umso erstaunter war er über Lieselotte Larischs verständnisvolle Reaktion: »Aber natürlich. Ach Gott, wie unaufmerksam von mir – entschuldigen Sie bitte.« Sofort drosselte sie das Tempo, schaute nachdenklich zu Boden und machte ihm dann ein beinahe schon karitatives Angebot: »Oder wollen Sie hier warten? Ich könnte mit Cleo zum Bauernhaus gehen und würde Sie mit dem Auto abholen.«

»Nein, nein, das ist wirklich nicht nötig, vielen Dank.« In der folgenden Dreiviertelstunde, während der nicht nur eine Strecke von zweieinhalb Kilometern zurückgelegt, sondern auch ein Höhenunterschied von rund hundertfünfzig Metern über Serpentinen bewältigt wurde, bedauerte er des Öfteren, die Offerte ausgeschlagen zu haben.

Oben auf dem Höhenzug angekommen, bestand Lieselotte Larisch bei aller zur Schau getragenen Nächstenliebe dann aber doch darauf, den kleinen Abstecher zum Grab im Wald zu machen, nachdem der erste Versuch der Inspizierung durch das Ausreißen Cleos zunichte gemacht worden war. Vor Ort hielt sich Theo Kettlings Begeisterung – nicht allein der Sehnsucht wegen, sich endlich setzen zu können – sehr in Grenzen. Zwar konnte man die Aushebung von den Abmessungen her als Grab deuten, ebenso gut konnte man aber auch von einem, wofür auch immer geschaufelten, profanen Erdloch sprechen.

*

»Ach du lieber Himmel, es ist ja schon fast halb eins. Ich werde mich gleich an das Mittagessen machen, aber lassen Sie mich vorher noch schnell etwas nachsehen. Ich meine, dass ich mal irgendwann …« Lieselotte Larisch stand vor der riesigen Bücherwand in ihrem Arbeitszimmer. Mit auf die Hüften gestützten Händen ging sie die sorgsam beschrifteten Rücken der schwarzen Leitz-Aktenordner durch, die im rechten Bereich der Wand angeordnet waren und sich in bester Gesellschaft mit den links davon stehenden großen Werken der Weltliteratur befanden.

Theo Kettling saß mit ausgestreckten Beinen und hängenden Armen wie tot in einem der großen Ohrensessel im Wohnzimmer. Da der Vorhang in dem breiten Durchgang zwischen beiden Räumen geöffnet war, konnte er Lieselotte Larisch beobachten, die plötzlich mit dem Zeigefinger in Richtung des oberen Regals deutete, sich den kleinen Holztritt schnappte und mit beachtlicher Sicherheit einen der zahlreichen Ordner von oben nach unten beförderte. Als sie ins Wohnzimmer kam, korrigierte Theo Kettling so schnell wie möglich seine fast schon liegende Position und nahm sitzend Haltung an.

Lieselotte Larisch indes hatte für solche Förmlichkeiten gar kein Auge. Mit gierigem Blick blätterte sie in dem Ordner, dessen Rücken mit der Aufschrift »Erlebnisaufsätze zur Übung, Schuljahre 60/61, 61/62« versehen war. Jeweils höchstens zwei Sekunden brauchte sie, um festzustellen, dass es sich bei dem vor ihr liegenden Text nicht um den handelte, den sie suchte. Theo Kettling saß gegenüber und staunte über die Bandbreite der Handschriften. Einige wenige waren so exakt, dass sie beinahe wie gedruckt aussahen, und man konnte sich kaum vorstellen, dass sie von Kindern stammten. Andere wieder wiesen die typisch unbeholfenen Strichführungen auf, wie man sie gemeinhin erwarten würde, waren aber dennoch gut zu lesen. Und einige Aufsätze waren in wilden Krakeleien zu Papier gebracht worden, die beinahe verstörend wirkten und nur mit größter Mühe zu entziffern waren.

Eindeutig zur letzteren Gattung zählte das Werk, das Lieselotte Larisch nach etwa zehnminütiger Suche schließlich entdeckte. Das Auffinden quittierte sie mit einem derart lauten Freudenjuchzer, dass die vor sich hin dösende Cleo aufwachte und verschreckt bellte.

Mit der Aufforderung »Lesen Sie das mal durch!« bekam Theo Kettling den Ordner auf den Schoß geworfen. Zunächst aber war an Lesen nicht zu denken. Hilflos starrte er auf ein einziges Durcheinander aus Strichen und Punkten, und zu allem Überfluss war an einigen Stellen auch noch die Tinte verschmiert. Doch nach und nach konnte er einzelne Buchstaben erkennen, erste Wörter fügten sich zusammen, und schließlich gelang es ihm, den Großteil des Aufsatzes zu entschlüsseln.

Mein schönstes Ferienerlebnis
Hans-Peter Bergscheid

Ich und meine Freunde Klaus und Joachim haben uns im Sterbecker Tal die alten Häuser angekuckt die uns schonmal aufgefallen sind als wir mit den Fahrrädern dran vorbei gefahren sind, wo wir aber keine Zeit mehr hatten weil es schon fast dunkel wurde und wir sowiso schon zu spät nachause kamen. In manchen von den Fabrikhäusern hatten sich einige Leute was eingerichtet wo sie gearbeitet haben und bei einen davon haben wir Ärger gekriegt weil wir da rumgelaufen sind und er hat geschimpft wir sollen uns verziehen. Das haben wir auch gemacht aber es war trozdem spannend und manchmal fast etwas gruslig. Aber als wir dann hoch zum Kaltenborn auf den Waldweg gefahren sind da kamen noch viel komischere Häuser und da … An dieser Stelle konnte Theo Kettling den Text beim besten Willen nicht lesen … *und ganz oben die Häuser da waren sogar richtige Höhlen drin und dann haben wir immer mehr Höhlen entdeckt. Eigendlich wollten wir noch mal später zu den Waldhöhlen fahren aber ich bin ja dann mit meinen Eltern zum Urlaub in den Schwarzwald gefahren und Joachim ist auch mit seinen Eltern gefahren die fahren ja jedes Jahr an die Nordsee. Aber wir wollen irgendwann doch noch mal zu den Waldhöhlen und dann auch Taschenlampen mitnehmen. Frau Larisch sie dürfen das nicht beim Elternsprächtag meiner Mutter erzählen weil dann krieg ich ein Riesenärger weil wir ja mit den Rädern garnicht soweit weg dürfen.*

Um den Aufsatz lesen zu können, hatte sich Theo Kettling derart konzentrieren müssen, dass es ihm unmöglich war, in Ruhe an seine Rückenschmerzen zu denken. Dafür flimmerte es ihm jetzt vor den Augen, und sein Kopf brummte. Entsprechend froh war er, dass die letzten Worte auf dem Blatt von Lieselotte Larisch stammten, die in ihrer zackigen Handschrift dem Schüler Hans-Peter Bergscheid einige Hinweise gegeben hatte:

Das Thema deiner Arbeit gefällt mir sehr gut. Allerdings mußt du weiter intensiv an deinem Stil, an der Orthographie und insbesondere an der Interpunktion arbeiten. Deine Probleme mit den Kommata lassen sich nicht durch das beliebige Weglassen derselbigen lösen.

»Was sagen Sie nun, Theo?«

»Tja …«

»Es ist doch ganz offensichtlich, dass hier exakt die Gebäude gemeint sind, die uns während des Spazierganges begegnet sind.«

»Spaziergang ist freundlich ausgedrückt«, dachte Theo Kettling, dessen Rückenschmerzen nun wieder da waren und nur langsam an Intensität verloren.

»Gleich morgen werde ich versuchen, einen Kontakt zu Hans-Peter herzustellen. Trotz seiner Schwierigkeiten in der Schule war er ein netter Junge. Mein letzter Stand ist, dass er den Bauernhof seines Vaters in Heedfeld übernommen hat.

Und außerdem rufe ich noch einen ehemaligen Kollegen an, der Mitglied im hiesigen Geschichtsverein ist.«

Der Begeisterung in Lieselotte Larischs Stimme war zu entnehmen, wie froh und erleichtert sie war, wieder eine – an ihren Maßstäben gemessen – sinnvolle Freizeitbeschäftigung in Aussicht zu haben.

Theo Kettling fragte sich, warum diese Frau immerfort irgendetwas tun musste. Vielleicht wollte sie, bewusst oder unbewusst, nicht zur Ruhe kommen, weil ihr Kopf dann Zeit gehabt hätte, Fragen aufzuwerfen. Fragen, denen man sich nur ungern stellte, weil es schwer war, erträgliche Antworten zu finden. Fragen danach zum Beispiel, was man bisher aus dem eigenen Leben gemacht hatte und wie man sich seine Zukunft vorstellte. Wie fühlte sich eine Frau mit Ende sechzig, die sich zeitlebens über ihren Beruf identifiziert hatte und die jetzt als Pensionärin zu Hause saß? Die, warum auch immer, ihr ganzes Leben an der Seite ihrer Mutter verbracht hatte und deren engste Bindung nun zu einer eigenwilligen Hundedame bestand?

»Sie werden mich doch bei meinen Nachforschungen unterstützen, nicht wahr?«

Theo Kettling tat so, als ob er die Frage überhört hätte, und schaute scheinbar gedankenverloren aus dem Fenster. Die Schauspieleinlage brachte allerdings nicht den gewünschten Erfolg.

»Natürlich machen Sie mit! Nach dem ganzen Hin und Her der letzten Wochen wird uns etwas heimatgeschichtliche Beschäftigung gut tun. Dabei werden wir schnell auf andere Gedanken kommen.«

Lieselotte Larisch lehnte sich zurück, nahm die Brille ab und strich sich nachdenklich mit dem Zeigefinger über die Lippen.

»Trotzdem ist es natürlich schade, dass dies alles nichts mit unserem Mordfall zu tun hat.«

10

Als der Kanute Detlef Lewe die Mannschaft der Bundesrepublik Deutschland als Fahnenträger in das nagelneue Olympiastadion führte, schien der Jubel von zweiundsechzigtausend begeisterten Zuschauern keine Grenzen zu kennen; und auch Lieselotte Larisch wirkte bewegt. Sie saß in einem vornehmen schwarz-weißen Kleid auf ihrem Sofa im Wohnzimmer und hatte – wie schon zuvor beim Erklingen der Nationalhymne – eine Haltung angenommen, die selbst einem Staatsmann bei der Erfüllung eines offiziellen Termins alle Ehre gemacht hätte. Theo Kettling war schon mehrfach aufgefallen, dass sie sich vor dem Einschalten des Fernsehers kurz ins Badezimmer zurückzog und sich ein wenig frisch machte. Er hatte den Verdacht, dass sie trotz besseren Wissens der Vorstellung erlegen war, nicht nur sie sehe beispielsweise den Nachrichtensprecher, sondern auch umgekehrt könne Karl-Heinz Köpcke sie, Lieselotte Larisch, im Bauernhaus in Rölvede sehen.

Neben ihr saß ein gewisser Paul Holtberlet aus Rummenohl, zu dem der im Heimatverein tätige ehemalige Lehrerkollege den Kontakt hergestellt hatte. Paul Holtberlets Vater hatte lange Jahre als Vorarbeiter bei der Castroper Sicherheits-Sprengstoff AG gearbeitet. Das, was Theo Kettling und Lieselotte Larisch als Geisterstadt im Tal der Sterbecke und als geheimnisvolle Bunkersiedlung weiter oben im Wald entdeckt hatten, waren die Überreste dieser riesigen Produktionsstätte.

Mittlerweile schrieb man den 26. August 1972. Gern hätte Lieselotte Larisch sich schon früher mit Paul Holtberlet getroffen, doch erst hatte es fast vier Wochen gedauert, bis der inzwischen ebenfalls pensionierte Lehrer den Zettel mit Namen und Telefonnummer in den Räumlichkeiten des Geschichtsvereins fand, und dann war Paul Holtberlet drei Wochen lang im Urlaub am Millstätter See in Kärnten gewesen. Er hatte versprochen gehabt, sich kurz nach seiner Rückkehr zu melden, und hatte dann seinerseits auf ein möglichst baldiges Treffen gedrängt, beseelt von dem Wunsch wohl, sein Wissen endlich mal an andere weitergeben zu können. Lieselotte Larisch wiederum hatte sich schon seit Tagen auf die Eröffnungsfeier der Olympischen Spiele gefreut und sich somit ausnahmsweise selbst in der Situation gesehen, ein Vorhaben gern verschieben zu wollen. Schließlich hatte man sich darauf geeinigt, bei Kaffee und Kuchen die Zeremonie im Fernsehen zu verfolgen und sich zwischendurch, bei langatmigen Programmpunkten, mit der Geschichte der Sprengstoff AG zu beschäftigen. Eigentlich hatte auch der ehemalige Schüler Hans-Peter Bergscheid kommen sollen. Er hatte aber kurzfristig abgesagt, da er nach all dem Regen der letzten Zeit die trockene und etwas wärmere Witterung nutzen müsse, um mit dem Ackern zu beginnen. Sein Fernbleiben fiel indes kaum ins Gewicht, da er, abgesehen von der Schilderung einiger Kindheitserinnerungen, wohl nichts zur Sache hätte beitragen können.

»Es ist heute kaum noch bekannt, dass nicht nur die Eisenproduktion, sondern auch die Explosivstoffherstellung mal ein bedeutender Wirtschaftsfaktor im heimischen Raum war. Die ersten nachgewiesenen Hersteller gab es schon im 16. Jahrhundert.«

Theo Kettling, der wie üblich im Sessel saß und seine Füße nicht bewegen konnte, da Cleo sich auf selbigen niedergelassen hatte, hörte nur mit einem Ohr zu. Er wünschte sich, dass Paul Holtberlet endlich auf den Punkt käme und etwas über die Sprengstofffabrik erzählen würde und vor allem – das war das

Einzige, was ihn wirklich interessierte – über die Eisenbahntrassen. Außerdem hätte er gern geraucht. Lieselotte Larisch aber hatte – vielleicht unaufmerksam, vielleicht boshaft – den schweren Aschenbecher aus geschliffenem Bleikristall nicht aus dem Schrank geholt, und Theo Kettling wagte es nicht, danach zu fragen.

Sämtliche Olympiamannschaften waren inzwischen im Innenraum des Stadions angekommen. Zu den Sportlern gesellten sich 3500 Münchener Schulkinder mit selbstgebundenen Blumenbögen. Auf der Laufbahn führten sie eine heitere und zugleich stimmungsvolle Choreographie auf und verwandelten gemeinsam mit den Athleten die Arena in einen bunten Farbenteppich.

Paul Holtberlet merkte offenbar, dass weder Lieselotte Larisch noch Theo Kettling seine Ausführungen mit großer Aufmerksamkeit verfolgten. Nur scheinbar interessiert nickten beide in regelmäßigen Abständen mit dem Kopf, hingen jedoch mit ihren Blicken an der Mattscheibe. Gerade waren die Schulkinder mit ihrer Darbietung fertig geworden, und das Bundeswehr-Musikkorps unter Leitung von Hauptmann Roland Lindner hatte Stellung bezogen. Paul Holtberlet wartete ab, bis die Olympia-Fanfare verklungen war, da zumindest Lieselotte Larisch nicht so aussah, als ob sie beim Genuss dieses feierlichen Momentes gestört werden wollte. Als jedoch die anschließende Ansprache vom Präsidenten des Organisationskomitees, Willi Daume, auf eher geringes Interesse stieß, nutzte er die Gelegenheit und setzte seinen Vortrag fort.

»Ich denke, ich mache jetzt mal einen Zeitsprung und erzähle Ihnen konkret etwas zur Geschichte der Sprengstoff AG.« Die letzten beiden Wörter hatte er lauter ausgesprochen, um die Aufmerksamkeit seiner beiden Zuhörer auf sich zu ziehen. Er wühlte in den Unmengen von Dokumenten, die zwischen Kaffeetassen und Kuchentellern verstreut lagen. »Vieles von dem hier hat mein Vater vor der Müllhalde bewahrt. Als die Fabrik geschlossen wurde, hat er die riesigen Stapel ausrangierter Akten durchsucht und die wichtigsten herausgelesen.«

Auf dem Tisch befanden sich die verschiedensten Schriftstücke – Bauzeichnungen und Lagepläne, chemische Analysen, aber auch seitenlange Aufstellungen der ausgelieferten Sprengstoffe. Sogar Mitarbeiterlisten waren in einem Hefter aus Pappe zusammengefasst. Nachdem Paul Holtberlet das gewünschte Papier – ein von Hand vollgeschriebenes kariertes Blatt mit ausgerissenen Löchern – schließlich gefunden hatte, ging es weiter.

»Alles fing damit an, dass sich die Castroper Sprengstoff AG Anfang des Jahrhunderts einen neuen Standort suchen musste. Die Abstände der bestehenden Fabrik zu den umliegenden Gebäuden reichten wegen neuer gesetzlicher Bestimmungen nicht mehr aus. So machten sich die Verantwortlichen auf die Suche nach einem geeigneten Ort für eine neue Produktionsstätte – und fanden ihn im Tal der Sterbecke. Etwa hundert Beschäftigte arbeiteten anfangs dort.«

Bundespräsident Gustav Heinemann erschien formatfüllend auf dem Fernsehschirm und begann mit seiner Eröffnungsansprache. Allerdings kam er nur zwei oder drei Sätze weit, bevor ihm Paul Holtberlet quasi über den Mund fuhr.

»Erst 1910 wurde die Dynamitfabrik errichtet, der obere Teil des Werkes. Es ist wohl unschwer zu erraten, was dort hergestellt wurde, und wie gefährlich die Arbeitsplätze in diesem Bereich waren, wurde am 25. Februar 1911 auf grausame Weise deutlich. An diesem Tag explodierte ein Nitrierhaus, und drei Männer kamen ums Leben. Ein weiterer schwerer Unfall ereignete sich am 8. Juli 1914. Wieder explodierte ein Nitrierhaus, und wieder starben drei Arbeiter.«

Gustav Heinemann wirkte wenig staatsmännisch. Hätten die ausländischen Zuschauer und Athleten nicht gewusst, dass es sich bei dem Mann mit dem freundlichen Gesicht und der dicken Hornbrille um das bundesdeutsche Staatsoberhaupt handelte – sie hätten ihn wohl eher für einen hilfsbereiten Sparkassenangestellten oder für den netten Inhaber des Schuhgeschäfts um die Ecke gehalten.

»Für mich ist es nach wie vor kein Zufall, dass sich diese Explosion beinahe zum gleichen Zeitpunkt ereignete wie der Ausbruch des ersten Weltkriegs. Die Fabrik hatte ihre Unschuld verloren und war fortan ein Teil des Kriegsapparates. Schon bald wurden keine Explosivstoffe für den Bergbau mehr produziert, sondern Granaten und Wurfminen. Arbeiteten zuvor etwa hundert Menschen dort, so waren es nun fast zweitausend – zum allergrößten Teil Frauen, weil die Männer an der Front waren.«

Nach weiteren langatmigen Ausführungen über die Geschichte der Sprengstofffabrik lüftete Paul Holtberlet endlich das Geheimnis um die Eisenbahntrassen im Wald.

»Es gab sogar eine Werkseisenbahn mit Anschluss an die Reichsbahnstrecke im Volmetal.«

»Aber da lagen mehrere Strecken über- und untereinander«, warf Theo Kettling ein. »Man könnte meinen, dass es da mal einen richtigen Rangierbahnhof gab.«

»Das hängt mit den schwierigen topografischen Verhältnissen zusammen. Die Anlagen zur Dynamitherstellung lagen ja wesentlich höher als die Fabrik, und die Züge mussten bis ganz nach oben. Deshalb haben die Planer insgesamt fünf Spitzkehren vorgesehen, um den enormen Höhenunterschied von über zweihundert Metern zu überwinden.«

Paul Holtberlet suchte in seinen Papierstapeln, bis er ein Blatt fand, dessen Rückseite noch nicht beschrieben war. Mit einem Kugelschreiber fing er an, gerade und geschwungene Linien zu zeichnen.

»Der Zug überfuhr in seiner gesamten Länge eine Weiche. Diese wurde dann umgelegt, und es ging in umgekehrter Richtung weiter den Berg hinauf …«

Lieselotte wirkte gerührt, als fünftausend weiße Brieftauben in den Münchener Himmel aufstiegen. Nachdem sie zwei-, dreimal geschluckt hatte, wandte sie sich Paul Holtberlet zu.

»Wie aber gelangt man in das Höhlensystem, von dem mein Schüler geschrieben hat?«

»Gar nicht mehr. Das wurde alles beim Bau der Sauerlandlinie zugeschüttet. Was man heute noch sieht, ist nur ein kleiner Teil der Dynamitfabrik. Viele Gebäude liegen unter dem Autobahndamm begraben. Und die sogenannten Höhlen im Aufsatz Ihres Schülers waren in Wirklichkeit die Sicherheitstunnel zwischen den Patronenhütten.«

In München war der große und von allen lang erwartete Moment gekommen: Langstreckenläufer Günter Zahn entzündete das Olympische Feuer. Lieselotte Larisch und Paul Holtberlet blickten gebannt auf die Live-Bilder.

Auch Theo Kettling blickte gebannt. Allerdings nicht zum Fernseher, sondern auf eine alte Mitarbeiterliste der Sprengstoff AG von 1916, die vor ihm auf dem Tisch lag. Etwa auf der Mitte des vergilbten Blattes hatte er folgenden Eintrag entdeckt:

Bassenge, Marie
Assist. i. chem. Laboratorium
geb. 7. Okt. 1891
whft. i. Lüdenscheid

11

Wie so oft in den vergangenen Wochen bekam Theo Kettling morgendlichen Besuch von Günter Nölle. Diesmal kam er in Begleitung von Ernst Rott, der ein Marschmusik spielendes Kofferradio in der Hand hielt und aus dessen Ärmeln und Hosenbeinen immer wieder Maden auf den Teppich fielen. Zum Glück verschwanden beide schnell wieder, als Frau Kuhbier an der Tür klingelte.

»Herr Kettling, schlafen Sie noch?«

Er riss die Augen auf und sprang nass geschwitzt aus dem Bett. Hastig zog er seine Bluejeans und ein herumliegendes Feinripp-Unterhemd an und gewährte seinem Gast Einlass.

»Ich wollte Sie natürlich nicht wecken, aber ich dachte mir, ich schau mal kurz rein, bevor ich zur Arbeit muss.«

»Oh, das ist aber nett«, log Theo Kettling, »kommen ... kommen Sie doch rein.«

Die Aufforderung war eigentlich überflüssig, denn Edelgard Kuhbier hatte sich bereits auf den Weg ins Wohnzimmer gemacht und sich eine ihrer Reyno-Mentholzigaretten angezündet. Sie nahm in einem der beiden alten Sessel Platz und versuchte – nicht zum ersten Mal – etwas über die Beziehung zwischen Theo Kettling und Lieselotte Larisch herauszufinden.

»Werden Sie heute wieder von Ihrer Freundin abgeholt?«

Gedanklich noch immer mit dem Albtraum beschäftigt, reagierte Theo Kettling gereizt auf die Anspielung.

»Was heißt hier Freundin? Ich habe Ihnen doch schon so oft gesagt, dass Frau Larisch nur eine gute Bekannte ist.«

»Dafür, dass sie *nur* eine gute Bekannte ist, sind Sie aber oft mit ihr zusammen. Also, kommt sie nun heute zu Ihnen?«

»Ja, tut sie«, gab Theo Kettling mehr brummend als sprechend zu.

Gern hätte er Frau Kuhbier reinen Wein eingeschenkt, hätte ihr gesagt, dass man kein bizarr anmutendes Liebespaar sei, sondern gemeinsam versuche, den Mord an Ernst Rott aufzuklären. Doch es blieb ihm keine andere Wahl, als das Ganze vor ihr geheim zu halten, da anderenfalls wohl innerhalb weniger Stunden die ganze Straße informiert gewesen wäre.

Nachdem Frau Kuhbier gegangen war, ging er ins Bad, um sich für den Tag fertig zu machen. Im besten Fall blieben ihm noch zwanzig Minuten bis zum Eintreffen von Lieselotte Larisch.

Deren Lust auf weitere Ermittlungsarbeiten war vor zwei Tagen sofort wieder aufgeblüht, als Paul Holtberlet gegangen war und Theo Kettling sie auf den Eintrag in der Mitarbeiterliste der Sprengstoff AG aufmerksam gemacht hatte. Wie immer überpünktlich, saß sie bereits um 7 Uhr 56 im Wohnzimmer und trug ihre Planungen vor.

»Zunächst werden wir das Stadtarchiv im Rathaus aufsuchen. Ich weiß nicht, ob es 1916 schon ein Telefonbuch gab, und wahrscheinlich würde dies uns auch nicht weiterhelfen, da damals ja im Wesentlichen Firmen einen Anschluss hatten und nur einige wenige Haushalte. Aber vielleicht gab es so etwas wie eine Einwohnerliste. Wir müssen herausfinden, wer diese Marie Bassenge ist oder war und ob sie mit Gerd Bassenge verwandt war … oder ist.«

»Aber selbst wenn wir das herausfinden – was soll uns das bringen?«

»Theo, nun seien Sie doch nicht immer so pessimistisch. Das wird uns wieder einen kleinen Schritt weiterbringen.«

Bei Lieselotte Larisch machte sich erneut diese von Theo Kettling so gehasste Oberlehrer-Art bemerkbar; nicht nur durch das, was sie sagte, sondern auch, wie sie es sagte.

»Nun überlegen Sie doch mal: Wir haben den VW Käfer gefunden, den ich an der Einfahrt zum Forstweg gesehen hatte …«

»Das steht überhaupt nicht zweifelsfrei fest«, protestierte Theo Kettling selbstbewusst.

Lieselotte Larisch zog die Augenbrauen hoch, offenbar um anzudeuten, dass sie den Einwand für völlig unangemessen hielt.

»Ganz zweifelsfrei vielleicht nicht. Aber mit recht großer Wahrscheinlichkeit haben wir zumindest den Halter des Wagens ermittelt – wenn auch nicht unbedingt die Person, die den Käfer an jenem Abend gefahren und das Grab im Wald ausgehoben hat. Und da der Name Bassenge in dieser Gegend selten vorkommt, wissen wir nun, dass, wenn nicht alle Zeichen trügen, eine nahe Angehörige des Fahrzeughalters vor vielen Jahren in der Sprengstofffabrik gearbeitet hat; an einem Ort also, der in ziemlicher Nähe zum Grab im Wald liegt. Und Sie denken, das ist alles Zufall?«

Genau so war es. Um aber nicht wieder wie ein dummer, uneinsichtiger Junge zu wirken, der nur deshalb widerspricht, damit er eine gegenteilige Position einnehmen kann, wählte Theo Kettling eine etwas differenziertere Antwort.

»Na ja, sicherlich gibt es da einige Auffälligkeiten … das muss aber noch nichts heißen. Und Sie selbst haben ja gesagt, dass in dieser Sache einfach nichts zusammenpasst.«

»Das war, bevor Sie den Namen Marie Bassenge in der Mitarbeiterliste entdeckt haben.«

Theo Kettling hätte sich ohrfeigen können. Warum hatte er den gleichen Fehler gemacht wie nach dem Besuch beim

Friseur vor mehr als sieben Wochen, als er Lieselotte Larisch von dem VW Käfer mit dem schadhaften Kotflügel berichtete? Warum hatte er nichts daraus gelernt und die Kenntnis über den Eintrag in der Mitarbeiterliste für sich behalten? Wenn auch der Mord nicht aufgeklärt und nach wie vor ein latentes schlechtes Gefühl da war, so konnte er im Großen und Ganzen doch sagen, dass eine gewisse Ordnung in sein Leben zurückgekehrt war. Der Mörder hatte kein zweites Mal zugeschlagen, und mit jedem Tag wurde die Wahrscheinlichkeit geringer, dass er es tun würde. Doch kaum war der Planet Theo Kettling dabei, sich wieder seiner gewohnten Umlaufbahn anzunähern, da kam er erneut vom Kurs ab. Plötzlich war er wieder da, der potenzielle Wiederholungstäter. Zwar sah dieser eher aus wie ein gutmütiger und stets menschenfreundlicher alter Herr; doch gerade das war es, was die ganze Sache irgendwie beunruhigend machte.

*

Lieselotte Larischs Tatendrang schlug sich – sehr zu Theo Kettlings Leidwesen – mal wieder massiv auf ihre Fahrweise nieder. Wie üblich eilte sie mit deutlich überhöhter Geschwindigkeit durch die Straßen der Stadt, kam – ebenfalls wie üblich – immer wieder von der Fahrbahn ab und ignorierte das Hupen und Fluchen der anderen Verkehrsteilnehmer mit stoischer Gleichgültigkeit.

Theo Kettling wusste nicht, wovor er sich mehr fürchten sollte – davor, nach einem Frontalzusammenstoß gemeinsam mit Lieselotte Larisch in den blechernen Überresten des Dafs zu sterben, oder davor, von Günter Nölle mitten im Stadtzentrum totgeschlagen zu werden. Das Rathaus nämlich lag in unmittelbarer Nähe zum Breddermann-Hochhaus, dessen Bau in den letzten Wochen zwar enorme Fortschritte gemacht hatte, das aber noch lange nicht fertiggestellt war.

Vermutlich würde Günter Nölle in den oberen Stockwerken des Gebäudes arbeiten. Er würde, von dort über beste Aussicht auf die nahe Umgebung verfügend, die beiden entdecken und sein vor Wochen angekündigtes Vorhaben in die Tat umsetzen. Je länger Theo Kettling darüber nachdachte, desto wahrscheinlicher schien es, dass die bösen Träume in den frühen Morgenstunden tatsächlich etwas zu bedeuten hatten. Eine gut gemeinte Warnung des Unterbewusstseins. Und was machte er damit? Er wusste nichts Besseres zu tun, als diese Warnung in den Wind zu schlagen.

Schon in wenigen Minuten aber würde sich genau das grausam rächen.

Günter Nölle würde denken, man sei gar nicht auf dem Weg ins Rathaus, sondern wolle ihn weiter ausspionieren, wolle ihm und seiner geliebten Familie Böses.

Er würde durch das noch nicht verputzte Treppenhaus des Breddermann-Hochhauses nach unten und dann durch das Verkehrschaos am Straßenstern zum Rathausplatz stürmen – rasend vor Wut und völlig unfähig, seine Mordlust zu zügeln. Mit irgendeinem schweren Werkzeug, das auf der Baustelle zufällig herumgelegen hatte, und begleitet von den ungläubigen und fassungslosen Blicken zahlloser Passanten würde er schließlich immer und immer wieder wie von Sinnen auf Theo Kettling und Lieselotte Larisch einschlagen. Gut möglich, dass gerade ein Zeitungsfotograf vor Ort sein würde, schließlich war die Großbaustelle im Stadtzentrum beinahe täglich Gegenstand der Berichterstattungen. Geistesgegenwärtig würde er sein Teleobjektiv vor die Kamera schrauben und aus sicherer Entfernung das barbarische Töten im Bild festhalten. Nachdem sich die Nachricht von der scheinbar völlig sinnlosen Schreckenstat bereits wie ein Lauffeuer in Lüdenscheid und Umgebung herumgesprochen hatte, würde am nächsten Morgen allen Zeitungslesern das Blut in den Adern gefrieren, wenn sie in einer Fotoserie die jeweils letzten Momente in den Leben von Lieselotte Larisch und Theo Kettling druckfrisch serviert bekamen.

*

Lieselotte Larisch parkte den Daf weit draußen in der Knapper Straße, in entgegengesetzter Richtung zum Breddermann-Rohbau. Theo Kettling hatte diesen Wunsch geäußert, und aufgrund der Tatsache, dass sie sofort zugestimmt hatte, schloss er, dass auch ihr nicht ganz wohl bei dem Gedanken war, sich Günter Nölle so sehr zu nähern. Theo Kettling ging dicht hinter Lieselotte Larisch her, versuchte sich quasi hinter ihrem ausladenden Körper zu verstecken, den Blick stur auf den Gehsteig gerichtet.

Das vor acht Jahren fertiggestellte Lüdenscheider Rathaus mit dem Begriff Zweckbau zu beschreiben, wäre eine Verharmlosung seiner Außenwirkung gewesen. Als Betrachter konnte man den Eindruck gewinnen, es handele sich um einen mächtigen Monolithen, den böswillige Außerirdische mithilfe ihres Transportraumschiffes abgeworfen hatten, damit er genau hier, im Herzen der Stadt, Bürgern und Besuchern den Blick versaute. Theo Kettling gehörte zur überwältigenden Mehrheit der Lüdenscheider, denen der architektonische Sündenfall ein Dorn im Auge war, und auch dem Inneren des Gebäudes konnte er nichts abgewinnen. Ein einziges Mal war er hier drin gewesen; damals musste er im Einwohnermeldeamt seinen Personalausweis verlängern lassen. Nach unverschämt langer Warte- beziehungsweise Bearbeitungszeit war er am Ende froh, wieder draußen zu sein; zu kalt und unpersönlich erschien ihm das Ambiente. Dieses Mal aber hätte er am liebsten den Boden der Eingangshalle geküsst, war er doch hier vor den Blicken Günter Nölles und somit auch vor Günter Nölle selbst sicher.

»Entschuldigung, können Sie mir sagen, wo sich das Stadtarchiv befindet?«, fragte Lieselotte Larisch einen etwa 30-jährigen Mann, der irgendwelche Unterlagen unter dem Arm trug und den Eindruck vermittelte, hier zu arbeiten.

»Ja, kann ich.«

Der Mann stand provozierend lässig da und grinste von einem Ohr bis zum anderen. Lieselotte Larisch indes war diese gleichsam unverschämte wie blödsinnige Antwort durchaus geläufig. Am liebsten hätte sie dem jungen Schnösel wohl eine gehörige Abfuhr erteilt, so wie früher in der Schule, wenn jemand den Unterricht gestört hatte. Doch es gelang ihr, sich zu beherrschen. Sie atmete zweimal tief durch und sprach dann ruhig und scheinbar höflich.

»Wären Sie dann wohl so freundlich, uns den Weg ins Archiv zu erklären?«

Weitere Sekunden vergingen, in denen der Angesprochene schwieg und dabei Lieselotte Larisch angrinste. Dann endlich bequemte er sich, auf die Frage zu reagieren.

»Ich mache Ihnen einen Gegenvorschlag: Sie gehen jetzt einfach mit einem Sicherheitsabstand von zwei bis drei Metern hinter mir her, denn nun raten Sie mal, wohin ich gerade unterwegs bin?«

Der Liebhaber merkwürdiger Scherze setzte sich in Bewegung, gefolgt von Lieselotte Larisch und Theo Kettling, die in der Tat eine Lücke von zwei bis drei Metern zum Vorausgehenden ließen. Wortlos stieg man die Treppe ins Kellergeschoss hinab, bis der Mann mit den Unterlagen vor einer der vielen Türen stehen blieb.

»Gestatten, Werner Graf. Ich habe das Vergnügen, Leiter des Lünscher – oh, Verzeihung – des Lüdenscheider Stadtarchivs zu sein, und dies hier ist mein Herrschaftsbereich.«

Mit brachialer Wucht riss er die Tür auf, die daraufhin so heftig gegen den Türstopper schlug, dass die zwei im Raum anwesenden Personen zusammenfuhren und die Frau am vorderen Schreibtisch – gerade noch in ihre Dokumente vertieft – laut aufschrie und ihren Kugelschreiber gegen die Zimmerdecke schmiss.

»Was kann ich für Sie tun?«, fragte Werner Graf übertrieben laut, um den Kollegen eine Gelegenheit zu geben, sich wieder zu fassen.

»Im Rahmen einer Familienforschung müssen wir eine personenbezogene Information einholen. Deshalb würde uns interessieren, ob es so eine Art Einwohnerliste gibt, in die wir Einsicht nehmen könnten. Es geht konkret um das Jahr 1916.«

Theo Kettling merkte Lieselotte Larisch an, wie viel Mühe es ihr bereitete, höflich zu bleiben. Er rechnete mit einer weiteren flapsigen Antwort des Archivleiters, die denn auch umgehend folgte.

»Wenn Sie jetzt noch das in diesem Fall gänzlich unzutreffende Wort Einwohnerliste durch das in diesem Fall gänzlich zutreffende Wort Adressbuch ersetzen, kommen wir ins Geschäft.« Nach zwei oder drei Sekunden, in denen Werner Graf wieder sein Grinsen aufsetzte, wandte er sich dem Regal zu, das an der den Schreibtischen gegenüberliegenden Wand stand. »Um welches Jahr ging es Ihnen?«

»Es *ging* uns nicht um ein bestimmtes Jahr, es *geht* uns um ein bestimmtes Jahr – nämlich um das Jahr 1916.« Lieselotte Larisch blickte den Archivleiter an und war ganz offensichtlich bemüht, sein Grinsen zu imitieren.

»Oh, da nimmt es aber jemand ganz genau«, sagte Werner

Graf, nun nicht mehr grinsend, sondern mit leicht angesäuerter Miene. Offenbar waren seine Nehmerqualitäten begrenzt im Gegensatz zu seiner Vorliebe fürs Austeilen. »1916 haben wir nicht. Es gab sowieso nicht jedes Jahr ein neues Adressbuch, und während der Weltkriege wurden überhaupt keine herausgegeben. Ich kann Ihnen das von 1912 geben und das von 1920. Viel Spaß!« Er drückte Lieselotte Larisch die beiden Ausgaben in die Hand und deutete mit einer flüchtigen Kopfbewegung auf die Tür an der hinteren Seite des Raumes. »Sie können sich ins Magazin setzen, da haben Sie Ihre Ruhe.«

Werner Graf schnappte sich wieder seine Unterlagen und entschwand, während Lieselotte Larisch und Theo Kettling – begleitet von den Blicken der stummen Archivmitarbeiter – ins Magazin gingen. Der Raum war etwa 40 Quadratmeter groß, wobei die rechte Seite von einem Rollregal eingenommen wurde, das zahlreichen schwarzgrauen Pappkartons Platz bot. An der hinteren Wand standen ein feststehendes Regal mit Aktenordnern und in der Mitte des Raumes zwei Schreibtische, die ebenso antik wirkten wie die dazugehörigen Stühle.

Nachdem Lieselotte Larisch mit dem Hinweis, sie sei nicht gewillt, sich die Augen zu verderben, das Licht angeschaltet und einen der Tische durch Umschichten ganzer Aktenberge freigeräumt hatte, nahm sie sich zuerst das Adressbuch von 1912 vor. Das knapp vierhundert Seiten starke Nachschlagewerk war etwa 15 mal 20 Zentimeter groß, der Rücken mit dickem blauen Klebeband verstärkt. »Adreßbuch von Stadt Lüdenscheid Stadt u. Land und der Gemeinde Hülscheid, Ausgabe 1912« stand auf dem Titel, darüber die Werbung einer Bürobedarfshandlung, darunter die eines »Spezialhauses für Porzellan-, Glas-, Haushalt-, Galanterie- und Spiel-Waren«. Sie schlug das Buch auf und blätterte hastig die Seiten durch, bis sie bei den mit »Ba« beginnenden Nachnamen angelangt war.

In beachtlicher Geschwindigkeit fuhr sie mit dem Zeigefinger an den Einträgen entlang – und stoppte dann abrupt.

> Bassenge, Gerd, Goldarbeiter,
> Konkordiastraße 32
> – Marie, Telefonistin, Konkordiastraße 32

»Da steht es schwarz auf weiß – die beiden haben zusammen gewohnt, genau wie ich vermutet habe. Und wenn sie kein Ehepaar waren, dann eben Bruder und Schwester.«

In Lieselotte Larischs Augen war wieder dieser Glanz, und ihre Stimme drohte wieder, sich zu überschlagen. Beides waren untrügliche Zeichen dafür, dass sie fest daran glaubte, eine heiße Spur entdeckt zu haben. Sie legte das Adressbuch von 1912 aufgeschlagen zur Seite, zog das von 1920 zu sich heran und blätterte darin noch schneller und hektischer, so dass Theo Kettling fürchtete, jeden Moment würde sie in ihrem unfassbaren Tatendrang eine oder gleich mehrere Seiten herausreißen. Nach rekordverdächtig kurzer Zeit fand sie, wonach sie gesucht hatte.

> Bassenge, Gerd, Goldarbeiter,
> Konkordiastraße 32

Sie klatschte verzückt in die Hände und wandte sich dann – in freudigster Erregung gleichsam triumphierend wie hyperventilierend – an Theo Kettling.

»Na, was sagen Sie nun?«

»Tja …«

»Was heißt hier tja? Erst gibt es eine Marie Bassenge, und dann gibt es sie plötzlich nicht mehr. Das ist doch mehr als auffällig.«

»Ich kann da nichts Auffälliges dran finden. Immerhin liegen dazwischen acht Jahre, in denen wer weiß was passiert sein kann.« Theo Kettling fing langsam an es zu hassen, dass Lieselotte Larisch sich scheinbar alles so zurecht konstruierte, dass es ihr passend erschien.

»Irgendwo muss diese Frau doch abgeblieben sein«, insistierte sie, und er unternahm einen letzten, verzweifelten Versuch, sie von der Sinnlosigkeit ihres Tuns zu überzeugen.

»Da kann doch alles Mögliche vorgefallen sein. Vielleicht ist sie in eine andere Stadt gezogen. Oder sie ist ganz einfach gestorben.«

»Wenn sie Gerd Bassenges Frau war, ist sie bestimmt nicht weggezogen. Und auch wenn sie seine Schwester war – damals war es nicht üblich, mal eben so den Wohnort zu wechseln. Im Übrigen erinnere ich daran, dass sie 1916 nachweislich noch gelebt und in der Sprengstofffabrik gearbeitet hat.«

Dann lehnte sie sich genüsslich zurück, offenbar weil sie sich völlig sicher war, mit der folgenden Aussage richtigzuliegen.

»Sollte Marie Bassenge gestorben sein, dann ganz bestimmt keines natürlichen Todes.«

Eilig schlug sie die Adressbücher zu und kündigte die weitere Vorgehensweise an: »Wir werden uns jetzt auf den Weg zur Zeitung machen. Dort lassen wir uns aus dem Archiv alle Ausgaben geben, die zwischen 1916 und 1920 erschienen sind, und suchen nach einer Todesanzeige. Ich würde darauf wetten, dass wir eine finden.«

»Und was wollen wir damit erreichen?«, fragte Theo Kettling, wohl wissend, dass Lieselotte Larisch einen aus ihrer Sicht absolut zwingenden Grund für das Ganze würde vorweisen können.

»Aber das liegt doch wirklich auf der Hand, Theo. Wir werden auf diese Weise herausfinden, ob Gerd und Marie ein Ehepaar waren oder nicht. Und mit etwas Glück erfahren wir auch die Todesursache. Kommen Sie, wir wollen keine Zeit verlieren.«

Sie verabschiedete sich mit einem zackig ausgerufenen »Auf Wiedersehen!« von Werner Grafs Mitarbeitern und spurtete gemeinsam mit Theo Kettling aus dem Rathaus. Draußen angekommen, war dieser trotz starker Schmerzen im Rücken heilfroh über das enorme Tempo, das Lieselotte Larisch anschlug. Wieder richtete er den Blick konsequent nach unten und freute sich über jeden Meter, den er sich weiter vom Breddermann-Hochhaus entfernte.

»Ich habe ihn gesehen«, murmelte Lieselotte Larisch.

»Um Himmels willen, sind Sie wahn…«

»Keine Angst, er hat nichts bemerkt.«

Trotz der Beteuerung forcierte Theo Kettling nochmals das Tempo und stieg so gern in den Daf ein wie nie zuvor.

*

Das Verlagsgebäude der Lüdenscheider Nachrichten lag in der Schillerstraße, unweit des Sauerfelds. Lieselotte Larisch juchzte, als gerade eine Parklücke vor dem Haus frei wurde.

»Ist es möglich, ganz kurz Einsicht in das Zeitungsarchiv zu nehmen?«, fragte sie die Dame in der Anzeigenannahme.

Diese verwies freundlich auf das Redaktionssekretariat im ersten Stock; auf dem Weg dorthin fragte sich Theo Kettling, wie lang »ganz kurz« wohl dauern würde. In dem ansonsten schmucklosen Treppenhaus hingen an den Wänden rund ein Dutzend Bilderrahmen, in denen Titelseiten vergangener Jahre und Jahrzehnte fixiert waren.

Die Dame im Redaktionssekretariat war weit weniger freundlich als die in der Anzeigenannahme. Offenbar ärgerlich darüber, dass sie ihre Abtipp-Arbeit unterbrechen musste, beschränkte sie sich darauf, das Allernötigste mitzuteilen.

»Links um die Ecke und hinten wieder links. Nehmen Sie sich, was Sie brauchen, und suchen Sie sich einen freien Schreibtisch.«

Begleitet von den zumeist gleichgültigen Blicken der Redakteure gingen Lieselotte Larisch und Theo Kettling ans hintere Ende des mit Zigarettenqualm vollgeräucherten Raumes und dann drei Stufen hinauf in den fensterlosen, etwas muffig riechenden Archivraum. Sämtliche erschienenen Ausgaben seit Gründung der Zeitung waren in großen schwarzen Umschlägen gebunden, die in fünf großen Regalen untergebracht waren. Jedes Buch umfasste ein Quartal, wie den teils sauberen, teils kritzeligen Beschriftungen der Rücken zu entnehmen war.

Wohl aufgrund der recht eng bemessenen Abstände zwischen den Regalen wies Lieselotte Larisch in weiser Voraussicht Theo Kettling an, die erforderlichen Bücher herauszusuchen. Mit zunächst den vier Bänden des Jahrgangs 1916 bewaffnet, nahm sie schließlich an einem der nicht besetzten Schreibtische Platz. Theo Kettling, der sich einen freien Stuhl genommen und sich dazugesetzt hatte, sah amüsiert zu, wie sie umständlich versuchte, eine Ablage für das Buch mit den Monaten Januar bis März zu finden. Immer wieder rutschte es auf dem riesigen Papier-Wust weg, den der aushäusige Redakteur hinterlassen hatte. Es war ihr anzusehen, dass sie am liebsten erst einmal ordentlich aufgeräumt hätte. Doch sie begnügte sich damit, einige Unterlagen zu verschieben, und schaffte es schließlich, eine geeignete Lücke freizulegen.

Theo Kettling, gerade noch erheitert über Lieselotte Larisch, wurde von dieser im nächsten Moment mit einer Aufgabe betraut, die nach seinem Selbstverständnis durchaus die Bezeichnung »Strafarbeit« verdient hätte.

»Während ich die ersten drei Monate durchsehe, nehmen Sie sich das Buch mit den Ausgaben von April bis Juni vor.«

Weil er zum einen nicht daran glaubte, etwas Aufschlussreiches zu finden, und er zum anderen nicht die Energie aufbringen konnte, das gewaltige Druckwerk konzentriert durchzusehen, tat er nur so, als würde er alles gewissenhaft prüfen. In Wirklichkeit überflog er die Seiten flüchtig und blieb hin und wieder bei Artikeln oder Anzeigen hängen, die – nur 56 Jahre nach ihrem Erscheinen – so wirkten, als kämen sie aus einer anderen Welt. Ein »16-17jähriger Bursche zum Abstechen« wurde da gesucht und in einer anderen Ausgabe »1 geübter Werkmeisterghülfe per sofort gegen Hoh. Lohn«. Auch um die Dienste eines »Laufjungen« und eines »erfahrenen Morgenmädchens« wurde geworben. Zwar waren auch Traueranzeigen abgedruckt, doch nur in wenigen wurde der Verlust einer weiblichen Angehörigen beklagt. In den allermeisten Fällen gab man den Tod von jungen Männern bekannt, die als Soldaten an der Front gefallen waren. Theo Kettling wunderte sich über den damals offenbar stark ausgeprägten Patriotismus; kaum eine Anzeige war zu finden, die nicht einen Hinweis auf die vermeintlich so große und wichtige Pflicht enthielt, bei deren Erfüllung die armen Kerle ihr junges Leben gelassen hatten.

Es schlägt der Krieg gar tiefe Wunden, es sank manch Held in Grabesnacht. Gar bange, leidensschwere Stunden hat auch das Schicksal uns gebracht. Im heißen Kampf um Gut und Ehre fiel er, den wir so heiß geliebt, dass er uns einstens wiederkehre und hoffnungsfroh ins Herz uns schrieb. Das Schicksal ließ die Hoffnung schwinden, doch tröstet uns in diesem Leid, dass wir dich werden wiederfinden vor Gottes Thron in Ewigkeit.

Theo Kettling versuchte sich vorzustellen, was ein auf dem Schlachtfeld sterbender Soldat gedacht und gefühlt hatte. Vermochte auch ihm selbst noch irgendetwas Trost zu geben? Verfluchte er die Menschen, die für diesen Krieg verantwortlich waren und junge Männer wie ihn ohne jeden Skrupel für das eigene Streben nach Macht und Ruhm opferten? Oder glaubte er bis zu seinem letzten Atemzug an die Lügen, die man ihm eingetrichtert hatte?

Lieselotte Larisch beendete Theo Kettlings Philosophieren. Sie schob ihr Buch aufgeschlagen zu ihm hinüber und klopfte mit ihrem dicken Zeigefinger auf eine Stelle am rechten Rand.

Es war keine Anzeige, die sie gefunden hatte, sondern eine redaktionelle Meldung.

> Lüdenscheid, 30. März. Wie die Königliche Gendarmeriestation Lüdenscheid kundtut, wird seit nunmehr fünf Tagen die 21jährige Marie Bassenge, Bürgerin ebendieser Stadt, vermisst. Obschon sie sich an ihrem Arbeitsplatze in der Castroper Sprengstoff AG zu Rummenohl am Samstag pflichtschuldig verabschiedete und den Vorarbeitern das pünktliche Erscheinen für den übernächsten Tage zusicherte, ward die junge Frau von diesem Augenblicke an nicht mehr gesehen. Da ihr Ehemann Gerd Bassenge nach einer im tapferen Kampfe an der Westfront erlittenen Schussverwundung im Sanatorium »Deutsches Haus« im schweizerischen Agra weilt, wohnte die vermisst Gemeldete allein in der gemeinsamen Etagenwohnung in der Konkordiastraße. Wie die Erkundungen und Befragungen der Gendarmeriestation ergaben, ist sie dort weder an dem besagten Abend angekommen noch zu späterer Zeit. Bürger, die Ma-

rie Bassenge nach dem 25. März gesehen haben oder sonstwie hülfenden Rat geben können, mögen in der Königlichen Gendarmeriestation, Worthstraße 39, vorstellig werden und ihr Wissen kundtun.

Nachdem Theo Kettling den Artikel gelesen hatte, sah er Lieselotte Larisch an.

Sie strahlte über das ganze Gesicht und wirkte wie ein kleines Kind, dem ein sehnlichster Herzenswunsch erfüllt wurde.

12

Zu Theo Kettlings meistgehassten Pflichtterminen zählte der vierteljährliche Besuch beim Orthopäden, der seine Praxis in unmittelbarer Nähe des Zeppelin-Gymnasiums am Staberg hatte, der ältesten höheren Bildungseinrichtung der Stadt. Wartezeiten von drei oder vier Stunden waren die Regel, und dennoch pochten die mitunter herrisch auftretenden Sprechstundenhilfen hartnäckig auf pünktliches Erscheinen. Jedes Mal versicherten sie, die nächste Untersuchung werde garantiert termingerecht stattfinden, und dann hieß es stets doch, es werde wieder »etwas länger« dauern. Meist wurde ein Notfall als Grund dafür angegeben, und Theo Kettling fragte sich immer, was es wohl für orthopädische Notfälle geben mochte.

Um 13 Uhr 27, mit einer Verspätung von 3 Stunden und 57 Minuten, war er diesmal an der Reihe. Wie üblich wies ihn der Arzt nach einem kaum wahrnehmbaren Gruß an, sich rücklings auf die unbequeme, mit dunkelgrünem Kunstleder bezogene Bank zu legen.

Dann kam das, was der Orthopäde »Nervenwurzel-Provokationstest« nannte, bei Lichte betrachtet aber nichts anderes war als eine legale Möglichkeit der Folter. Zunächst ergriff er das linke Bein und bewegte es zügig nach oben, bis Theo Kettling vor Schmerz aufschrie. Dann legte er eine Pause von zwei oder drei Sekunden ein und streckte es anschließend Zentimeter um Zentimeter weiter aufwärts. Erst als Theo Kettling ihm mit der Faust in die Seite schlug, ließ er ab und führte das barbarische Procedere mit dem rechten Bein durch.

Auch der Rest des Arztbesuches lief nach exakt dem gleichen

Muster ab wie immer. Der Mediziner forderte Theo Kettling auf, ihm in sein Büro zu folgen, und beteuerte auf dem Weg dahin, dass der Nervenwurzel-Provokationstest unverzichtbar sei, wenn man den Zustand des Patienten korrekt beurteilen wolle. Er setzte sich in den mächtigen Chefsessel hinter dem Schreibtisch, während er Theo Kettling den ungepolsterten Stuhl auf der anderen Seite zuwies.

Im Büro herrschte wie all die Male zuvor ein Zustand geordneter Unordnung. Überall lagen Krankenakten herum, nicht nur auf dem Schreibtisch, sondern auch auf den Schränken, der Fensterbank und sogar auf dem Fußboden. Wie der Arzt hier den Überblick behalten konnte, war Theo Kettling ein Rätsel. Und doch fand er seine Akte immer auf Anhieb, dieses Mal lag sie oben auf dem Arzneimittelschrank an der rechten Wand. Mit seinem Kugelschreiber, auf dem in roter Schrift für irgendein kaum aussprechbares Präparat geworben wurde, ging er die aufgelisteten Medikamente entlang. Wieder und wieder verzog er scheinbar leidend das Gesicht und schüttelte den Kopf. Als Nächstes würde er sich über die Vielzahl der Tabletten und Tropfen aufregen und das Verantwortungsbewusstsein von Theo Kettlings Hausarzt in Frage stellen, der mit dem Verordnen dieses Füllhorns an Schmerzmitteln die Gesundheit seines Patienten aufs Spiel setze.

Theo Kettling fiel es von Sekunde zu Sekunde schwerer, die gebotene Geduld für das Schauspiel aufzubringen. Zum einen hatte er es satt, alle drei Monate hier zu sitzen und sich die immer gleichen Sprüche von diesem alten Sack im weißen Kittel anzuhören. Von diesem stets schlecht gelaunten Quacksalber, der mit seinen Scheißkommentaren nur von den eigenen fachlichen Defiziten ablenken wollte – unfähig und unwillig, ihm zu helfen.

Zum anderen hatte seit der Entdeckung des vielsagenden

alten Zeitungsartikels vor drei Tagen nun auch er, Theo Kettling, den dringenden Wunsch, endlich hinter das Geheimnis des Mordfalls zu kommen. Im Gegensatz zu Lieselotte Larisch ging es ihm dabei freilich weniger um die Befriedigung kriminalistischen Interesses, als vielmehr um die Wiederherstellung des eigenen Seelenfriedens. Denn wenngleich Gerd Bassenge selbst kaum als Mörder des alten Rott in Frage kam, so sprach doch vieles dafür, dass er irgendeine wichtige Rolle in dieser Sache spielte.

Seine Frau war im Jahr 1916 plötzlich verschwunden gewesen und wohl nie wieder aufgetaucht. Denn Lieselotte Larisch hatte nach langer und nervenaufreibender Prüfung im Zeitungsarchiv noch eine weitere Meldung von Anfang 1917 gefunden. Darin hieß es kurz und bündig, dass die Ermittlungen in dem Fall der vermissten jungen Frau eingestellt worden seien und dass es nach Angaben der Gendarmerie kaum noch Hoffnung gebe, sie lebend zu finden.

Dann wurde, 55 Jahre später, Theo Kettlings Nachbar ermordet – wahrscheinlich von der skurrilen und geheimnisvollen Gestalt, die von den Schulte-Zwillingen dabei beobachtet wurde, wie sie eilig ins Haus ging und nach einigen Minuten wieder herauskam. Ebenjene geheimnisvolle Gestalt, die auch Lieselotte Larisch gesehen hatte und die spätabends mit Gerd Bassenges Auto in den Wald gefahren war und bei strömendem Regen ein Grab ausgehoben hatte – nicht irgendwo, sondern ganz in der Nähe der ehemaligen Sprengstofffabrik, in der wiederum Marie Bassenge gearbeitet hatte.

An eine Anhäufung von Zufällen mochte nun auch Theo Kettling nicht mehr glauben. Dieser ganze Spuk musste endlich aufhören, und der Täter musste so schnell wie möglich hinter Gitter gebracht werden.

Denn selbst wenn es sich nicht um einen Serienkiller handelte, so wähnte sich Theo Kettling mehr als je zuvor in Gefahr. Mittlerweile hatte er sich gemeinsam mit Lieselotte Larisch auf sehr dünnes Eis begeben; man hatte sich mit den Nachforschungen zu einer Gefahr für den Mörder entwickelt, der gewiss schon Pläne zur Liquidierung der beiden allzu forschen Hobbyermittler schmiedete.

Theo Kettling wollte so schnell wie möglich heraus aus dieser verdammten Praxis, wollte nach Hause, um dort ungestört grübeln zu können. Das machte zwar keinen Spaß und war zudem ungemein anstrengend, vielleicht aber würde er auf diese Weise den entscheidenden Geistesblitz bekommen und verstehen, wie alles zusammenhing. Mit etwas Glück wäre noch genug Zeit, der Polizei einen entsprechenden Hinweis zu geben und damit den Mörder aus dem Verkehr zu ziehen.

Als der Arzt nach endlos scheinenden Minuten noch immer keine Anstalten machte, das Studium der Krankenakte zu beenden, nahm Theo Kettling allen Mut zusammen, um auf den Abschluss der Kontemplation zu drängen.

»Ich würde vorschlagen, wir sprechen nächstes Mal in aller Ruhe …«

Wütend schleuderte der Orthopäde den Kugelschreiber auf die Tischplatte. »Glauben Sie, ich mache das hier zu meinem Vergnügen? Wenn Sie nicht solche Unmengen an Tropfen und Tabletten zu sich nehmen würden, müsste ich nicht eine halbe Ewigkeit lang die Liste durchgehen!«

Schon oft hatte Theo Kettling die schlechte Laune des Arztes zu spüren bekommen, nie zuvor aber war er derart heftig zusammengestaucht worden. Halb erschrocken, halb beleidigt verschränkte er die Arme und starrte auf den Fußboden, während der Orthopäde sich wieder der Krankenakte widmete.

Einmal mehr ärgerte sich Theo Kettling maßlos über sich selbst. Warum brachte er es jetzt, in diesem Moment, nicht fertig, seinerseits ein verbales Donnerwetter loszulassen und dem Arzt gehörig die Meinung zu geigen? Warum saß er stattdessen wie ein schmollendes Kind da und schwieg?

Wie in solchen Situationen üblich, spielte sich die gerade erlebte unangenehme Szene wie ferngesteuert immer wieder in seinem Kopf ab.

»… müsste ich nicht eine halbe Ewigkeit lang die Liste durchgehen«, hörte er den Arzt schreien.

Dann wiederholte sein Gehirn jeweils nur noch die letzten drei Worte.

»… die Liste durchgehen.«

Als ihm klar wurde, was sein Unterbewusstsein ihm damit sagen wollte, hatte er ganz plötzlich auch den Mut, einfach zu gehen.

»Ich hab jetzt wirklich keine Zeit mehr; zur Not können wir ja noch mal telefonieren«, sagte er beim Verlassen des Büros und ließ den Mediziner mit halb geöffnetem Mund zurück.

Draußen angekommen, überlegte Theo Kettling, wo sich die nächste Telefonzelle befand. Da er vor lauter Aufregung keinen klaren Gedanken fassen konnte, ging er aufs Geratewohl hinunter zum Bräuckenkreuz. Dort würde es bestimmt einen Münzfernsprecher geben, und genau so war es auch.

Nachdem es im Hörer zweimal getutet hatte, meldete sich Lieselotte Larisch, die ihrer Entzückung wie immer durch ein spitz ausgerufenes »Aaah, wie schön!« Ausdruck verlieh. Theo Kettling indes hielt sich gar nicht erst mit irgendwelchen Freundlichkeiten auf und wies die Angerufene stattdessen ohne Umschweife an, sich ins Auto zu setzen und ihn am Bräuckenkreuz abzuholen. Man müsse unbedingt nach Rummenohl fahren und Paul Holtberlet besuchen. Es könne sein, dass man etwas übersehen habe; etwas, das für die Aufklärung des Mordes von großer Wichtigkeit sei.

Lieselotte Larisch traf bereits nach rekordverdächtigen elfeinhalb Minuten ein. Theo Kettling trat seine Zigarette aus und dachte mitleidig an die anderen Verkehrsteilnehmer, die sie während der Fahrt in Lebensgefahr gebracht haben musste.

Kurze Zeit später hatte er höchstens noch Mitleid mit sich selbst. Nachdem er eingestiegen war und Lieselotte Larisch das Fahrzeug in Bewegung gesetzt hatte, kam es schon nach wenigen hundert Metern zu überaus ernst zu nehmenden Zwischenfällen, sowohl mit anderen Kraftfahrern als auch mit Fußgängern.

Er versuchte, sich zu entspannen, indem er langsam und gleichmäßig atmete; irgendwo hatte er neulich gelesen, dass dadurch jeder seine Angst in den Griff bekommen könne. Doch immer, wenn ein Autofahrer Kopf und Kragen riskieren musste, um einen Zusammenprall mit dem Daf zu vermeiden, oder wenn ein Fußgänger im letzten Moment beiseite sprang, hyperventilierte er wieder. Das Schließen der Augen erwies sich ebenfalls als ungeeignetes Mittel, die Fahrt leichter zu ertragen. Das drohende Unheil nicht sehen zu können, es aber beinahe physisch zu spüren, war kaum auszuhalten.

*

Das Doppelhaus an der Heedfelder Straße in Rummenohl war eines von vieren, die von der Sprengstoff AG für leitende Angestellte gebaut worden waren und im Volksmund »Beamtenhäuser« genannt wurden. Paul Holtberlet hatte dies beim Besuch in Rölvede erzählt. Offensichtlich waren er und seine Frau sehr ordnungsliebend, Fassade und Garten präsentierten sich in einem makellosen Zustand. Außerdem hatte man wohl eine große Vorliebe für Gartenzwerge, die gleich dutzendweise den kleinen Vorgarten bevölkerten.

»Hoffentlich ist er zu Hause«, sagte Lieselotte Larisch, als sie übertrieben fest auf den Klingelknopf drückte.

Schon im nächsten Augenblick öffnete Paul Holtberlet die Tür und blickte seine unangemeldeten Gäste erst erstaunt, dann hocherfreut an.

»Na, das ist aber doch wirklich mal eine nette Überraschung. Bitte, kommen Sie doch herein.«

Man ging durch die Diele ins Wohnzimmer, wo zahlreiche alte Unterlagen der Sprengstoff AG auf dem rustikalen Eichentisch ausgebreitet waren.

»Wie Sie sehen, bin ich gerade mal wieder mit der Geschichte der Fabrik beschäftigt. Es freut mich, dass ich wohl auch Ihr Interesse geweckt habe. Wie kann ich Ihnen helfen?«

Auch Frau Holtberlet betrat das Zimmer. Anscheinend kam sie aus der Küche; sie trug eine Kittelschürze, die an Brust und Bauch vor Mehlresten ganz weiß war, und hatte Lockenwickler auf dem Kopf. Sie hatte wohl mit jemand anderem gerechnet, denn ihrer Gesichtsfarbe war deutlich zu entnehmen, wie peinlich es ihr war, den unbekannten Besuchern in diesem Zustand gegenüberzustehen. »Ach Gott, ist mir das jetzt unangenehm! Bitte entschuldigen Sie meinen Aufzug!«

»Aber, aber – wir sind es, die sich entschuldigen müssen. Schließlich sind wir ja unangemeldet hier und haben Sie regelrecht überfallen.«

Lieselotte Larischs gespielter Großmut wirkte auf Frau Holtberlet offenbar ein wenig entspannend. Man begrüßte einander freundlich, und die Gäste hatten alle Mühe, die gebetsmühlenartig vorgetragenen Angebote nach einem Getränk oder einem kleinen Imbiss auszuschlagen.

»Wir müssen leider gleich wieder weiter«, bemühte sich Lieselotte Larisch, den Aufenthalt zu verkürzen. »Wir würden uns nur gern die Mitarbeiterliste aus dem Jahr 1916 für einige Tage ausleihen. Im Rahmen einer Ahnenforschung habe ich den Hinweis erhalten, dass ein entfernter Verwandter zum besagten Zeitpunkt in der Sprengstofffabrik gearbeitet hat.«

»Das können wir doch gleich hier prüfen, wie ist sein Name?«

Paul Holtberlets Augen strahlten, und Lieselotte Larisch täuschte einen Hustenanfall vor, um Zeit zu gewinnen.

»Nun … äh … genau genommen sind es gleich mehrere Personen, die in Frage kommen. Ich muss zunächst noch einige Nachforschungen anstellen. Deshalb wäre ich Ihnen wirklich dankbar, wenn Sie uns die Liste leihweise zur Verfügung stellen könnten.«

Sichtlich enttäuscht, aber dennoch größte Hilfsbereitschaft und Betriebsamkeit signalisierend, suchte Paul Holtberlet zügig den gewünschten Papphefter aus den umherliegenden Unterlagen heraus und übergab ihn Lieselotte Larisch mit zuvorkommender Geste. Nachdem sie und Theo Kettling einen letzten Versuch der Gastgeberin vereitelt hatten, etwas Trink- oder Essbares zu servieren, verabschiedeten sie sich dankend und mit dem Hinweis, man werde die Liste schnellstmöglich zurückgeben.

*

Lieselotte Larisch fuhr die Serpentinen nach Rölvede derart halsbrecherisch hinauf, dass Theo Kettling den Eindruck hatte, neben Sandro Munari, dem Gewinner der letzten Rallye Monte Carlo, zu sitzen; nur dass sich der Daf 44 beim Herausbeschleunigen aus den Kurven gottlob deutlich schwerer tat als der Lancia Fulvia HF des italienischen Rennfahrers.

»Nun sagen Sie doch endlich, wen oder was Sie in der Liste finden wollen!«

Die energisch geäußerte Forderung klang für Theo Kettling

wie eine handfeste Drohung. »Wenn Sie es mir nicht sagen, fahre ich noch schneller«, hörte er Lieselotte Larisch hinzufügen. Doch zu seinem eigenen Erstaunen blieb er hart und schwieg.

Wie erwartet fiel die Begrüßung durch Cleo im Bauernhaus höchst leidenschaftlich aus, und obwohl Theo Kettling mittlerweile etwas Erfahrung mit der Abwehr des Tieres hatte, konnte er sich abermals nur mit größter Mühe auf den Beinen halten. Nachdem die erste und zweite Angriffswelle abgeebbt war, ging man ins Wohnzimmer und nahm dort die jeweiligen Stammplätze ein. Sofort ließ Cleo sich auf Theo Kettlings Füßen nieder und versuchte, immer noch wie aufgedreht, ihn in den Arm zu zwicken. Mit ihrem vielfach erprobten herrischen Schrei beendete Lieselotte Larisch endlich die Albernheiten der Hündin.

Betont langsam öffnete Theo Kettling den Hefter und blätterte dann ebenso langsam die einzelnen Seiten durch. Er spürte, dass es Lieselotte Larisch vor lauter Spannung kaum noch auf dem Sofa hielt, und er hoffte inständig, dass er tatsächlich finden würde, was er vermutete.

Als er bei der siebten Seite der Mitarbeiter, deren Namen mit »R« begannen, angelangt war, hatte er Gewissheit. Ein eiskalter Schauer lief ihm über den Rücken, doch er ließ sich nichts anmerken.

Er schob den Papphefter genüsslich zu Lieselotte Larisch hinüber, so wie Lieselotte Larisch in der Zeitungsredaktion ihm den Archivband hinübergeschoben hatte.

Und dann klopfte er mit dem Zeigefinger auf den entsprechenden Eintrag, so wie sie mit dem Zeigefinger auf den redaktionellen Artikel.

Lieselotte Larisch kniff die Augen zusammen, hatte offenbar aber dennoch große Probleme, die ausgefransten Buchstaben zu entziffern. Sie nahm die Brille ab, ging mit dem Kopf ganz dicht vor das Blatt, und schließlich erkannte sie, was da stand.

> Rott, Ernst
> Arbeiter a. d. Schiesstrecke
> geb. 19. Apr. 1890
> whft. i. Lüdenscheid

13

Wie schon nach dem feuchtfröhlichen Abend mit Milli Backhaus vor acht Wochen hatte Theo Kettling bei Lieselotte Larisch im Bauernhaus übernachtet, und wie damals wurde er auch diesmal wieder von Cleo geweckt. Erst noch von draußen kommend und halbwegs gedämpft, erfüllte das laute und tiefe Bellen der Hündin einen Moment später das ganze Haus.

»Schlafen Sie noch, Theo? Wir waren schon beim Bäcker und haben frische Brötchen mitgebracht.«

»Moment, ich … ich bin gleich …«

»Lassen Sie sich ruhig Zeit, Ihre Zahnbürste habe ich wieder auf das Schränkchen neben der Tür gelegt.«

Lieselotte Larischs Aufruf zur Gelassenheit half nichts; Theo Kettling fühlte sich gehetzt und erledigte seine Morgentoilette ob des selbst auferlegten Zeitdrucks auch diesmal in ungesunder Hektik.

Erneut hatte Lieselotte Larisch ein Frühstück zusammengestellt, das man so kaum in einem Luxushotel erwarten durfte. Und als ob die Auswahl auf dem Tisch nicht ohnehin schon übertrieben üppig ausgefallen wäre, servierte sie ihrem Gast und sich selbst auch noch jeweils drei frisch gebratene Spiegeleier. Während des Essens wurde kaum ein Wort gesprochen, was Theo Kettling entgegenkam, da er sich auf diese Weise ungestört seinen Grübeleien widmen konnte, freilich ohne dabei auch nur einen einzigen Schritt weiterzukommen.

Nachdem die Gastgeberin – wie immer die angebotene Hilfe vehement ablehnend – gespült und sich an den nunmehr leer geräumten Tisch gesetzt hatte, startete sie eine lebhafte Diskussion, indem sie zunächst den Status Quo der Ermittlungen umriss.

»Sowohl Marie Bassenge als auch Ernst Rott haben zur Zeit des Ersten Weltkriegs in der Sprengstofffabrik gearbeitet, das haben wir sogar schriftlich. Und dann ist Marie plötzlich spurlos verschwunden und taucht nicht wieder auf. Das ist ebenfalls sicher, wie wir im Zeitungsarchiv erfahren haben.«

Theo Kettling mischte sich nicht ein und ließ Lieselotte Larischs Ausführungen in Ruhe auf sich wirken.

»Alle weiteren Puzzle-Teile stammen aber nicht aus früherer Zeit. Die Vorfälle haben sich erst vor einigen Wochen ereignet; und doch muss alles irgendwie zusammenhängen.« Sie spitzte die Lippen und schaute angestrengt zur Zimmerdecke. »Über ein halbes Jahrhundert später wird Ernst Rott ermordet. Etwa zur gleichen Zeit hebt jemand ein Grab in der Nähe der Sprengstofffabrik aus. Und um dorthin zu kommen, nutzt er das Auto des Mannes, mit dem Marie Bassenge verheiratet war.«

Am Küchentisch wurde es ruhig. Man dachte angestrengt nach, und nur hin und wieder wurde die Stille durch Cleos Grunzen unterbrochen, die auf Theo Kettlings Füßen eingeschlafen war. Als dem das gegenseitige Schweigen langsam unangenehm wurde, stellte er seine Vermutung vor.

»Ich glaube, dass der alte Rott die junge Frau Bassenge ermordet hat. Oder vielmehr hat der junge Rott die junge Frau Bassenge ermordet … damals, 1916. Und der alte Gerd Bassenge hat das jetzt irgendwie herausgefunden, einen Killer engagiert und aus Rache den alten Rott umbringen lassen.«

»Das ist eine scheinbar naheliegende Möglichkeit. Aber ich denke nicht, dass es eine sonderlich wahrscheinliche ist.«

Genau das war die typische, oberlehrerhafte Antwort, die Theo Kettling erwartet hatte.

»Dann lassen Sie doch mal hören, wie es sonst gewesen sein könnte«, sagte er flapsig.

Wie zur Strafe zelebrierte Lieselotte Larisch endlos erscheinende Pause, bevor sie sich zu antworten bequemte.

»Es ist durchaus möglich, dass unser so freundlicher Briefmarkensammler selbst seine junge Frau ermordet hat. Das Ganze ist 56 Jahre her; wer weiß, ob er immer so ruhig und höflich war.«

»Und warum hat er dann so viel später den alten Rott erstechen lassen?«

»Aber Theo, nun überlegen Sie doch mal!«

Lieselotte Larisch fühlte sich anscheinend mal wieder zurückversetzt in ihre Zeit als Rektorin und betrachtete Theo Kettling als einen ihrer begriffsstutzigen Schüler. Der indes hatte auf die ihm zugedachte Rolle überhaupt keine Lust und signalisierte dies, indem er ihr lange in die Augen blickte und dabei mit den Fingerspitzen auf die Tischplatte trommelte.

»Dann will ich es Ihnen verraten«, fuhr sie fort, »Herr Rott könnte doch zum Beispiel durch einen Zufall herausgefunden haben, dass Marie Bassenge von ihrem eigenen Mann getötet wurde. Er erpresste Herrn Bassenge und war nun eine ständige Gefahr für ihn, die es zu beseitigen galt.«

Theo Kettling hielt seine Version für besser. Die von Lieselotte Larisch war zwar spannend, schien ihm aber ziemlich weit hergeholt, was noch mehr für ihre nächste Theorie galt.

»Es ist aber auch denkbar, dass Marie Bassenge gar nicht gestorben ist, sondern irgendwo ein neues Leben begonnen hat. Weit weg von ihrem Ehemann, mit dem sie nicht mehr zusammen sein wollte.«

»Aber weshalb wurde der alte Rott dann umgebracht? Wenn es wirklich so gewesen wäre, hätte er mit der ganzen Sache doch gar nichts zu tun gehabt.«

»Warum denn das nicht?« Lieselotte Larisch tat entrüstet. »Er könnte ja Frau Bassenge bei den Planungen für ihre neue Existenz unterstützt und ihr bei der … sagen wir mal ›Flucht‹ geholfen haben. Und wenn Gerd Bassenge dessen gewahr wurde, dann könnte er aus verletztem Stolz und in später Rache Herrn Rott ermordet haben … oder haben lassen.«

Theo Kettling fand es völlig unangemessen, dass Lieselotte Larisch immerzu »Herr Rott« sagte. Das klang nicht nur ungewohnt und fremdartig, es klang vor allem viel zu freundlich. Theo Kettling, Frau Kuhbier und alle anderen Bewohner des Hauses in der Werdohler Straße beließen es bei »dem alten Rott« oder auch nur bei »dem Alten«. Gern hatte man vor seinem Tod auch etwas derbere Versionen verwendet, wie »der alte Sack« oder – zum Beispiel, wenn mal wieder zu später Stunde laute Marschmusik durch das Haus hallte – »das alte Arschloch«. Beharrlich blieb Theo Kettling deshalb bei der vertrauten Nomenklatur, die ihm aber sofort wieder Probleme bereitete.

»Ich kann mir nicht vorstellen, dass der alte Rott und die junge Frau Bassenge ein enges Verhältnis zueinander hatten. Also … ich meine natürlich der junge Rott.«

»Und warum nicht?«

»Weil das einfach nicht gepasst hätte. Ich weiß nicht, was für ein Mensch Marie war. Aber so wie wir Gerd Bassenge kennengelernt haben, war er bestimmt mit einer freundlichen und eher zurückhaltenden Frau verheiratet. Und die hätte sich niemals mit einem Typen wie dem Rott eingelassen.«

»Menschen können sich verändern, Theo.«

Was für eine Binsenweisheit, dachte Theo Kettling und erschrak, als Lieselotte Larisch in einem weiteren Anflug ungezügelten Tatendrangs mit der Handfläche auf die Tischplatte schlug.

»Wir werden jetzt ganz systematisch verfahren. Als Erstes machen wir einen schönen Spaziergang hinunter nach Rummenohl. Herr Holtberlet soll uns zeigen, wo sich die Arbeitsplätze von Ernst Rott und Marie Bassenge befunden haben. Wenn die Orte nah beieinander lagen, ist die Wahrscheinlichkeit groß, dass die beiden sich gekannt haben. Und umgekehrt.«

Theo Kettling sah sich im Geiste schon wieder durch das Unterholz kämpfen.

»Vielleicht ist Herr Holtberlet gar nicht zu Hause.«

Er hatte den Satz noch nicht ganz ausgesprochen, da sprang Lieselotte Larisch auf, stürmte ins Wohnzimmer und riss den Hörer des Brokat-Telefons an sich. Offenbar hatte sie die Nummer bereits in ihrem Kopf abgespeichert, denn ohne vorher nachzusehen, zerrte sie mit ihren dicken Fingern derart heftig an der Wählscheibe, dass man befürchten musste, jeden Moment würde diese unter einem hässlichen Geräusch vom Telefon brechen.

»Hier spricht Lieselotte Larisch, einen wunderschönen guten Morgen, Herr Holtberlet!«

Offenbar war der Mann am anderen Ende der Leitung hocherfreut über den Anruf, denn es folgte ein überaus temperamentvoller Austausch von Nettigkeiten, und Theo Kettling konnte Paul Holtberlets Stimme teilweise bis in die Küche hören. Wie kaum anders zu erwarten, hatte der rüstige Rentner keinerlei Einwände gegen die geplante Exkursion auf das Gelände der Sprengstofffabrik und zeigte sich im Gegenteil hocherfreut, dass sein Fachwissen einmal mehr benötigt wurde.

*

War das Wetter in den vergangenen drei Tagen mit Temperaturen um 20 Grad und zumindest gelegentlichem Sonnenschein recht annehmbar gewesen, so präsentierte sich der Himmel jetzt wolkenverhangen, und laut Vorhersage in Radio und Fernsehen war im Laufe des Tages mit vereinzelten Regenschauern zu rechnen.

Theo Kettling ging auf dem Weg nach Rummenohl zwei Schritte hinter Lieselotte Larisch her, rauchte eine Krone und kabbelte sich hin und wieder mit Cleo. Zwar gelang es ihm nicht, seinen Rücken zu ignorieren, doch er genoss es, wie der Schmerz durch die Bewegung langsam an Intensität verlor. Genau wie bei der ersten Übernachtung im Bauernhaus hatte er auf seinen Frühmorgen-Marsch verzichtet. Zum einen hatte er Cleo nicht wecken wollen, da er befürchtete, das aufgeschreckte und noch schlaftrunkene Tier würde in der Annahme, einen Einbrecher vor sich zu haben, über ihn herfallen. Zum anderen hätte Lieselotte Larisch garantiert mitbekommen, wie er um vier oder fünf das Haus verließ, und nach dem Grund dafür gefragt. Hätte er dann wahrheitsgemäß geantwortet, dass er nur wenige Stunden am Stück liegen konnte, ohne sich allzu schlimme Rückenschmerzen einzuhandeln, wären ganz sicher endlose gesundheitliche Ratschläge zu erwarten gewesen.

Beim Betrachten der Nebelschwaden, die zwischen den Baumwipfeln hingen, musste Theo Kettling an seine Mutter denken. Wäre sie noch am Leben gewesen, hätte sie jetzt »Die Füchse kochen Kaffee« gesagt.

*

Paul Holtberlet stand bereits wartend vor der Haustür. Mit seiner Kniebundhose, den knallroten Strümpfen und den schweren Wanderstiefeln sah er aus wie ein Bergsteiger, der mindestens einen Dreitausender erklimmen wollte.

»Wir können das erste Stück mit dem Wagen fahren«, sagte er voller Elan, als er auf einen an der Straße geparkten Ford zuging – einen Taunus der Baureihe P5, wie Theo Kettling unschwer feststellte.

»Ach, das ist wirklich nicht nötig. Theo und ich sind noch längst nicht fußmüde, und ein hübscher Spaziergang wird uns allen guttun.«

Theo Kettling wäre Lieselotte Larisch am liebsten an die Gurgel gegangen. Wie gern hätte er sich auf den schwarzen Kunstledersitzen niedergelassen und seinem Rücken nach den bereits zurückgelegten vier oder fünf Kilometern etwas Ruhe gegönnt. Und vor allem wäre er gern ein Stück in dem recht stattlichen Auto gefahren, wurde selbiges doch von einem gewiss wohlklingenden und laufruhigen Sechszylinder-Motor angetrieben, wie an der Aufschrift »V6« ganz vorn auf der Mitte der Motorhaube und dem Kürzel 20m auf dem Kofferraumdeckel zu erkennen war. Natürlich hätte er Lieselotte Larisch einfach überstimmen und auf die Nutzung des Fahrzeugs bestehen können. Wie üblich aber zog er es vor, klein beizugeben und sich im Stillen zu ärgern.

Im Gänsemarsch ging es die Heedfelder Straße hinauf und dann die Rölveder Straße entlang – vorneweg Lieselotte Larisch, dahinter Paul Holtberlet und am Ende Theo Kettling mit Cleo. Man passierte die fünf großen Siedlungshäuser, die, wohl aufgrund ihrer etwas abgeschiedenen Lage, im Volksmund unter dem Sammelbegriff »Klein-Abessinien« geführt wurden, und etwa einhundert Meter weiter war das erste Gebäude erreicht, das früher zur Sprengstofffabrik gehört hatte.

»Dies da drüben ist das ehemalige Direktorenhaus.«

Paul Holtberlet zeigte auf einen gediegenen, aber nicht übertrieben prunkvollen Bau auf der gegenüberliegenden Seite des an dieser Stelle etwa fünfzig Meter breiten Tals. Das Haus war offensichtlich bewohnt und befand sich in gutem Zustand. Talaufwärts folgten zunächst ein Stück wilde Wiese und dann die ersten Fabrikgebäude.

»Dies da unten, das war das Mädchenheim. Dort waren die weiblichen Arbeitskräfte untergebracht, die nicht in der näheren Umgebung wohnten. Die meisten von ihnen kamen aus dem Ruhrgebiet und fuhren höchstens an den Wochenenden nach Hause. Das da war die Krankenstation. Und das da hinten das Torwächterhaus.«

Paul Holtberlet wippte mit strahlender Miene von einem Fuß auf den anderen – ganz zweifellos war er freudig erregt, dass ihm jemand interessiert zuhörte. Dann stieß er ein schneidiges »So!« hervor und setzte sich wieder in Bewegung. Im Marschtempo ging nun er voran, blieb aber alle paar Meter stehen, um zu erklären, welche Funktionen die einzelnen Gebäude früher gehabt hatten. Unter anderem passierte man den Pferdestall mit Futterboden, das Sprengstoffmagazin, mehrere Menghäuser, das Packhaus, den Minenstopfraum, das Gebäude für die Granatenentleerung, die Papierstation, die Zumischpulverfabrik und die Wäscherei.

Und am oberen Ende des weitläufigen Geländes stand jenes herrschaftlich wirkende Gebäude, das Lieselotte Larisch und Theo Kettling bei ihrer ersten Expedition entdeckt hatten.

»Aber die Villa dort drüben gehörte sicher nicht zur Fabrik?«, fragte Lieselotte Larisch suggestiv.

»Doch, das tat sie. Das Gebäude sieht nämlich nur so aus wie eine Villa. Es ist das alte Laboratorium.«

»Ah! Das ist ja spannend.« Ihre Stimme überschlug sich. »Es ist nämlich so, dass eine Vorfahrin von mir eventuell im Labor gearbeitet hat.«

»Wie interessant. Haben Sie sie in der Liste gefunden?«

»Äh, nein, leider nicht. Die Information habe ich einer privaten Quelle entnommen.«

»Wie ist denn ihr Name? Ich kann daraufhin ja mal meine restlichen Unterlagen prüfen.«

»Das … das muss ich erst noch herausarbeiten. Es existieren nur fragmentarische Hinweise, die alle noch nicht so recht …« Sie hatte Mühe, Paul Holtberlets Hilfsbereitschaft wieder in die richtigen Bahnen zu lenken, aber schließlich gelang es ihr doch. »Mich interessiert wirklich sehr, wie die Arbeit im Labor aussah; dazu können Sie mir doch bestimmt etwas sagen.«

»Selbstverständlich, nichts leichter als das. Hier wurden Proben der angelieferten Rohstoffe analysiert. Dazu gehörten zum Beispiel Glyzerin, verschiedene Säuren, Nitroverbindungen, Salpeterarten und andere anorganische Salze. Und außerdem wurden noch Zwischen- und Abfallprodukte aus dem gesamten Werk untersucht.«

Lieselotte Larisch hatte einen kleinen Ringblock und einen Kugelschreiber aus ihrer Handtasche gekramt und machte sich Notizen. Nachdem sie alles Wesentliche vermerkt hatte, wartete Paul Holtberlet, bis die Schreibutensilien wieder verstaut waren.

»Sie sagten am Telefon, dass Sie sich für *zwei* Bereiche besonders interessieren …«

»Ganz recht. Es wäre schön, wenn Sie uns noch die Schießstrecke zeigen könnten.«

»Oh, das ist schade …«, seufzte er und schob die Unterlippe nach vorn, genau so, wie schmollende Kinder es tun. »Die Schießstrecke gehörte zur Versuchsfabrik, und von der ist heute leider nichts mehr zu sehen. Sie befand sich etwa dort oben.« Er deutete auf das kleine Seitental, das von dieser Stelle aus gesehen hinter dem Laboratorium lag. »Warten Sie, da fällt mir ein …« Sein Gesichtsausdruck hellte sich auf. »Es ist doch noch etwas von der Schießstrecke erhalten. Da oben im Wald gibt es einen kleinen Schutzbunker, den sollten Sie sich unbedingt ansehen. Es ist auch gar nicht so weit.« Paul Holtberlet hatte sich wieder in Bewegung gesetzt und redete im Marschieren weiter. »Wir gehen lieber außen herum. Im Moment wohnen mal wieder Leute im alten Laborgebäude, und die sind etwas komisch. Die haben es nicht sehr gerne, wenn jemand auf dem Grundstück herumläuft.«

Die Rölveder Straße führte in einem engen Bogen um das Kraftwerksgebäude, das ebenfalls wie ein Wohnhaus wirkte, aber offensichtlich leer stand und einen desolaten Eindruck machte. Überall bröckelte der Putz herunter, und die meisten Fensterscheiben waren eingeschlagen. Mensch und Tier legten weitere zweihundert Meter zurück, bevor das Ende der ehemaligen Produktionsstätte erreicht war.

»Hier war dann Schluss; das da sind noch die Überreste von einem Säurelager, drei gab es insgesamt«, sagte Paul Holtberlet, auf eine Art langgestrecktes Fundament zeigend.

Dann bog er in einen Waldweg ein, der auf der anderen Seite des Tals zurück in Richtung der Sprengstofffabrik verlief. Zunächst noch eben, bald schon aber stetig ansteigend, führte er an der Rückseite des Laboratoriums vorbei. Eine Frau in mittleren Jahren hängte im Garten Wäsche auf. Als sie die Spaziergänger erblickte, bestätigte sie die Einschätzung Paul Holtberlets, dass die Bewohner »etwas komisch« seien. Schlagartig verfinsterte sich ihr Gesicht derart, dass Theo Kettling es mit der Angst zu tun bekam.

Der Weg beschrieb nun eine enge Rechtskurve, folgte ein kurzes Stück dem Verlauf des Seitentals und mündete dann in eine Gabelung. Nach links ging es das Tal des Sterbeckebaches entlang. Rechts davon bogen zwei Trampelpfade ab; einen davon eilte Paul Holtberlet hinauf, lautstark versichernd, man habe das Ziel in wenigen Augenblicken erreicht. Nach etwa fünfzig Metern machte er eine 90-Grad-Drehung nach links und ging querfeldein zum Zufluss des Sterbeckebaches. Mit spielerischer Leichtigkeit überwand er das kleine Rinnsal – ganz im Gegensatz zu Lieselotte Larisch, Theo Kettling und Cleo. Während Erstere Mühe hatten, trockenen Fußes auf die andere Seite zu gelangen, war bei der Hündin wohl deren ganz allgemeine Abneigung gegen Wasser das Problem. Erst als Paul Holtberlet »Ich bin schon dahaa …« rief und sich dabei wie ein kleiner Junge anhörte, hatte auch Cleo endlich das nasse Hindernis überwunden.

Der Bunker war sehr klein und sowohl von hinten als auch von der Seite als solcher gar nicht zu erkennen. Die wenigen Wanderer und Pilzsammler, die sich hierhin verirrten, dürften zumeist achtlos an ihm vorbeigegangen sein. Selbst der enge Eingang konnte, stand man nicht direkt davor, leicht übersehen werden. Die mächtige Beton-Einfassung war komplett mit Moos bewachsen und dadurch gut getarnt.

Paul Holtberlet war bereits hineingegangen. »Passen Sie auf, dass Sie nicht fallen; unter dem Laub sind einige tiefe Kuhlen«, rief er Lieselotte Larisch zu, die just in diesem Moment in eine solche trat und einen Sturz nur mit Mühe vermeiden konnte.

Innen war der Bunker noch weniger spektakulär als die, die weiter oben im Wald standen. Nicht einmal Überreste irgendwelcher wilder Partys von Halbstarken waren zu sehen, was allerdings auch nicht weiter verwunderte, da es hier so eng zuging, dass eine dicke Frau, ein dünner Mann, ein durchschnittlich gebauter Mann und eine stattliche Hundedame nur mit Mühe Platz fanden. Theo Kettling, dessen Rücken nach dem neuerlichen Querfeldein-Marsch stärker und stärker schmerzte, sah auf die weiß-grauen, rissigen Wände und senkte dann den Kopf.

»Mann, o Mann, wie aufregend!«

Paul Holtberlet registrierte zwar die leise gemurmelte und eigentlich nicht für Dritte bestimmte Bemerkung, nicht aber den ironischen Unterton. »Das finde ich auch. Wenn ein Versuch an der Schießstrecke durchgeführt wurde, brachten sich die Arbeiter hier in Sicherheit und warteten, bis die Explosion vorüber war.«

»Was waren denn das für Versuche, und wie hat man sich diese Schießstrecke vorzustellen?« Lieselotte Larisch bemühte sich, etwas bequemer zu stehen, indem sie umständlich das rechte Bein zwischen Cleos Vorder- und Hinterläufe schob und sich mit dem linken Arm ganz dicht neben Paul Holtberlets Kopf an der Wand abstützte.

»In der Schießstrecke wurde die Sprengkraft der einzelnen Explosivstoffe getestet. Wie Sie sich bestimmt vorstellen können, hat es da immer tüchtig gerumst.« Er holte mit den Armen so weit aus, wie es in dem engen Raum möglich war, und klatschte – offenbar im Bemühen, eine Explosion zu imitieren – die Hände fest zusammen. »Im Grunde war die Schießstrecke nichts anderes als ein zwei Meter dickes Stahlrohr, in der Mitte hohl und gut zwanzig Meter lang. Darin hat man eine bestimmte Menge Sprengstoff zur Explosion gebracht. Und dann hat man an der Ausbuchtung gesehen, wie groß die Sprengwirkung war, und damit auch, welche Qualität der Sprengstoff hatte.«

Theo Kettling steckte sich eine weitere Krone an und versuchte sich erfolglos vorzustellen, wie Ernst Rott gewissenhaft die Zündung einer exakt vorgegebenen Menge Sprengstoff in einer riesigen Metallröhre vorbereitete, sich dann schnell im Schutzbunker verschanzte, den großen Knall abwartete, um dann sorgfältig das Ergebnis des Versuchs zu protokollieren. Viel leichter fiel ihm die Vorstellung, wie der Alte entweder gedankenlos oder aber, was weitaus naheliegender war, aus reiner Boshaftigkeit mit einem falschen Sprengstoffgemisch beziehungsweise einer viel zu großen Menge den gesamten Werkskomplex in Schutt und Asche legte.

Ganz offensichtlich machte Theo Kettling mittlerweile einen überaus erbarmungswürdigen Eindruck. Nachdem ihn Paul Holtberlet mindestens eine halbe Minute lang mitleidvoll angesehen hatte, drängte er sich förmlich auf, ihn gemeinsam mit Lieselotte Larisch und Cleo nach Hause zu fahren. Man könne doch in aller Ruhe zurück zum Haus der Holtberlets gehen. Dabei würde er noch ein paar wissenswerte Dinge über die verschiedenen Gebäude der Sprengstoff AG erzählen, von denen einige so interessant seien, dass man sie ruhig etwas genauer anschauen solle. Anschließend würde er die drei dann zurück zum Bauernhaus bringen. Lieselotte Larisch und Theo Kettling stimmten dem Angebot aus unterschiedlichen Motiven zu – Erstere, um ihren unfassbaren Wissensdurst weiter stillen zu können; Letzterer, um sich den Aufstieg nach Rölvede zu ersparen und doch noch im Ford mitfahren zu können.

Schon sehr bald aber sollte sich die Entscheidung für beide bitter rächen.

Es passierte, als Paul Holtberlet vor dem ehemaligen Pferdestall stand und erläuterte, welch große Bedeutung die Arbeitspferde neben der Werkseisenbahn für den innerbetrieblichen Transport gehabt hatten.

Aus jenem ehemaligen Pferdestall kam plötzlich der griesgrämige Kerl, der hier vor acht Wochen einen alten Fiat reparierte. Diesmal beschäftigten ihn offenbar technische Probleme an einem ebenfalls recht betagt wirkenden Citroën DS, der im Inneren des Gebäudes stand.

Und diesmal war der Mann nicht allein. Gleich hinter ihm kam ein Rottweiler von mehr als bulliger Erscheinung zum Vorschein.

Für zwei oder drei Sekunden schauten Lieselotte Larisch, Theo Kettling und Paul Holtberlet in das in höchstem Maße unfreundliche Gesicht des Mechanikers.

Während des gleichen Zeitraums – eigentlich ganz kurz und doch wie eine Ewigkeit erscheinend – sahen sich auch die beiden Hunde in die Augen.

Dann zerriss das plötzlich einsetzende Bellen des Rottweilers die Stille – ein lautes, tiefes Bellen, das überaus Furcht einflößend war und durch Mark und Bein ging.

Das Tier preschte zwei Meter nach vorn und wurde dann durch eine schwere Kette gestoppt, die am Halsband und am anderen Ende an einem schweren, im Boden eingelassenen Eisenpfosten befestigt war.

Wie auf Knopfdruck fing auch Cleo an zu bellen und stürmte auf den Rottweiler los. Zwar gelang es Lieselotte Larisch erstaunlicherweise, die Leine festzuhalten; Cleos ebenso plötzlicher wie heftiger Vorwärtsdrang aber bewirkte, dass sie ebenfalls einen gewaltigen Satz machte. Nur unter Aufbietung aller Kräfte kam sie zum Stehen – gerade noch rechtzeitig, denn die sich wild anfeindenden Hunde waren mit ihren großen und spitzen Zähnen nur noch wenige Zentimeter voneinander entfernt. Lautstark, aber erfolglos forderte Lieselotte Larisch ihre Hündin auf, das für Mensch und Tier gleichermaßen Nerven zerfetzende Schauspiel zu beenden.

Hätte der Besitzer des Rottweilers ähnlich engagiert auf seinen Vierbeiner eingeschrien, wäre die Situation vielleicht deeskaliert. Er aber tat nichts dergleichen, stand stattdessen grinsend und mit verschränkten Armen da und spornte das Tier sogar noch an.

»So ist's fein, Drago. Komm, schnapp sie dir!«

Je mehr die Kräfte bei Lieselotte Larisch schwanden, desto näher kamen sich die Schnauzen der Hunde.

Trotz panischer Angst, die es ihm unmöglich machte, klar zu denken, fühlte Theo Kettling, dass er quasi dazu verpflichtet war, irgendetwas zu unternehmen. Also ging er drei Schritte nach vorn, stand dann aber hilflos mit den Armen fuchtelnd neben Cleo, die gar keine Notiz von ihm nahm.

»Verdammt noch mal, Cleo. Du kommst jetzt sofort hierher!«

Augenblicklich kam Theo Kettling zurück. Statt Cleo hatte er Theo verstanden und sich noch gewundert, dass Lieselotte Larisch ihn duzte.

Schon im nächsten Moment jedoch spürte er wieder den enormen Druck, eingreifend tätig werden zu müssen. Er versuchte zu überlegen, welche Möglichkeiten er hatte, und entschied sich dann für die mit Abstand schlechteste.

Wild entschlossen ging er auf Cleos Hinterteil zu, umfasste den Schwanz des Tieres und zog, so fest er konnte. Schon nach wenigen Augenblicken aber war sein Vorhaben, die Dogge vom Rottweiler auf diese Weise fortzubewegen, dramatisch gescheitert. Blitzschnell drehte Cleo sich um, biss ihm in die Hand und schüttelte sie dann wie ein zu tötendes Beutetier zwei , dreimal kräftig hin und her, um sich gleich darauf wieder – als wäre nichts gewesen – dem geifernden Monster zu widmen.

Da es kaum wehtat, dachte Theo Kettling zunächst, er sei gar nicht richtig gebissen, sondern allenfalls etwas fester gezwickt worden. Lieselotte Larischs Wutausbruch – so laut geschrien, wie es ihre immer weiter schwindenden Kräfte zuließen – ließ allerdings auf Schlimmeres schließen.

»Du verdammtes, dämliches, verblödetes Mistvieh! Bist du jetzt völlig wahnsinnig geworden?«

Theo Kettling spürte etwas Warmes an seiner Hand. Er schaute hinab und sah, wie das Blut aus einer tiefen Wunde quoll, an den Fingern herunterlief und dann auf den Boden tropfte.

Eigentlich bereitete es ihm keinerlei Probleme, wenn er Blut sah – nur durfte es nicht sein eigenes sein. Sofort wurde ihm schwarz vor Augen, und er hatte Mühe, sich auf den Beinen zu halten.

Letzteres Problem hatte auch Lieselotte Larisch, die mittlerweile nur noch heiser röcheln konnte.

»Nehmen Sie doch Ihren Hund zurück! Ich kann nicht mehr, meine Arthro…«

Endlich war der Mann wohl der Meinung, seinen Triumph gebührend ausgekostet zu haben. Er brüllte einen unverständlichen Befehl und zog den Rottweiler zu sich. Das Tier beruhigte sich erstaunlich schnell, und auch Cleo beendete ihre Angriffsversuche, wenngleich sich beide Hunde weiter gegenseitig mit gefletschten Zähnen anknurrten.

Lieselotte Larisch wollte Theo Kettling zu Hilfe kommen, der stark blutend und mit kreidebleichem Gesicht auf dem Boden hockte. Ganz offensichtlich unterschätzte sie dabei die Wirkung, die das anstrengende Stehen in unnatürlicher Haltung auf ihr arthrosegeschädigtes Knie gehabt hatte. Beim ersten Schritt schrie sie laut auf und fiel wie ein nasser Sack zu Boden. Da ihr die körperliche Frische fehlte, sich rechtzeitig abzustützen, schlug sie mit der Stirn auf, was nicht nur eine starke Benommenheit, sondern auch eine mächtige Platzwunde zur Folge hatte, die noch heftiger blutete als die verletzte Hand von Theo Kettling.

Der bekam alles nur noch schemenhaft und merkwürdig verzerrt mit. Paul Holtberlet lief plötzlich davon, und während er sich hastig entfernte, rief er irgendetwas Unverständliches.

Vor dem ehemaligen Pferdestall sah es aus wie auf einem Schlachtfeld. Lieselotte Larisch kniete, Theo Kettling hockte auf dem Boden, beide blutüberströmt, und auch die kleinen Schottersteinchen unter ihnen waren rot eingefärbt. Vom Mechaniker und seinem Rottweiler war nichts mehr zu sehen; vermutlich hatten sich beide wieder ins Gebäude zurückgezogen.

Lieselotte Larisch stützte sich mit den Händen am Boden ab und schnaufte auf allen vieren einige Male tief durch. Dann erhob sie sich ganz langsam, bis sie schließlich aufrecht dastand, freilich nicht, ohne dabei bedrohlich hin und her zu schwanken.

Halb benebelt, halb entsetzt sah Theo Kettling sie an. Das Blut lief ihr über das aschfahle Gesicht. An den Rändern des Stroms, der durch die Wunde am Kopf gespeist wurde, hatte sich bereits eine schmale, dunkle Kruste gebildet. In der Mitte lief es hellrot herunter, und aus der Mitte des Rots starrte ihr weit aufgerissenes Auge. Der Anblick war für Theo Kettling fast noch schockierender als der des scheinbar toten Michel Delassalle mit seinen unnatürlich verdrehten Augen im französischen Psychothriller »Die Teuflischen«. Er hatte den Film vor vielen Jahren im Kino gesehen und sich dabei fast in die Hose gemacht.

»Kommen Sie, Theo, wir müssen irgendwo ein Telefon …«

Obwohl Lieselotte Larisch sich selbst kaum auf den Beinen halten konnte, umfasste sie Theo Kettlings Brust und zog ihn so gut es ging nach oben. Dank der aufopfernden Unterstützung gelang es ihm schließlich, sich zu erheben. Gegenseitig versuchte man sich zu stützen und schleppte sich im Schneckentempo die Zufahrt in Richtung Rölveder Straße hinauf.

Theo Kettling glaubte fest daran, dass sein Ende kurz bevorstand. So wie Lieselotte Larisch hinterließ auch er eine Spur aus Blutstropfen, und es war wohl nur noch eine Frage von

Minuten, vielleicht von Sekunden, bis einer von beiden kollabieren würde.

Man würde ganz langsam verbluten – nicht in der Lage, sich irgendwie selbst zu helfen, und ohne mit der Hilfe Dritter rechnen zu können. Seltsamerweise bekam er keine Panik und sah auch nicht sein Leben wie einen Film an sich vorbeiziehen. Stattdessen stellte er sich in bunten Bildern vor, wie er noch einige Schritte durchhielt, schließlich zusammenbrach und regungslos liegen blieb, während das letzte Blut, das sein Herz zu pumpen vermochte, unter seinem Körper eine rote Lache bildete. Lieselotte Larisch würde vielleicht noch einige Augenblicke länger durchhalten. Würde von ihrem eisernen Pflichtbewusstsein ein paar Meter weiter getragen, auf die schwache Hoffnung bauend, jemandem zu begegnen, der, wie sie selbst, über Erste-Hilfe-Kenntnisse verfügte und einen – freilich so gut wie aussichtslosen – Rettungsversuch unternehmen würde. Schließlich würden aber auch ihre allerletzten Kräfte aufgebraucht sein, und sie würde, genau wie er, zwischen zerfallenden Industrieruinen, verrosteten Autos und allen möglichen Schrottteilen ihr Leben aushauchen.

Schon länger quietschte irgendetwas. Das Geräusch erinnerte Theo Kettling an einen anhaltenden Zug, wurde lauter und lauter und tat allmählich in den Ohren weh. Erst als er einen beinahe zärtlichen Stups an seinem Oberschenkel spürte und an seiner unverletzten Hand etwas Pelziges fühlte, begriff er, dass es sich bei dem Geräusch um Cleos Jaulen handelte. Anscheinend war ihr mehr oder weniger bewusst, dass sie in nicht unerheblichem Maße Schuld an dem Desaster trug, und nun war sie bemüht, ihr Bedauern ausdrucksstark kundzutun.

Für einen Moment schöpfte er wieder Hoffnung, vielleicht doch noch gerettet zu werden. Dafür aber musste man zunächst die Rölveder Straße erreichen. Mit etwas Glück würde ein Autofahrer entlangkommen, sich schnellstens auf den Weg zum nächsten erreichbaren Telefon machen und den Rettungsdienst alarmieren, dachte Theo Kettling und nahm im selben Moment Motorengeräusch wahr. Erst noch ganz leise und aus weiter Entfernung kommend, wurde es schnell lauter, und schließlich bog mit hohem Tempo ein silberner Ford in die Zufahrt ein. Mit blockierenden Rädern kam das Fahrzeug zum Stehen, und der Mann hinter dem Steuer sprang heraus.

Es war Paul Holtberlet. In unfassbar kurzer Zeit musste er nach Hause gelaufen sein und den Wagen geholt haben.

»O mein Gott, es tut mir ja so leid. Kommen Sie, ich helfe Ihnen.« Engagiert zupackend hievte er zunächst Lieselotte Larisch auf den Beifahrersitz, die verblüffenderweise noch die Kraft fand, sich ihren Rock zurechtzurücken, um nicht das Kunstleder mit Blut zu beschmutzen. Anschließend wurde Theo Kettling in den Fond befördert. »Ich kann Ihnen gar nicht sagen, wie peinlich mir das ist. Im Grunde genommen ist das ja alles meine Schuld … Ach so, der Hund muss ja auch noch mit …«

Paul Holtberlet hatte es kaum ausgesprochen, da sprang Cleo schon auf den inzwischen halb auf der Rücksitzbank liegenden Theo Kettling und leckte ihm über das Gesicht.

Kräftig an der Lenkradschaltung reißend legte Paul Holtberlet den Rückwärtsgang ein und fuhr die Zufahrt genauso schnell hinauf, wie er sie gerade noch vorwärts hinuntergedonnert war.

»Fahren wir nach Hagen oder nach Lünsche ins Krankenhaus? Was geht wohl schneller?«

Da er als Antwort nur eine unmöglich zu interpretierende Mischung aus schmerzerfülltem Stöhnen, wirrem Gemurmel und ununterbrochenem Hundegejaule erhielt, entschied er sich selbstständig für letztere Möglichkeit, haute den ersten Gang rein und fuhr los.

Bewegungsunfähig lag Theo Kettling auf der Rückbank – zum einen, weil ihn bei jedem Versuch, sich zu erheben, sofort wieder der Schwindel einholte, und zum anderen, weil er von Cleo niedergedrückt wurde. Obgleich er permanent damit beschäftigt war, die durch die riesige Zunge des Tieres dargebotenen Mitleidsbekundungen abzuwehren, wusste er jederzeit, wo Paul Holtberlet gerade entlangfuhr. Zunächst ging es die Serpentinen hinauf – aufgrund der höheren Motorleistung noch rasanter, als wenn Lieselotte Larisch gefahren wäre. Beim schnellen Einbiegen in die Kurven stieß sich Theo Kettling – je nachdem, ob das Lenkrad nach links oder rechts eingeschlagen wurde – entweder den Kopf oder die Knie an den Türöffnern. Dann hörte und fühlte er, wie das Auto bei der Fahrt durch Rölvede etwas langsamer wurde und danach sofort wieder mächtig Geschwindigkeit aufnahm. Nachdem Paul Holtberlet später in hohem Tempo die Sauerlandlinie zwischen den Anschlussstellen Lüdenscheid-Nord und Lüdenscheid befahren hatte, setzte er im Stadtgebiet fast ununterbrochen die Hupe ein; offenbar hupte er sich den Weg regelrecht frei.

Theo Kettling indes fragte sich, woran er gleich sterben würde. Würde er verbluten, die Zeit bis zum Erreichen des Krankenhauses einfach nicht mehr durchhaltend? Oder würde Paul Holtberlet das nachholen, was Lieselotte Larisch bislang erstaunlicherweise nicht gelungen war, nämlich einen Autounfall mit Todesfolge zu bauen? Oder würde vielleicht Cleo ihm so lange und intensiv über das Gesicht geleckt haben, bis entweder sein ganzer Kopf weggeleckt oder er ganz einfach vor Ekel gestorben war?

Doch Theo Kettling überlebte die Fahrt. Als die Verletzten vor dem Städtischen Krankenhaus an der Philippstraße mit

Paul Holtberlets Hilfe dem Ford entstiegen waren, kamen sofort zwei Krankenschwestern mit Rollstühlen angelaufen. Sie wirkten aufgeregt bis hektisch, und es war die jüngere der beiden, die einer weiteren, im Eingang stehenden Schwester zurief.

»Geh schnell zu Dr. Seuthe, er muss sofort herauskommen … und sag ihm, dass es irgendwo eine Schießerei gegeben hat.«

14

Lieselotte Larischs Wohnzimmer konnte zwei Tage nach dem folgenschweren Fiasko mit Fug und Recht als gemütlich eingerichtetes Lazarett beschrieben werden.

Auf der Ablage des schweren Eichenschranks lagen allerhand Ersatzverbände und Mullbinden, dazu zwei Rollen Fixierpflaster und ein halbes Dutzend Verbandklammern. Eine beachtliche Auswahl an Schmerzmitteln fand auf dem links danebenstehenden Nähtischchen Platz. Und auf dem in ebenso mühsamer wie kunstvoller Durchbruchstickerei selbst gefertigten Deckchen, das die schon etwas angekratzte Platte des Wohnzimmertisches geschickt kaschierte, lagen mehrere Tuben Heilsalbe sowie ein Merkblatt über den richtigen Umgang mit frischen Wunden.

Mittendrin Lieselotte Larisch und Theo Kettling; sie auf dem Sofa liegend, da auch noch drei Tage nach ihrem Sturz über Kopfschmerzen und Schwindel klagend, er in befremdlich wirkender Schonhaltung im Sessel kauernd. Zwar ließen die Schmerzen an der Hand allmählich nach, und auch das unerträgliche Pochen wurde weniger. Die Rückenschmerzen allerdings waren seit dem Vorfall am Freitag derart heftig, dass er nicht nur seine Ration an diversen Schmerzmitteln eigenmächtig erhöht hatte, sondern auf der Suche nach etwas Linderung auch ständig seine Sitz- beziehungsweise Liegeposition wechselte.

Genau wie Lieselotte Larisch war er im Krankenhaus von Dr. Seuthe behandelt worden, einem kauzig wirkenden, aber nicht unsympathischen, hageren Mann um die fünfzig. Zunächst jedoch war Lieselotte Larisch an der Reihe gewesen. Noch bevor ihre Wunde versorgt worden war, hatte sie beim Röntgen des Schädels eine anstrengende und überaus unangenehme Prozedur über sich ergehen lassen müssen. Eine halbe Ewigkeit lang hatte sie, ganz still auf einem unbequemen Hocker sitzend, den Kopf gegen eine Art Stahlplatte drücken müssen. Immer wieder war sie von der rabiaten Krankenschwester in der Röntgenstation angefahren worden, sie solle still halten und dürfe sich keinen Millimeter bewegen; ansonsten werde das Bild unscharf und man müsse das ganze Verfahren von vorn beginnen. Zwar hatte die Blutung mittlerweile deutlich nachgelassen, eine geringe Menge kam aber nach wie vor aus der Wunde und verschmierte sowohl das Röntgengerät als auch Lieselotte Larischs Stirn. Dazu kam der immer heftiger wirkende Druck auf die ohnehin schmerzende Verletzung.

Als die Tortur endlich überstanden und der Befund – abgesehen von einer recht schweren Gehirnerschütterung – gottlob unauffällig gewesen war, hatte Dr. Seuthe ihr zwei Betäubungsspritzen verabreicht und die Wunde mit zwölf Stichen genäht. Zu allem Überfluss hatte sie anschließend noch eine Tetanus-Spritze in den rechten Oberarm und eine in den linken bekommen. Dr. Seuthe hatte seine Patientin schließlich mit der Überreichung eines beeindruckenden Sortiments an Verbandsmaterial und Medikamenten verabschiedet sowie mit der Aufforderung, sich im Laufe der folgenden Woche zur Kontrolle einzufinden.

Während Lieselotte Larisch behandelt worden war, hatte Theo Kettling in einem gleichermaßen engen wie kahlen und für ihn im höchsten Maße abstoßenden Raum warten müssen. Die Aufforderung der Schwester, Platz zu nehmen, mit dem nachfolgenden Hinweis, es werde ein Weilchen dauern, bis Dr. Seuthe sich um ihn kümmern könne, hatte er zunächst für einen Scherz gehalten. Anstatt sich sofort um seine lebensbedrohliche Blutung zu kümmern, hatte sie ihm ein ausgefranstes Handtuch gegeben und ihn angewiesen, es auf die Wunde zu drücken. Hin und wieder hatte er sich gezwungen, den Frotteestoff höchst vorsichtig von der Hand zu heben, und zu seiner unendlichen Erleichterung war schon sehr bald kaum noch Blut gekommen. Innerhalb von Sekunden war ihm klar geworden, dass er sich mal wieder unnötig verrückt gemacht hatte und dass die zerstörerische Macht seiner Gedanken ein mittelschweres Unglück zu einer ausgewachsenen Katastrophe hatte werden lassen.

Als er endlich an der Reihe gewesen war und Dr. Seuthe seine Verletzung genäht hatte – am Daumen mit vier, am Handrücken mit sieben Stichen –, war ihm denn auch vom Arzt persönlich versichert worden, dass weder für ihn noch für Lieselotte Larisch die Gefahr des Verblutens bestanden habe. Bei Menschen ohne erhöhte Blutungsneigung werde es nur dann kritisch, wenn eine Arterie oder gar die Aorta verletzt sei. Es komme aber immer wieder vor, dass medizinische Laien blutende Verletzungen aus Unwissenheit dramatisierten, fügte Dr. Seuthe jovial hinzu. Man müsse bedenken, dass Blutverluste von bis zu einem Liter in aller Regel kein akutes Risiko darstellten. Allerdings wüssten anscheinend die wenigsten Menschen, wie viel ein Liter sei. Da der Arzt Theo Kettling wohl zur Mehrheit der Ahnungslosen zählte, hatte er ihm folgenden, durchaus ernst gemeinten Rat gegeben: »Füllen Sie doch mal eine gewöhnliche Null-Komma-Sieben-Liter-Sprudelflasche mit Leitungswasser und verschütten Sie dann den Inhalt auf den Gehsteig. Oder auf die Eingangstreppe vor Ihrem Haus. Sie werden sich wundern, was da für eine mächtige Pfütze entsteht. Und dann stellen Sie sich vor, es wäre kein Wasser, das da vor Ihnen liegt, sondern Blut. Dann sähe das Ganze für Sie mit

Sicherheit Furcht einflößend genug aus. Und dennoch besteht bei einem Blutverlust dieser Menge keine Lebensgefahr.«

Theo Kettling hatte verlogen zugesichert, er werde den Versuch noch am Wochenende durchführen, was Dr. Seuthe mindestens genauso gefreut hatte wie die Tatsache, dass die Bissverletzung vergleichsweise harmlos ausgefallen war. So seien die Verletzungen am Musculus abductor pollicis brevis und am Musculus flexor pollicis brevis nicht besonders tief. Offenkundig war der Mediziner bemüht gewesen, durch die Verwendung lateinischer Fachausdrücke seine intellektuelle Überlegenheit nachzuweisen.

»Davon abgesehen sind Sehnen, Gefäße und Nervenstränge ebenso wenig verletzt wie Sehnenscheiden, Gelenkanteile und Knochen. Wir dürfen also davon ausgehen, dass Sie außer zwei mittelprächtigen Narben nichts zurückbehalten werden.«

Schließlich hatte auch Theo Kettling jeweils eine Tetanus-Spritze in den rechten und den linken Oberarm, seine persönliche Ausstattung an Ersatzverbänden und Schmerztabletten sowie die Aufforderung erhalten, in der nächsten Woche zur Kontrolle ins Krankenhaus zu kommen. Und natürlich hatte sich Dr. Seuthe bei der Verabschiedung nicht die mit einem schelmischen Grinsen geäußerte Empfehlung für seinen Patienten verkneifen können, er möge doch künftig lieber einen Bogen um große Hunde machen.

*

Nachdem sie eine halbe Stunde geruht hatte, erhob sich Lieselotte Larisch vom Sofa und hielt sich kurz den offenbar immer noch schmerzenden Kopf. Dann schüttelte sie sich und ging mit zwar gedämpftem, aber immer noch beeindruckendem Tatendrang ins Bad. Theo Kettling blieb im Wohnzimmer, wo er weiterhin in beinahe artistisch anmutender Haltung im Sessel hockte. Dabei hätte er sich erstmals ohne Probleme aus selbigem erheben können, weil Cleo überraschenderweise nicht auf seinen Füßen lag, sondern mit trauriger Miene in der Diele. Ihr Frauchen war diesmal sehr nachtragend und bestrafte das Tier seit dem Scharmützel am Mittwoch mit Liebesentzug.

Den aus dem Badezimmer kommenden Geräuschen entnahm Theo Kettling, dass Lieselotte Larisch einen weiteren Versuch unternahm, die blutverschmierten Textilien zu reinigen. Er hörte, wie der Wasserhahn aufgedreht wurde und der Durchlauferhitzer ansprang. Nach etwa einer Minute wurde der Hahn wieder zugedreht. Es folgten intensive Walk- und Schrubbgeräusche, die gemeinsam mit Lieselotte Larischs angestrengtem Schnaufen eine Art akustisches Denkmal der Arbeit bildeten. Drei- oder viermal eilte sie in die Küche, kam jedes Mal mit einem neuen Reinigungsmittel zurück, um gleich wieder ins Bad zu gehen und noch heftiger zu scheuern und zu bürsten.

»Ich habe fast alles sauber bekommen, Theo! Auch Ihre Jacke und Ihr Hemd. Nur meine verdamm… meine Wildlederschuhe …«

Lieselotte Larisch hatte noch im Krankenhaus angeboten, sich um die Blutflecken in Theo Kettlings Kleidungsstücken zu kümmern. Außerdem sei es doch Unfug, wenn er alleine zu Hause sitze; bei ihr im Bauernhaus lasse es sich viel besser regenerieren, und im Übrigen sei geteiltes Leid halbes Leid. Theo Kettling hatte lediglich das erste Angebot angenommen und es vorgezogen, seine Wunden in der eigenen Wohnung zu lecken. Erst am Freitagmorgen hatte er schließlich nachgegeben und sich von Lieselotte Larisch abholen lassen. Deren Tagesplanung hatte vorgesehen, sich nach Frühstück und anschließendem Ruhen noch einmal intensiv mit dem Stand der Ermittlungen zu befassen.

Zunächst aber stellten sie die Blutflecken auf ihren Wildlederschuhen vor eine anscheinend unlösbare Aufgabe. Der Verzweiflung nahe stürmte sie ein letztes Mal in die Küche und kam mit einer alten Sprudelflasche zurück. Das Etikett war mit Malerkreppband überklebt worden, und nun war statt des Schriftzugs »STAATL. FACHINGEN« das Wort »Tri« zu lesen.

»Damit werde ich es schaffen«, kündigte Lieselotte Larisch selbstbewusst an, als sie in der Wohnzimmertür stand und Theo Kettling die Flasche entgegenhielt.

»Ich wäre da vorsichtig …«

»Ach was, Sie werden gleich sehen, wie das geht«, schmetterte sie den Einwand ab und verschwand wieder im Bad. Theo Kettling indes war durchaus bekannt, was »Tri« bedeutete – es war die vielverwendete Abkürzung für Trichlorethen. Keiner der in der Region so zahlreichen metallverarbeitenden Betriebe kam ohne diese berühmt-berüchtigte klare Flüssigkeit aus. Man füllte sie in große Behältnisse, die sogenannten Tri-Bäder, in die man dann die von der Herstellung ölverschmierten Teile eintauchte. Schon nach wenigen Sekunden war alles sauber und völlig fettfrei. Und da fast jeder jemanden kannte, der in einem solchen Betrieb arbeitete, gab es in den meisten Haushalten eine Flasche Tri. Deren Inhalt kam immer dann zum Einsatz, wenn es galt, mit besonders hartnäckigen klebrigen Verschmutzungen fertigzuwerden.

Allerdings empfahl es sich nicht nur, anschließend die Hände mit einer fetthaltigen Creme einzureiben, es war auch große Vorsicht bei der Verwendung auf empfindlichen Materialien geboten. Lieselotte Larischs Schrubb- und Bürstfrequenz jedenfalls wurde schon bald deutlich langsamer und kam schließlich ganz zum Erliegen. Anschließend war zwanzig oder dreißig Sekunden lang, abgesehen von einigen geflüsterten Verwünschungen, nichts zu hören.

»Ist alles in Ordnung, Frau Larisch?«

»Äh … ja … das hat ganz wunderbar funktioniert.« Wie ein geölter Blitz schoss sie an der Wohnzimmertür vorbei ans andere Ende der Diele. Theo Kettling hörte, wie sie die Tür zur Vorratskammer aufriss und hektisch die Schuhe darin verschwinden ließ.

»Aah, das ist schön«, rief sie plötzlich mit sich überschlagender Stimme, »wir bekommen Besuch.«

Theo Kettling drehte sich unter Schmerzen und den hässlich knackenden Geräuschen seiner Wirbelsäule um und sah durch das Fenster, wie Paul Holtberlets Ford vor dem Haus hielt.

Die Front des Wagens hatte mittlerweile das Gesicht des Fahrers angenommen. Immer wenn Theo Kettling einen Menschen kennenlernte, der ein Auto besaß, sah das Fahrzeug schon nach kurzer Zeit – zumindest von vorn – so aus wie sein Besitzer. Früher sah Onkel Josefs Adler Trumpf so aus wie Onkel Josef, Lieselotte Larischs Daf sah aus wie Lieselotte Larisch, und nun erblickte er durch das Wohnzimmerfenster gleich zweimal das Gesicht von Paul Holtberlet – hinter der Windschutzscheibe die Ausführung aus Fleisch und Blut und etwas darunter die aus Glas, Blech und Chrom.

Lieselotte Larisch klatschte, wie bei erfreulichem Besuch üblich, in die Hände und begrüßte den Gast vor lauter Aufregung beinahe schreiend, während Theo Kettling Mühe hatte, sich ein Lächeln abzuringen. Verbunden mit unzähligen Bedauernsbekundungen informierte sich Paul Holtberlet bei beiden über den Stand der Genesung.

»An Ihrer Stelle würde ich den Kerl anzeigen. Hätte er seinen Hund besser im Griff, wäre das alles gar nicht passiert.« Paul Holtberlet war nicht der Erste, der auf diese Idee kam;

Lieselotte Larisch und Theo Kettling hatten darüber bereits diskutiert, sich aber nicht zu einer Anzeige durchringen können. Lieselotte Larischs Abneigung gegen Polizeibeamte war ungebrochen, und außerdem wollte man jeden denkbaren Hinweis darauf vermeiden, als Hobbyermittler tätig zu sein.

»Ach, wissen Sie, wir möchten nicht, dass der Hund ins Tierheim muss – oder sogar eingeschläfert wird«, antwortete sie schließlich taktisch.

»Da haben Sie natürlich auch wieder Recht … zumal ja auch *Ihr* Hund an der Auseinandersetzung beteiligt war. Man weiß ja nie, wie ein Richter so etwas bewertet.«

Lieselotte Larisch starrte erschrocken auf die Tischplatte; offensichtlich stellte sie sich gerade vor, wie man ihr Cleo per Justizbeschluss wegnahm. Sie klopfte die Hündin zu sich heran und streichelte ihr liebevoll über den Kopf. Die Versöhnungsgeste wirkte so unerwartet rührend auf Theo Kettling, dass er Mühe hatte, nicht loszuheulen.

Paul Holtberlet nutzte die Gesprächspause und startete wie aus dem Nichts einen weiteren quälenden Vortrag über die Geschichte der Sprengstofffabrik. Offenbar hatte er mit dem vermeintlichen Krankenbesuch vor allem nach einer neuerlichen Möglichkeit gesucht, mit seinen heimatgeschichtlichen Kenntnissen zu glänzen. Und jetzt, da er seine Chance sah, sprudelte es nur so aus ihm heraus.

Theo Kettling sah sich nicht in der Lage, die Energie zum Zuhören aufzubringen. Er schaute ihn weiter mit interessiertem Gesichtsausdruck an, ging aber in Gedanken noch mal die Theorien im Zusammenhang mit dem Verschwinden von Marie Bassenge und dem Mord an Ernst Rott durch.

Nach wie vor hielt er seine Version für die wahrscheinlichste: Der alte Rott hatte damals die junge Frau umgebracht, das hatte Gerd Bassenge irgendwie erfahren und den Alten ermorden lassen – so einfach war das. Lieselotte Larischs Konstruktionen, wonach entweder Gerd Bassenge seine eigene Frau auf dem Gewissen hatte oder aber Ernst Rott der jungen Marie half, irgendwo ein neues Leben zu beginnen, waren für Theo Kettling rein theoretischer Natur und konnten nur von jemandem stammen, der den alten Rott nie live und in Farbe erlebt hatte.

Nach einigen Minuten engagierten Redens kam Paul Holtberlet zum Abschluss seines Referats: »Am Ende hat alles nichts geholfen. 1932 wurde die Fabrik geschlossen. Die Explosivstoff-Produktion im Volmetal war Geschichte.«

Er hatte die Stimme gesenkt und so geklungen wie jemand, der vom tragischen Tod eines allzu früh gegangenen Menschen spricht. Es folgte ein langes Schweigen, das überraschenderweise Theo Kettling beendete.

»Sagen Sie, Herr Holtberlet, kannten sich die Beschäftigten der Sprengstoff AG eigentlich alle untereinander?«

Nicht nur der Gefragte, auch Lieselotte Larisch war offenbar ziemlich erstaunt, dass Theo Kettling das Wort ergriffen hatte und sogleich um Präzisierung bemüht war.

»Ich meine, hatte beispielsweise jemand, der im Labor arbeitete, Kontakt mit einem Arbeiter, der … sagen wir mal an der Schießstrecke tätig war?«

»Nun, das kommt darauf an. Zumindest während der Zeit des Ersten Weltkriegs kannten sich bestimmt nicht alle Mitarbeiter persönlich, dafür waren es einfach zu viele. Und es war natürlich auch so, dass die Arbeiter mit den Angestellten in den Verwaltungsbereichen oder auch mit denen im Laboratorium in der Regel kaum etwas zu tun hatten. Auf der anderen Seite war der Zusammenhalt unter den Beschäftigten sehr groß, und man lief sich ja zwangsläufig oft über den Weg – zum Beispiel mittags in der Kantine.«

Theo Kettling und Lieselotte Larisch sahen sich enttäuscht an. Die Antwort von Paul Holtberlet konnte alles und nichts bedeuten, und sie belegte endgültig, dass man keinen Zentimeter vorangekommen war und dass der letzte Ausflug auf das Gelände der Sprengstofffabrik nichts eingebracht hatte außer den erlittenen Verletzungen.

Nur allzu gern hätte Lieselotte Larisch ihren Gast zum Mittagessen dabehalten. Aber Paul Holtberlet blieb eisern; seine Frau habe gewiss ihrerseits das Essen schon auf dem Herd und er bekomme großen Ärger, wenn er zu spät oder bereits satt zu Hause eintreffe.

Dabei hätte Theo Kettling etwas Beistand durchaus gebrauchen können, denn heute stand Labskaus auf der Speisekarte. Wochenlang war es ihm gelungen, Lieselotte Larisch von ihrem Vorhaben abzubringen, doch nun war ihre lukullische Kompromissbereitschaft aufgebraucht. Sie habe am Morgen bereits frischen Matjeshering gekauft, und gleich werde er, Theo Kettling, erfahren, wie hervorragend diese norddeutsche Spezialität schmecke. Um die Vorfreude noch zu steigern, wies sie gleich mehrfach darauf hin, dass sie das Rezept von einem Wangerooger Wirt und gebürtigen Insulaner habe. Sie sei während der diversen Klassenfahrten immer wieder in seinem Fischrestaurant zum Essen gewesen, und es habe jede Menge Zeit, Geduld und Überredungskunst erfordert, bis er sie schließlich in das Geheimnis der richtigen Zubereitung eingeweiht habe.

Den optischen Eindruck des schließlich von Lieselotte Larisch servierten Seemannsgerichts mit den Worten »zum Kotzen« zu beschreiben, wäre einer maßlosen Untertreibung gleichgekommen. Auf dem Teller lag ein gewaltiger Haufen einer rosafarbenen bis roten Masse, die aussah wie ein riesiges herausgeschnittenes Geschwür. Darauf waren zwei Spiegeleier sowie der Matjeshering platziert und seitlich eine große Gewürzgurke.

»Essen Sie, Theo. Es wird Ihnen schmecken.«

Theo Kettling befürchtete, sich gleich beim ersten Bissen quer über den Tisch erbrechen zu müssen. Mit dem Messer schob er eine winzige Portion auf die Gabel und führte sie langsam und unter einem massiven Schwindelanfall zum Mund.

Er kaute zwei-, dreimal … und plötzlich machte sich zu seinem großen Erstaunen ein vortrefflicher Geschmack breit. Schon bald konnte er, über sich selbst verwundert, den Anblick auf seinem Teller ausblenden und mit Appetit essen.

Nachdem er sich bedankt und der Köchin ein dickes Kompliment gemacht hatte, brachte er das Gespräch wieder auf die Ermittlungen.

»Ich weiß einfach nicht, wo wir jetzt noch ansetzen sollen. Wir können doch nicht zu Gerd Bassenge fahren und ihn fragen, warum er den alten Rott hat umbringen lassen.«

»Nein, das können wir natürlich nicht … Wir müssen gemeinsam noch einmal ganz konzentriert nachdenken; es gibt ganz bestimmt eine Möglichkeit, an die wir noch nicht gedacht haben.«

Theo Kettling fragte sich, ob Lieselotte Larisch das wirklich glaubte oder ob sie sich nur selbst Mut zusprach.

»Es würde uns ja schon helfen, wenn wir nur etwas mehr über Herrn Rott wüssten; aber selbst Sie als sein Nachbar haben ihn im Grunde ja gar nicht gekannt«, sagte sie mit vorwurfsvollem Unterton.

»Alle haben ihn im Grunde gar nicht gekannt, weil er ja zu niemandem Kontakt haben wollte«, rechtfertigte sich Theo Kettling.

Lieselotte Larisch dachte kurz nach. »Vielleicht sollten wir noch mal ins Zeitungsarchiv gehen. Möglicherweise haben wir den entscheidenden Artikel über das Schicksal von Marie Bassenge übersehen.«

»Das glaube ich kaum. Wir sind doch noch die nächsten sechs oder sieben Jahrgänge durchgegangen, und da war nichts – nicht der kleinste Hinweis.«

»Dann gehen wir ins Archiv der *Westfälischen Rundschau.*«

»Da werden wir garantiert nichts finden – die Rundschau gibt es in Lüdenscheid erst seit … so ganz genau weiß ich's auch nicht, aber jedenfalls erst seit nach dem Krieg.«

»Na also, der Krieg war 1918 vorbei.«

»Nach dem Zweiten Weltkrieg, nicht nach dem Ersten!«

Lieselotte Larisch war deutlich anzumerken, wie wenig Freude es ihr bereitete, mehrfach nacheinander und vor allem berechtigterweise belehrt zu werden.

Theo Kettling versuchte seine vermeintliche Überlegenheit zu nutzen: »Ich finde, wir sollten mit dem, was wir mittlerweile so alles herausgefunden haben, zur Poliz…«

»Auf keinen Fall! Man wird uns für verrückt erklären und sich über uns lustig machen. Das habe ich alles schon durch – vielen Dank.«

»Die tappen wahrscheinlich nur deshalb im Dunkeln, weil ihnen die entscheidenden Hinweise von uns fehlen. Die würden Gerd Bassenge verhören und ganz schnell herausfinden …«

»Die tappen deshalb im Dunkeln, weil sie die entscheidenden Hinweise nicht ernst nehmen und ihre Informanten ungehört wieder nach Hause schicken.«

Es half nichts – Lieselotte Larisch schien mittlerweile eine regelrechte Phobie gegen das Auge des Gesetzes entwickelt zu haben und war derart bockig, dass sie sich wahrscheinlich durch nichts und niemanden davon hätte abbringen lassen, die Ermittlungen selbst durchzuführen. Immerhin zeigte sie sich Theo Kettling gegenüber großmütig, indem sie den Bleikristall-Aschenbecher aus dem Schrank nahm und ihn mit gönnerhafter Miene auf den Tisch stellte.

Dass die Polizei von sich aus auf die Spur des Täters stoßen würde, war jedenfalls weniger wahrscheinlich denn je. In den Zeitungen war schon lange nichts mehr zu lesen; zuletzt hatten sie sich Mitte Juli mit dem Verbrechen beschäftigt, allerdings nur, um die Leser darüber zu informieren, dass die zur Aufklärung des Falles gebildete Mordkommission aufgelöst worden war. Der Hinweis, die Kripo habe die Untersuchungen damit keinesfalls abgeschlossen und sei guter Dinge, den Täter noch ermitteln zu können, hatte wenig glaubhaft gewirkt.

»Welches Detail haben wir übersehen?« Lieselotte Larisch schaute mit verkniffenen Augen zur Zimmerdecke, die Zungenspitze aus dem Mundwinkel schiebend.

»Wir sind alles hundert- oder vielleicht sogar tausendmal durchgegangen – wir haben nichts übersehen.«

»Doch, haben wir!«

Wie üblich, wenn sie einen Geistesblitz bekam, schlug Lieselotte Larisch mit der Hand auf die Tischplatte. Theo Kettling in der Küche und Cleo in der Diele fuhren zeitgleich zusammen.

»Denken Sie daran, was Ihnen der Beamte bei Ihrer Vernehmung gesagt hat.«

Theo Kettling runzelte die Stirn.

»Die größere Summe Bargeld. In der Wohnung des Herrn Rott. Oder haben Sie das schon vergessen?«

»Natürlich nicht, im Allgemeinen funktioniert mein Gedächtnis noch ganz gut«, sagte er gereizt, »ich sehe da allerdings überhaupt keinen Zusammenhang mit Gerd Bassenge.«

»Aber es gibt einen.« Breit grinsend saß Lieselotte Larisch da. Ganz offensichtlich befand sie sich nun wieder in einer ihr überaus angenehmen Situation.

»Vielleicht wären Sie so freundlich, mir diesen Zusammenhang zu erklären.«

»Also …« Sie machte eine betont lange Pause, während der sie sich ihren Kopfverband zurechtzog. »Sowohl Herr Rott als auch Herr Bassenge sind beziehungsweise waren nicht gerade wohlhabend; Herr Rott noch viel weniger als Herr Bassenge. An jeweils einem ganz bestimmten Punkt aber haben beide mit viel Geld zu tun. Bei Herrn Rott ist es die mysteriöse Summe, die in seiner Wohnung gefunden wurde. Und bei Herrn Bassenge?«

Sie zeigte mit dem Finger auf Theo Kettling wie auf einen Schüler, der gerade unaufmerksam gewesen war und von dem sie nun eine korrekte Antwort erwartete.

»ICH WEISS ES NICHT!«

Die lautstark vorgetragene Reaktion zeigte zumindest vorübergehend Wirkung. Lieselotte Larisch vervollständigte den begonnenen Satz selbst und schlug dabei einen erstaunlich sachlichen Ton an.

»… bei Herrn Bassenge ist es seine Tätigkeit in dem Auktionshaus in Dortmund. Dort begutachtet er teuren Schmuck, den er sich selbst kaum leisten könnte.«

Theo Kettling hatte nicht die Spur einer Idee, wofür diese Erkenntnis nützlich sein könnte, verzichtete aber auf eine Nachfrage.

Lieselotte Larisch indes schien gar nicht auf einen Kommentar zu warten. Sie hatte den Blick wieder zur Zimmerdecke gerichtet und die Zungenspitze aus dem Mundwinkel geschoben. Theo Kettling war fast so, als hörte er leise eine Art Betriebsgeräusch aus ihrem Kopf.

Urplötzlich sprang sie auf, nahm ihn wie einen kleinen Jungen an die Hand und eilte mit ihm ins Wohnzimmer. Hektisch suchte sie nach irgendetwas im Telefonschränkchen und stieß einen spitzen Freudenschrei aus, als sie fündig wurde und ein futuristisch anmutendes Kunststoffteil zu Tage förderte. Es war kreisrund, hatte einen Durchmesser von vielleicht acht Zentimetern und war mit einem etwa eineinhalb Meter langen Kabel verbunden. Der Rand des merkwürdigen Gegenstands war wie ein Kragen umgeschlagen, in der Mitte befanden sich sieben kleine Löcher. Das Ganze wirkte wie ein Telefonhörer, an dem das Mikrofon fehlte, und im Prinzip war es das auch.

»Die haben wir gelegentlich in der Schule benutzt, wenn bei heiklen Gesprächen mit renitenten Eltern oder dem Kultusministerium jemand mithören sollte. Für alle Fälle habe ich mir bei meinem Ausscheiden eins für zu Hause gesichert.«

Mit der Spitze des stets neben dem Telefon bereitliegenden Kugelschreibers entfernte Lieselotte Larisch einen Blindstecker an der Unterseite des Fernsprechers und stöpselte den Stecker des Mithörapparates in die frei gewordene Buchse.

»Sie müssen das Ding ans Ohr hängen«, sagte sie und blätterte aufgeregt im Telefonbuch. Nachdem sie den gewünschten Eintrag gefunden hatte, riss sie in gewohnter Weise an der Wählscheibe – in einem Tempo, das es Theo Kettling unmöglich machte, die Rufnummer zu identifizieren. Der Freiton kam, und nach vier oder fünf Sekunden meldete sich jemand.

»Polizei Lüdenscheid!«

Theo Kettling war für einen Wimpernschlag erleichtert, dachte, Lieselotte Larisch hätte es sich anders überlegt.

Doch er hatte sich getäuscht.

»Schiller vom Nachlassgericht Lüdenscheid. Einer jungen Kollegin von mir ist da ein peinliches Versäumnis unterlaufen; sie hat vergessen, das Datum zu notieren, an dem Sie uns die 5000 Mark aus der Wohnung des Mordopfers Ernst Rott übergeben haben. Seien Sie doch bitte so freundlich und sehen Sie kurz nach.«

»Hm … Moment«, sagte der Mann am anderen Ende der Leitung in einem etwas skeptischen Tonfall und legte den Hörer zur Seite. Anschließend war den Geräuschen im Hintergrund zu entnehmen, dass diverse Akten gewälzt wurden.

»Großer Gott, sind Sie verrückt geworden?« Theo Kettling fragte sich unwillkürlich, wie viele Jahre man dafür kriegen würde, die Polizei anzulügen und sich deren Unterstützung bei illegalen Ermittlungen in einem Mordfall zu ergaunern.

Lieselotte Larisch winkte mit einer ihrem Selbstverständnis entsprechenden Mimik ab und wartete sichtbar ungeduldig darauf, dass der Polizist wieder ans Telefon ging.

Nach quälend langer Zeit war es so weit.

»Die Übergabe erfolgte am 14. Juni. Es waren aber nicht 5000, sondern nur 3150 Mark. Und außerdem haben wir Ihnen noch 17 Mark 43 übergeben, die nicht in dem Briefumschlag lagen, sondern in der Geldbörse des Opfers.«

»Primaherzlichendankaufwiederhören«, rief Lieselotte Larisch und knallte fast zeitgleich den Hörer auf die Gabel.

»Um Himmels willen, Frau Larisch, Sie können doch nicht …«

»Ach, Theo, Sie sind immer viel zu zögerlich. Wenn wir nichts unternehmen, werden wir niemals herausfinden, welches Geheimnis hinter dem Mord an Herrn Rott steckt. Und außerdem: Wie soll die Polizei wissen, dass *wir* angerufen haben? Mein Telefon wird ja nicht abgehört.«

»SIE haben angerufen, nicht wir.«

»Wissen Sie noch, wie das Auktionshaus heißt, in dem Gerd Bassenge gelegentlich arbeitet?« Lieselotte Larisch hatte bereits die Nummer der Auskunft gewählt. Die freundliche Dame von der Deutschen Bundespost teilte nach kurzem Suchen mit, sie hätte da in Dortmund bloß ein Auktionshaus namens Lütgenmeier.

»Das ist es!«, schrie Lieselotte Larisch begeistert in den Hörer und ließ sich die Nummer geben.

Unter dem Anschluss meldete sich eine Frau mit einer jungen und zarten Stimme. Theo Kettling stellte sich eine schick gekleidete brünette Schönheit vor, die in einem modernen Büro im Auktionshaus saß, während Lieselotte Larisch mit ihrer Lügentaktik fortfuhr.

»Kriminalpolizei Lüdenscheid, guten Tag. Es geht um das Stück, das ein gewisser Ernst Rott vor einiger Zeit für 3150 Mark an Ihr Haus verkauft hat; es stammt unter Umständen aus einem Einbruch. Wir müssen deshalb wissen, um was für ein Schmuckstück es sich ganz konkret handelt. Sehen Sie doch bitte mal in Ihren Unterlagen nach.«

»Ich glaube kaum, dass ich Ihnen diese Information am Telefon geben darf. Da müssten Sie schon persönlich bei uns vorbeischauen.«

Lieselotte Larisch packte das Zuckerbrot ein und holte die Peitsche heraus.

»Nun hören Sie gut zu, meine Liebe. Wir sind hier einem internationalen Verbrecherring dicht auf den Fersen. Hier geht es für den Steuerzahler um Millionen, und für uns geht es gerade um Minuten. Wenn uns die schweren Jungs wegen Ihnen durch die Lappen gehen, dann … «

»Einen Augenblick bitte, ich sehe sofort nach. Wie war der Name?«

»Rott, Ernst Rott.«

Wie schon beim Anruf in der Polizeiwache hörte man, wie Aktenordner hervorgeholt wurden und darin geblättert wurde. Diesmal aber führte die Suche deutlich schneller zum Erfolg.

»Es handelt sich um einen im Jugendstil gefertigten Damenring. Ein überaus schön und aufwändig gearbeitetes Stück mit einem Altschliffdiamanten von etwa einem Karat.«

»Ah ja … vielen Dank!«

Die junge Mitarbeiterin des Auktionshauses war neugierig geworden: »Und dieser Herr Rott hat uns da wirklich etwas aus einem Einbruch angedreht?«

»Äh … nein, nein, da haben wir wohl einen falschen Hinweis erhalten, das passt gar nicht in unser Muster. Keine Sorge, mit dem Ring ist alles in Ordnung.«

»Na, da bin ich aber beruhigt.«

»Eine letzte Information brauche ich aber noch. Ich muss in der Akte notieren, wer den Ring ersteigert hat – nur um der Vorschrift Genüge zu tun.«

»Einen Moment, da muss ich schnell an einer anderen Stelle …«

Wieder wurden Seiten geblättert, bevor die gewünschte Auskunft erteilt wurde.

»Oh, das ist ja interessant. Das Stück ist gar nicht in eine Auktion gekommen. Unser Chef hat es einem älteren Herren verkauft, der gelegentlich für uns als Experte arbeitet. Er hat ihm da einen ziemlichen Freundschaftspreis gemacht.«

»Würden Sie mir bitte den Namen des Käufers nennen?«

Lieselotte Larisch hatte die Frage nur gestellt, um den Schein zu wahren: Ihr und Theo Kettling war kristallklar, um wen es sich handelte.

15

Das Kofferradio auf der Fensterbank in Dr. Seuthes Behandlungszimmer verbreitete keine erfreulichen Neuigkeiten. Am frühen Morgen waren palästinensische Terroristen in das Olympische Dorf in München eingedrungen und hatten elf israelische Sportler als Geiseln genommen. Zwei von ihnen waren gleich zu Beginn der Geiselnahme erschossen worden, und nun wurden ständig neue Eilmeldungen ausgestrahlt. Vieles von dem, was aus angeblich sicherer Quelle behauptet worden war, hatte man bereits nach Minuten widerrufen müssen. Es herrschte das totale Informationschaos.

Dr. Seuthe fiel es an diesem 5. September 1972 ganz offensichtlich schwer, sich auf die Nachuntersuchung von Lieselotte Larisch und anschließend auf die von Theo Kettling zu konzentrieren. Mehrfach unterbrach er die Begutachtung der Verletzungen und ging zum Radio, um es lauter zu stellen. Bei beiden Patienten kam er schließlich zu dem Ergebnis, dass die Wunden bereits erstaunlich gut verheilt und weitere Kontrollen nicht nötig seien. Die Verabschiedung fiel diesmal ungleich flüchtiger aus als noch vor vier Tagen.

Ausnahmsweise bestand Lieselotte Larisch nicht darauf, nach Rölvede zu fahren und Theo Kettling zu bekochen. Stattdessen meinte sie, man solle sich schnellstens auf den Weg in seine Wohnung machen, um dort vor dem Fernseher die weitere Entwicklung des Geiseldramas zu verfolgen. Der überraschende Vorschlag traf Theo Kettling völlig unvorbereitet. Er hatte nicht aufgeräumt und hätte am liebsten gesagt, dass ihm der Besuch ungelegen käme. Doch ihm fehlte der Mut, und so versuchte er sich während der vertraut halsbrecherischen Fahrt einen Plan zurechtzulegen, dessen Umsetzung es ihm ermöglichen würde, schnell noch das allerschlimmste Chaos zu beseitigen, bevor Lieselotte Larisch die Wohnung betrat. Er würde so schnell, wie es ihm nur möglich war, die Treppe vorauseilen, um dann die gewonnenen Sekunden dafür zu nutzen, die auf dem Boden liegenden Kleidungsstücke in den Wäschekorb zu verfrachten und das ungespülte Geschirr in der Küche wenigstens irgendwie ineinander zu schieben.

Tatsächlich gelang es ihm vor Ort – laut und scheinbar fröhlich »Ich lauf schon mal hohoch« rufend –, einen großen Abstand zwischen sich und Lieselotte Larisch zu legen, und als diese schließlich in die Wohnung schritt, hatte er die geplanten Notfallmaßnahmen absolviert.

Wie immer, wenn Theo Kettling den altersschwachen Schwarzweiß-Fernseher einschaltete, kam zunächst nur der Ton, und es dauerte fast zwei Minuten, bis etwas auf der Mattscheibe zu erkennen war. Gezeigt wurden Live-Bilder vom Olympischen Dorf. Der Bereich um das Haus Conollystraße 31 war weiträumig von Polizisten abgeriegelt worden, und die sahen sich einer immer größer werdenden Menge von Journalisten und Schaulustigen gegenüber. Da sich hier aber ansonsten gerade nicht viel tat, war in einer Wiederholung zu sehen, wie zwei Notarztwagen mit eingeschaltetem Blaulicht das Olympische Dorf verließen. Hinter dem Seitenfenster eines der beiden Fahrzeuge war ein Sanitäter zu erkennen, der eine Infusionsflasche hochhielt. Ebenfalls in einer Wiederholung wurde eine Szene ausgestrahlt, die sich am frühen Morgen zugetragen hatte. Einer der Geiselnehmer zeigte sich am Fenster. Er hatte das Gesicht geschwärzt und trug einen roten Pullover und eine beige Hose.

Lieselotte Larisch hatte höflich darauf gewartet, dass Theo

Kettling ihr einen Platz anböte. Nachdem dieser sich aber wortlos auf dem alten Sofa niedergelassen hatte, setzte auch sie sich ungefragt in den Sessel. Noch einige Minuten lang verfolgte sie die Fernsehbilder, um sich dann schaudernd abzuwenden und eine Diskussion darüber zu beginnen, welche Schlüsse aus den Informationen abzuleiten seien, die man von der Polizei und dem Auktionshaus erhalten hatte.

»Bisher sind wir davon ausgegangen, dass es sich bei dem Mord an Herrn Rott zumindest im weitesten Sinne um eine Beziehungstat handelt. Ich fürchte, wir müssen uns von dieser Theorie lösen.«

Theo Kettling reagierte nicht, sondern zündete sich eine Krone an und schaute weiter auf den Fernseher. In einer Live-Schaltung ins Stadtzentrum wurde gezeigt, wie die Menschen auf dem stark frequentierten Marienplatz dem Glockenspiel am Rathaus kaum Beachtung schenkten. Gesprächsgruppen bildeten sich, und die vor der Kamera befragten Passanten zeigten sich empört über die Geiselnahme und über die unfassbare Rohheit der Täter.

Etwas irritiert über das scheinbare Desinteresse Theo Kettlings setzte Lieselotte Larisch ihre Analyse fort.

»Vor dem Hintergrund der neuen Erkenntnisse spricht vieles dafür, dass wir es mit einem – oder wahrscheinlich sogar mit mehreren – Verbrechen zu tun haben, die aus Geldgier verübt wurden.«

»Aber wie zum Teufel soll das alles zusammenhängen?« Theo Kettling wandte sich Lieselotte Larisch zu, die ihn, wohl als Reaktion auf den Fluch, kurz strafend anblickte und dann eine erste Theorie vorstellte.

»Es ist gut möglich, dass ich mit dem, was ich der Mitarbeiterin des Auktionshauses gesagt habe, gar nicht so falsch lag. Sollte nämlich Gerd Bassenge festgestellt haben, dass es sich bei dem Ring tatsächlich um Hehlerware handelt, dann hat er möglicherweise Ernst Rott gedroht, zur Polizei zu gehen, wenn dieser ihm nicht ein gewisses Schweigegeld zahlt.«

»Aber das hätte eher Ernst Rott einen Grund gegeben, Gerd Bassenge zu ermorden als umgekehrt.«

»Das … muss nicht zwangsläufig so sein.« Offenbar war Lieselotte Larisch auf dem falschen Fuß erwischt worden.

Sie musste eine kurze Denkpause einlegen, um dann selbstbewusster denn je fortzufahren.

»Herr Rott könnte sich geweigert haben, dieses Schweigegeld zu zahlen. Stattdessen drohte er damit, selbst zur Polizei zu gehen und Herrn Bassenge mit hineinzureißen.«

»Und aus welchem Grund hat Bassenge anschließend den Ring gekauft? Damit hätte er sich doch nur unnötig verdächtig gemacht.«

»Nun …«

»Ich glaube, dass es ganz anders war.«

Theo Kettling machte eine Pause, um die Spannung zu erhöhen – genau so, wie Lieselotte Larisch es immer tat.

»Dann los, raus mit der Sprache!«

»Als Kenner hat Gerd Bassenge erkannt, dass der Ring recht wertvoll ist. Er hat eine falsche Expertise erstellt und damit einen zu niedrigen Preis ermittelt. Auf diese Weise hat er das Teil von seinem Chef sehr billig bekommen. Der alte Rott, der ja nun wusste, wie viel der Ring wirklich wert ist – jedenfalls so ungefähr –, hat Gerd Bassenge erpresst, und der wollte aber nicht zahlen und hat den Alten umbringen lassen.«

Lieselotte Larischs Miene nach zu urteilen, hielt sie wenig bis gar nichts von der Theorie.

»Warum hat Herr Bassenge ausgerechnet bei diesem Ring einen zu niedrigen Preis angesetzt? Diesen Trick hätte er ja schon vorher anwenden können. Er hätte in schöner Regelmäßigkeit billig Schmuck kaufen und ihn unter der Hand mit Gewinn verkaufen können.«

»Vielleicht hat er das ja tatsächlich so gemacht. Ja … genau, Sie haben Recht. Gerd Bassenge hat das immer mal wieder gemacht, wenn er etwas Kleingeld gebrauchen konnte. Und der alte Rott ist ihm auf die Schliche gekommen.«

»Nie und nimmer, Theo. Herr Rott hat lediglich diesen einen Ring in Zahlung gegeben. Ansonsten stand er doch in keinerlei Kontakt zum Auktionshaus.«

Theo Kettling überlegte kurz, bevor er aufgeregt sein nächstes Konstrukt präsentierte und Lieselotte Larisch erstaunlich selbstbewusst zurechtwies.

»Es spielt überhaupt keine Rolle, ob er zum Auktionshaus Kontakt hatte. Es reicht, wenn er in Kontakt mit Gerd Bassenge stand. Ich will Ihnen sagen, wie es war: Die beiden bildeten ein perfektes Ganoven-Duo. Der Alte war der Mann fürs Grobe. Er hat die Ware über irgendwelche dunklen Kanäle beschafft. Wahrscheinlich war er sogar selbst an verschiedenen Einbrüchen beteiligt, der Kerl ist … äh, war doch bestimmt zu allem fähig. Und der Bassenge war der feine Herr im Hintergrund. Der, der die Sachen weiterverkauft hat; vielleicht nicht gerade über das Auktionshaus selbst – das wäre zu gefährlich gewesen; aber über Kunden oder Kollegen, die sich in der Branche auskennen. Gut möglich, dass er dafür Namensgravuren weggeschliffen hat, die zu den wahren Besitzern hätten führen können.«

Lieselotte Larisch blickte nach wie vor skeptisch drein, konnte aber zumindest dem letzten Punkt der so leidenschaftlich vorgetragenen Ausführungen Theo Kettlings etwas abgewinnen: »Mit dem Wegschleifen könnten Sie sogar Recht haben. Ich glaube allerdings, dass dies zu einem ganz anderen Zweck geschehen ist, als Sie es vermuten.«

Theo Kettling ärgerte sich mal wieder über die subtil zum Ausdruck gebrachte Rechthaberei und hätte außerdem gern die gerade begonnene Pressekonferenz zum Geiseldrama verfolgt. Lieselotte Larisch aber schenkte dem Münchener Polizeipräsidenten Manfred Schreiber, der mit Schweißtropfen auf der Stirn in die Kameras sprach, keinerlei Beachtung. Offenbar nahm die geistige Ermittlungsarbeit ihre ganze Konzentration in Anspruch. Dafür überraschte sie allerdings auch mit einer völlig neuen Hypothese.

»Wenn es bei dem Mord wirklich um Geld gegangen ist und nicht um menschliche Beziehungen, dann ist das Grab im Wald vielleicht gar kein Grab.«

»Sondern?«

Theo Kettling schaute mit einem Auge immer noch auf den Fernseher und versuchte den Worten des bemitleidenswerten Polizeipräsidenten zu folgen. Als er merkte, dass dieser eigentlich nur die ohnehin schon bekannten Fakten aufzählte, wandte er sich wieder Lieselotte Larisch zu, die – von der ihr zuteilgewordenen Aufmerksamkeit zusätzlich motiviert – ihren Denkansatz weiterentwickelte.

»Unser Grab ist in Wirklichkeit ein Versteck für Hehlerware oder für aus dem Verkauf von Hehlerware erlöstes Geld.«

Theo Kettling bemühte sich, Lieselotte Larisch ähnlich skeptisch anzusehen wie sie ihn zuvor. Erstaunlicherweise zeigte dies Wirkung, und sie korrigierte sich umgehend.

»Nun ja, es ist aktuell sicher kein Versteck mehr, aber es könnte eines gewesen sein, und Herr Rott war vielleicht der Einzige, der wusste, wo genau es sich befand. Der Fremde, dem ich im Wald begegnet bin, hat im Auftrag von Herrn Bassenge Herrn Rott aufgesucht, ihm das Messer an den Hals gehalten, sich den genauen Standort sagen lassen und ihn dann erstochen. Anschließend hat sich der Unbekannte – mit der Schaufel bewaffnet – aufgemacht, die Beute ausgegraben und sie an sich genommen. Vermutlich hat er sie dann mit Herrn Bassenge geteilt.«

»Und wie hängt das damit zusammen, dass Bassenge den Ring gekauft hat, den der alte Rott in Zahlung gegeben hat?«

»Aber dadurch ist er doch überhaupt erst auf das Versteck und auf die Beute aufmerksam geworden. Er hat eine Gravierung in dem Ring entdeckt, die ganz anders war als alle, die er zuvor gesehen hatte. Da stand nämlich kein Name und auch kein Datum, sondern eine Art Schlüssel.«

»Was denn für ein Schlüssel?« Theo Kettling verstand gar nichts mehr.

»Nun … so eine Art Kombination. Irgendwelche Koordinaten, die zu dem Versteck im Wald führten. Es ist gut möglich, dass die beiden, so wie Sie es vermuten, tatsächlich ein Gauner-Duo waren. Aber Herr Bassenge hat gemerkt, dass Herr Rott ihn dieses eine Mal übervorteilen wollte; dass es gar nicht um den Ring an sich ging, sondern um die wertvollen Informationen, die darin eingraviert waren. Natürlich wollte Herr Bassenge auch ein ordentliches Stück von dem großen Kuchen haben. Und da Herr Rott nicht mit sich reden ließ oder sich dumm stellte, hat Herr Bassenge diesen schrecklich aussehenden Mann losgeschickt, um die Wahrheit aus Herrn Rott herauszuholen. Und den Rest kennen wir ja …«

Theo Kettling hielt Lieselotte Larischs Theorie für völlig überkandidelt. Seine eigene war umso simpler.

»Ich glaube ganz einfach, dass der Alte das Geld nicht teilen wollte, das er für den gestohlenen Ring vom Auktionshaus kassiert hat. Und Bassenge hat dann diesen Kerl losgeschickt, um es einzutreiben. Warum der Rott dann sterben musste, weiß ich auch nicht so genau; vielleicht hat er um Hilfe geschrien und musste ruhiggestellt werden.«

»Sie vergessen, dass das Geld noch in der Wohnung des Opfers war.«

»Oh, keineswegs. Aber wenn der Alte tatsächlich laut geschrien hat, dann hatte der Kerl mit dem Messer sicher nicht die Gelassenheit, den Rott erst niederzustechen und anschließend in aller Ruhe das Geld zu suchen. Also musste er es zurücklassen, wenn er nicht riskieren wollte, erwischt zu werden.«

»Und? Hat irgendjemand im Haus Schreie gehört?«

Theo Kettling hätte Lieselotte Larisch liebend gern den Hals umgedreht. Allerdings musste er sich eingestehen, dass die in einem unerträglich besserwisserischen Tonfall vorgetragene Frage an sich durchaus berechtigt war. Die Wahrscheinlichkeit, dass keiner der Bewohner die Schreie gehört hätte, war ziemlich gering. Es war natürlich möglich, dass Ernst Rott mal wieder überlaut Marschmusik gehört hatte, dann aber hätte er wohl auch das Klingeln an der Tür nicht gehört, und wie dem ersten Zeitungsartikel nach Bekanntwerden des Mordes zu entnehmen gewesen war, hatte sich der Täter nicht gewaltsam Zugang zur Wohnung verschafft, sondern wurde offenbar vom Opfer hereingelassen.

Lieselotte Larisch wirkte plötzlich nachdenklich.

»Dieser merkwürdige Mann, den ich im Wald gesehen habe. Und den die beiden Jungen beobachtet haben, als er in dieses Haus hier ging …«

»Was ist mit dem?«

»Zeigen Sie mir doch bitte noch mal das Phantombild.«

Theo Kettling schleppte sich gebückt in die Küche, wo die Zeichnung nach wie vor am Schrank klebte. Vorsichtig löste er den Tesafilm, ging zurück ins Wohnzimmer und händigte das skurril anmutende Werk Lieselotte Larisch aus, die es lange und beinahe andachtsvoll ansah.

»Das kommt hier nicht so gut zur Geltung, aber dieser furchteinflößende Mensch sieht Herrn Bassenge in gewisser Weise ähnlich. Nicht auf den ersten Blick, aber die Augen … Es ist fast so, als sei dies ein Sohn von Herrn Bassenge. Oder ein jüngerer Bruder.«

»Aber uns hat er damals gesagt, dass er außer seiner Tochter und ihrem Mann keine Verwandten mehr hat.«

»Das ist nicht ganz richtig. Er sagte uns, dass er keine Verwandten mehr *in der Nähe* habe.«

»Macht das einen Unterschied?«

»Natürlich. Es ist doch möglich, dass es einen Angehörigen gibt, der irgendwo weit entfernt wohnt. Wenn er den damit beauftragt hat, den Mord zu verüben, war dieser Umstand sogar recht günstig. Selbst wenn jemand den Täter beobachten würde, so blieb das Risiko, identifiziert zu werden, doch eher gering; schließlich wäre der Mann in Lüdenscheid nicht bekannt.«

So ärgerlich Lieselotte Larischs ständige Belehrungen für Theo Kettling auch waren – in den allermeisten Fällen hatte das, was sie sagte, Hand und Fuß. Sie dachte ganz einfach den vielleicht entscheidenden Schritt weiter als er.

Demoralisiert lehnte er sich zurück. Es ließen sich beinahe unzählige Theorien entwickeln, aber es gab anscheinend keine Möglichkeit, die falschen durch Logik auszuschließen, geschweige denn der Lösung des Falls auf die Spur zu kommen.

»Ach, Frau Larisch, das ist doch alles …«

Jemand klingelte an der Haustür, so dass Theo Kettling sein einsetzendes Wehklagen abbrechen musste. Unter körperlichen und seelischen Schmerzen erhob er sich vom Sofa und ging zur Gegensprechanlage in der Diele.

»Ja, bitte?«

»Ich bin 's, Sabine. Brauchst nicht mehr zu drücken, die Tür war auf.«

Ihm rutschte das Herz in die Hose. Da bekam er mal Besuch von dieser wunderbaren jungen Frau, und ausgerechnet dann saß dieses dicke, herrische alte Weib in seinem Wohnzimmer.

»Wer ist es denn, Theo?«, rief Lieselotte Larisch von hinten, während Sabines Schritte durch das Treppenhaus hallten und bedrohlich schnell näher kamen. Theo Kettling überlegte fieberhaft, wie er die Begegnung der beiden verhindern konnte, doch ihm fiel nichts ein. Zumindest würde er Sabine kurz zur Seite nehmen und ihr erklären müssen, dass Lieselotte Larisch lediglich eine gute Bekannte sei, um damit von vornherein den unendlich peinlichen Eindruck zu verhindern, es handele sich um seine Lebensgefährtin.

Der Plan indes ging nicht auf. Sabine deutete Theo Kettlings Geste als Einladung zur Umarmung, die sie in ihrer jugendlichen Dynamik stürmisch annahm, bevor sie mit schnellen Schritten in die Wohnung ging. So musste er hilflos mit ansehen, wie sie im Wohnzimmer auf eine sich mal wieder überschwänglich freuende und laut in die Hände klatschende Lieselotte Larisch traf und im ersten Augenblick tatsächlich etwas irritiert schien.

Bereits im nächsten Moment aber konnte man den Eindruck haben, dass die junge und die alte Frau einander schon ewig kennen würden und sich nach längerer Zeit wiedersähen. Gerade so, als befände sie sich in ihrem eigenen Haus, bot Lieselotte Larisch der Besucherin einen Platz auf dem Sofa an; die ließ sich nicht lange bitten und machte es sich in Theo Kettlings Stammecke gemütlich.

Dann begann eine Unterhaltung zwischen Sabine und Lieselotte, die enorm lebhaft und begeistert geführt wurde. Sabine erzählte von ihrem Studium, von dem festen Wunsch, später mal als Meereszoologin zu arbeiten, und von der Faszination, die das Leben in den Ozeanen auf sie ausübe. Im Gegenzug gab Lieselotte allerhand mehr oder weniger amüsante Geschichtchen aus ihrem langen Berufsleben zum Besten und kam dabei – Theo Kettling hatte es befürchtet – auch auf die diversen Klassenfahrten nach Wangerooge zu sprechen. Von diesem Moment an wurde die Konversation nochmals temperamentvoller, denn Sabine war als Kind jedes Jahr mit ihren Eltern auf der Nachbarinsel Spiekeroog im Urlaub gewesen, und Lieselotte Larisch wiederum hatte in früheren Zeiten viele Tagesausflüge dorthin unternommen.

Während die beiden sich in mittelschwere Ekstase redeten, schaute Theo Kettling von der ungewohnten Seite des Sofas aus betrübt auf den nach wie vor laufenden Fernseher. Trotz der Gesellschaft saß er völlig einsam da und fühlte sich unendlich überflüssig. Selbst wenn er es gewollt hätte, wäre er wohl kaum in das Nordseeinsel-Gespräch einbezogen worden.

Es war so wie früher als Kind. Er, der die Rolle des Außenseiters perfekt ausgefüllt hatte, war nur selten von den anderen Jungen in seinem Alter akzeptiert worden und stand fast immer im Abseits.

Er fragte sich, warum Lieselotte Larisch gegenüber Sabine weniger oberlehrerhaft und besserwisserisch auftrat als bei ihm und sie stattdessen wie eine gute Freundin behandelte. Lag es vielleicht daran, dass sich die beiden gerade erst kennengelernt hatten und Lieselotte Larisch eine Art Anfangshöflichkeit einhielt? Oder hatte Sabine einfach nur das Glück, eine Frau zu sein und somit für die Opferrolle nicht in Betracht zu kommen? Oder aber lag es daran, dass sie nicht die negativen Signale an ihre Mitmenschen aussendete, wie er, Theo Kettling, es vermutlich tat? Und dass sie zwar nett und höflich auftrat, aber dennoch ein Maß an Selbstbewusstsein ausstrahlte, das nötig war, um Lieselotte Larisch quasi prophylaktisch in die Schranken zu weisen? Ein Selbstbewusstsein, über das er einfach nicht verfügte …

Von Minute zu Minute fokussierte sich sein Bewusstsein stärker auf seinen Rücken. Er fragte sich, ob es an diesem Tag auch nur ein oder zwei Minuten gegeben hatte, in denen das Denken an die Schmerzen nicht da war.

»Also – was ist nun, Theo? Du kommst doch mit?«, fragte Sabine plötzlich, und Lieselotte Larisch nahm ihm die Beantwortung gleich ab.

»Natürlich kommt er mit.«

»Äh, wohin …«

»Na zur ika, da haben wir doch gerade drüber gesprochen«, sagte Sabine, während sie sich aufstehend lässig die verwaschene Jeansjacke überwarf.

Theo Kettling war so tief in seine Grübeleien abgetaucht gewesen, dass er von dem Gespräch der beiden Frauen nichts mehr mitbekommen hatte. Doch er wusste auch so, was nun anstand.

Die »ika '71« war eine Ausstellung hochmoderner Kunststoffhäuser, die auf einem großen Freigelände nahe des Stadtteils Höh ihren Platz hatte. Vor einem Jahr, im August 1971, war sie von Nordrhein-Westfalens Innenminister Willi Weyer eingeweiht worden. »Die Welt zu Gast in Lüdenscheid« – so hatte das Motto der Eröffnungsfeier gelautet, die in der gigantischen Traglufthalle stattgefunden hatte und bei der unter anderem die Schlagersängerinnen Daliah Lavi und Dunja Rajter aufgetreten waren. Im Herbst hatte dann sogar Bundeskanzler Willy Brandt die ika besichtigt und damit die Verzückung der Verantwortlichen zusätzlich beflügelt. Die Initiatoren, die meisten Kommunalpolitiker sowie eine Handvoll Werbefachleute, hatten sich schon bei der Planung der Ausstellung gegenseitig in immer größere Euphorie versetzt, so wie Kinder es tun, wenn sie bei der Vorfreude auf etwas Schönes übermütig werden. Dreihunderttausend Menschen hatte die ika innerhalb von fünf Jahren nach Lüdenscheid locken sollen – mindestens. Schon hatte man Sorge gehabt, dass man viele von ihnen gar nicht würde beherbergen können. Die gerade mal einhundervierzig Gästebetten würden gewiss nicht ausreichen, und so hatte man im Rathaus hastig eine Aufstellung von Beherbergungsbetrieben in der Nähe angefertigt.

Seit einigen Wochen aber hielten sich nun hartnäckig Gerüchte, wonach die Prognosen viel zu optimistisch gewesen seien. Der Besucherandrang war jedenfalls längst nicht so groß, wie man erwartet hatte. Es wurde bereits gemunkelt, die ika müsse womöglich bald ihre Pforten schließen, und das so ehrgeizig gestartete Projekt würde als Riesen-Fiasko in die Geschichte der Stadt eingehen.

Das Ganze sei eine einzige Geschmacklosigkeit, waren sich Sabine und Lieselotte Larisch einig, als im Fernsehen verkündet wurde, die olympischen Wettkämpfe sollten zunächst wieder aufgenommen werden. Die Teilnehmer des Rennens im Vierer-Kajak seien ebenso mit Aufwärmübungen beschäftigt wie die Athleten in der Ringerhalle. Beide Wettbewerbe, so hieß es, würden wohl planmäßig um 13 Uhr beginnen.

Das Fernsehgerät wurde ausgeschaltet, und man ging ins Treppenhaus, wo Sabine und Lieselotte Larisch einen misstrauischen Blick auf die Tür der immer noch leer stehenden Nachbarwohnung warfen. Zwar waren in der Zwischenzeit immer mal wieder Paare und Familien zur Besichtigung da gewesen, eingezogen aber war niemand; vermutlich war den Interessenten zwischenzeitlich zu Ohren gekommen, was sich hier zugetragen hatte. Oder sie hatten bereits von dem Mord gewusst, hatten als scheinbar aufgeklärte und moderne Menschen gedacht, man würde das Ganze einfach ausblenden und sich hier durchaus wohlfühlen können. Dann aber hatte man bei der Besichtigung quasi den Hauch des Todes gespürt, hatte womöglich noch den Verwesungsgeruch wahrgenommen, und beim Gedanken an die tausenden von Maden, die hier in ihrem Element gewesen waren, hatte es am ganzen Körper gejuckt.

Sabine schlängelte sich elegant in den Fond des Daf, und offenbar bereitete ihr anschließend die gewohnt halsbrecherische Fahrweise von Lieselotte Larisch – ganz im Gegensatz zu Theo Kettling – großes Vergnügen. Bei jedem mehr oder weniger tollkühnen Manöver stieß sie einen spitzen Begeisterungsschrei aus, was die Chauffeurin wiederum motivierte, noch stärker aufs Gaspedal zu treten.

Überraschenderweise erreichte man dennoch unbeschadet das Ausstellungsgelände, das hervorragend als Kulisse für einen Endzeitstimmung ausstrahlenden Science-Fiction-Film hätte dienen können. Keine Menschenseele war zu sehen, dafür eine Notiz, die auf das Plakat mit dem Slogan der Ausstellung – »Die Zukunft beginnt in Lüdenscheid« – geklebt worden war. Die »ika '71« bedanke sich bei ihren Besuchern, der letzte Ausstellungstag im Jahr 1972 sei der 31. August gewesen. Wie es im Jahr 1973 weitergehen sollte, darüber war nichts zu lesen; das von Hand beschriebene A4-Blatt wirkte wie eine vorweggenommene Todesanzeige.

Theo Kettling steckte sich eine Krone an und schaute auf die trostlose Ansammlung futuristischer Häuser, von denen einige so aussahen wie notgelandete fliegende Untertassen. Wieder mal hatten die Stadtoberen versucht, die in Lüdenscheid so offen zur Schau getragene Provinzialität überzukompensieren. Zwischen konkurrierenden Lünscher Schützen- und Turnvereinen hatte die Internationale Kunststoffhausausstellung

Weltoffenheit und Modernität vermitteln sollen – ein Vorhaben, das beinahe zwangsläufig hatte scheitern müssen.

Man hörte Motorengeräusch, und einen Moment später kam ein roter NSU Prinz auf den Parkplatz gefahren. Eine vierköpfige Familie schälte sich aus dem kleinen Auto – Belgier, wie man der Sprache und der »Bezetplaat« am Fahrzeug entnehmen konnte. Gut gelaunt und ausgelassen miteinander balgend gingen Vater, Mutter und die zwei noch kleinen Kinder auf den Eingang zu. Und standen dann – genau wie Sabine, Lieselotte Larisch und Theo Kettling – mit langen Gesichtern vor dem verschlossenen Tor.

»Was hat denn der Mann für einen merkwürdigen Fotoapparat in der Hand?«

Seit langer Zeit mal wieder offenbarte Lieselotte Larisch ihre scheinbar einzige Bildungslücke. Immer, wenn es um Technik ging, war sie völlig unwissend und dokumentierte dies nicht selten mit dem Stellen einfacher bis fast schon dümmlicher Fragen. Theo Kettling genoss es dann, eine fundierte Antwort zu geben und mit seinem Wissen zu glänzen. Bevor Sabine reagieren konnte, setzte er eilig zur Antwort an.

»Das ist doch kein Fotoapparat! Das ist eine Super-8-Kamera.«

»Eine Superwas?«

»Eine Super-8-Kamera. Damit kann man Filme drehen – wie im Fernsehen.«

Es gab zwei Möglichkeiten, wie Lieselotte Larisch moderner Technik entgegentrat. Entweder sie stempelte die entsprechenden Produkte als unnützes Zeug ab, oder sie tat ganz begeistert angesichts der ihr so fremden Welten – so wie im Fall der Kamera des belgischen Familienvaters.

»Was es heutzutage alles gibt … das ist ja wirklich großartig!«

Um dem gerade angebrochenen Nachmittag noch eine Chance zu geben, wurde schließlich entschieden, runter zur Versetalsperre zu fahren und dort einen kleinen Spaziergang zu unternehmen. Dann habe man hinterher wenigstens einen anständigen Hunger, meinte Lieselotte Larisch; man könne doch anschließend ins Bauernhaus fahren, wo sie auf die Schnelle etwas Herzhaftes kochen werde. Zu Theo Kettlings Unbehagen hatte Sabine keinerlei Einwände.

Am Stausee trafen die drei wieder auf die belgische Familie. Die Kinder, die sich offenbar sehr auf die Besichtigung der Kunststoffhäuser gefreut hatten, schmollten, und nur mit Mühe gelang es dem Vater, für Aufheiterung zu sorgen, indem er den Nachwuchs aufforderte, möglichst witzige Grimassen in Richtung der Filmkamera zu schneiden.

Die Belgier gingen den Uferweg etwa fünfzig Meter voraus, von Lieselotte Larisch nachdenklich beobachtet. Nachdem sie noch im Auto überaus redselig gewesen war, wurde sie nun immer ruhiger und sagte schließlich gar nichts mehr. Sabine und Theo Kettling war es sogar möglich, sich ungestört über Rockmusik zu unterhalten – ein Thema, das Lieselotte Larisch unter normalen Umständen ganz gewiss schnellstmöglich zu wechseln versucht hätte.

Irgendetwas aber stimmte nicht mit ihr. Völlig gedankenversunken schritt sie langsam voran und hatte keinen Blick für die Sonnenstrahlen, die auf der Wasseroberfläche funkelten.

Stattdessen starrte sie immerfort auf den filmenden Familienvater.

16

»Endlich habe ich Sie gefunden, Theo! Ich bin mindestens zehn Mal die Werdohler Straße auf- und abgefahren, bis ich Sie entdeckt habe.« Theo Kettling hatte gerade genussvoll an seiner Krone gezogen und Sabine um einen zweiten Becher Kaffee gebeten, als Lieselotte Larisch die Tür aufriss und kurzatmig schnaubend den Kiosk betrat. Aufgeschreckt von der diffusen Hektik kam Sabine, ebenfalls mit Zigarette, aus dem hinteren Raum geschossen, der durch einen Vorhang vom Verkaufsbereich getrennt war.

»Was ist los, ist etwas passiert? … Ah, Frau Larisch, das ist ja 'ne Überraschung!«

Die gegenseitige Begrüßung der Damen fiel zwar herzlich, aber aufgrund Lieselotte Larischs Ungeduld diesmal kurz aus.

»Kommen Sie, Theo! Wir müssen unbedingt noch mal zu Herrn Bassenge fahren. Ich habe ihn angerufen; wir sollen um 14 Uhr dort sein.«

»Und wieso? Ich wüsste nicht, warum wir …«

»Wegen der Briefmarken. Wir haben doch noch eine ganze Reihe von Fragen, die bei unserem letzten Besuch unbeantwortet blieben.«

Theo Kettling hatte sich fest vorgenommen, den Tag gemächlich zu verbringen. Er verspürte nicht die geringste Lust, wieder in der Wohnung dieses alten Mannes zu sitzen und mitzuerleben, wie Lieselotte Larisch ebenso ungeschickt wie erfolglos versuchte, an irgendwelche Informationen zu gelangen, die bei der Aufklärung des Mordes vielleicht würden helfen können – nur um hinterher so klug dazustehen wie zuvor.

Dafür war Sabine umso begeisterter, was wiederum Lieselotte Larisch nicht zu passen schien.

»Super, da bin ich dabei! Jeden Moment kommt meine Mutter wieder rein. Die macht dann hier sowieso weiter.«

»Ach, das ist nichts für Sie, meine Liebe. Die Philatelie ist eher ein Hobby für uns ältere Semester. Ein junges und so aufgewecktes Mädchen beschäftigt sich doch nicht mit alten Briefmarken!«

»Aber gestern noch haben Sie selbst gesagt, dass man gerade als junger Mensch allem gegenüber aufgeschlossen sein soll. Hier bin ich: aufgeschlossen. Außerdem habe ich jetzt Zeit.«

Es folgten vier oder fünf weitere Versuche, Sabine von ihrem Entschluss abzubringen. Als dann tatsächlich die Mutter den Kiosk betrat und versicherte, sie komme bestens alleine klar, gab Lieselotte Larisch den Widerstand auf.

Obgleich die Autofahrt verblüffend ereignisarm verlief, waren Theo Kettlings Nerven zum Zerreißen gespannt, und auch Lieselotte Larisch schien alles andere als gelöst zu sein; ihre Wortkargheit jedenfalls war ein deutlicher Hinweis darauf. Einzig Sabine war völlig locker und redete in einem fort, bis endlich das Haus am Buckesfeld erreicht war. Lieselotte Larisch parkte den Daf direkt hinter Gerd Bassenges Käfer. Während Sabine und Theo Kettling noch ausstiegen, hatte sie schon den Schuhkarton aus dem Kofferraum geholt.

Die Haustür stand offen, und von oben waren Stimmen zu hören. Wie sich beim Erklimmen der letzten Stufen herausstellte, unterhielt sich Gerd Bassenge mit einer Frau in den Dreißigern, die er gleichsam freundlich wie eilig als seine Tochter vorstellte und die sich sofort im Anschluss verabschiedete.

»Auf Wiedersehen zusammen. Tschüss, Papa, ich melde mich die Tage mal wieder.«

Mit zuvorkommender Geste bat Gerd Bassenge seinen Besuch in die Wohnung.

»Meine Tochter ist immer sehr fürsorglich zu mir«, sagte er, während man sich im Wohnzimmer niederließ, »dabei komme ich eigentlich noch ganz gut allein zurecht.«

Während er das sagte, sah er abwechselnd Sabine und Lieselotte Larisch an; anscheinend hielt er es für angezeigt, dass man ihm die bis dato unbekannte junge Dame vorstellte.

»Das ist unsere liebe Sa… Sa… Salome. Sie interessiert sich trotz ihrer Jugend ebenfalls für Briefmarken«, holte Lieselotte Larisch Versäumtes nach, wobei sie es offenbar nach wie vor für angebracht hielt, Decknamen zu benutzen. Sabine sah erst sie, dann Theo Kettling fragend an, ohne eine Reaktion zu erhalten.

»Wie ich sehe, haben Sie Ihre Sammlung noch immer im Schuhkarton untergebracht«, sagte Gerd Bassenge mit leicht vorwurfsvollem Unterton.

»Nein. Das habe ich nicht.«

Sichtlich nervös, aber bemüht, gelassen und souverän zu wirken, hob Lieselotte Larisch betont langsam den Deckel vom Karton.

Zum Vorschein kamen keine Briefmarken, sondern ein schwarzes Kunststoffteil, an den Seiten vielleicht acht mal acht Zentimeter messend, höchstens drei Zentimeter stark und oben mit einem gelb-roten Aufkleber versehen, auf dem die Bezeichnung »Kodak SUPER 8 CARTRIDGE« zu lesen war.

»Wissen Sie, was das ist, Herr Bassenge?«

»Äh … nein …«, stammelte der Angesprochene erschrocken und verunsichert – so wie jemand, dem gesagt wird, man habe ihm eine schlechte Nachricht mitzuteilen. Der genau weiß, dass gleich etwas Schlimmes kommt, aber noch keine Ahnung hat, worum es sich konkret handelt.

»Das ist ein Sonder-8-Film«, sagte Lieselotte Larisch, während Sabine und Theo Kettling Blicke tauschten. »Ein Bekannter von mir und Dieter hat sich vor einiger Zeit eine von diesen hochmodernen Kameras gekauft, mit denen man Filme wie im Fernsehen drehen kann. Natürlich musste er sich erst mit den vielen Funktionen des Gerätes vertraut machen. Deshalb hat er seine neue Kamera auf ein Stativ gestellt und sie aus dem Wohnzimmerfenster gerichtet.«

Und nach einer der von ihr so gern zelebrierten Kunstpausen fügte sie hinzu: »Unser Bekannter wohnt in der Werdohler Straße, gegenüber der Grünanlage ›An der Albert-Schweitzer-Schule‹.«

Lieselotte Larisch blickte in drei Gesichter, deren Mienenspiele wie von einem Karikaturisten gezeichnet waren. Während bei Gerd Bassenge die Verunsicherung der Resignation gewichen war, schaute Sabine irritiert, und aus Theo Kettlings Augen war das blanke Entsetzen abzulesen.

»Dieter und ich haben vergangene Woche die bislang mit der Kamera aufgenommenen Filme vorgeführt bekommen. Auch den Probefilm. Dabei haben wir eine interessante Entdeckung gemacht. Ziemlich zu Beginn der Aufnahme kommt ein merkwürdig anmutender Mann die Grünanlage herunter. Er überquert die Straße und geht in das Haus mit der Nummer 195 a; jenes Haus, in dem der Rentner Ernst Rott ermordet wurde. Nach kurzer Zeit kommt er wieder heraus und geht die Grünanlage hinauf, hoch zur Schule. Dabei scheint er es sehr eilig zu haben. Ich hätte dem gar keine Bedeutung beigemessen, wenn dieser Fremde nicht exakt so ausgesehen hätte wie ein Mann, den ich vor fast vier Monaten dabei beobachtet habe, wie er spätabends im Wald ein Loch aushebt, und der Ihnen, Herr Bassenge, in gewisser Hinsicht auffallend ähnlich sieht.«

Jetzt springt er auf, stürmt in die Küche, kommt mit dem

Kochmesser zurück und schlachtet uns alle ab, dachte Theo Kettling.

Doch Gerd Bassenge sprang nicht auf. Stattdessen verlor sein Körper jegliche Spannung, und er sank in dem alten, abgewetzten Sofa zusammen.

»Letzte Nacht habe ich mir den Kopf darüber zerbrochen, wer dieser Fremde sein könnte«, fuhr Lieselotte Larisch fort. »Der Mann, dem ich im Wald begegnet bin und der auf diesem Film zu sehen ist. Ich habe vermutet, dass es ein Verwandter von Ihnen ist. Gewiss, mit seiner wilden Lockenfrisur und den unnatürlich dicken Brauen sieht er Ihnen auf den ersten Blick kaum ähnlich. Aber die Augen, Herr Bassenge. Sie haben die gleichen Augen wie er.«

Der Angesprochene zeigte keine Reaktion, starrte nur apathisch ins Leere, und so setzte Lieselotte Larisch ihren Monolog fort.

»Gestern Abend habe ich dann das getan, was ich oft tue, wenn ich über einem Problem brüte. Ich habe zu Hause mal so richtig aufgeräumt. Dabei fiel mir ein Schuhkarton in die Hände; ein Schuhkarton wie dieser hier. Ich fand darin jede Menge Fotos vor, die ich alle noch in Alben einsortieren muss. Ich nahm die zuoberst liegenden 15 oder 20 Abzüge heraus, um für ein paar Minuten in Erinnerungen zu schwelgen. Die Aufnahmen stammten von der letzten Klassenfahrt, die ich als Betreuerin begleitete. Wir hatten damals eine wunderschöne Woche auf der herrlichen Nordseeinsel Wangerooge.«

Trotz völlig blank liegender Nerven verdrehte Theo Kettling unwillkürlich die Augen.

»Da die Klassenfahrt in die Karnevalszeit fiel, feierten wir am Abschlussabend eine Kostümparty; die Kinder hatten dafür ihr Lieblingskostüm mit in den Koffer gepackt. Während viele der Mädchen sich in Prinzessinnen oder Feen verwandelten, wurden die Jungen zu Rittern, Cowboys oder Indianern. Amüsiert betrachtete ich die Fotos. Einer der Indianer hatte sich mit seiner Verwandlung besonders viel Mühe gegeben. Er trug eine Perücke mit langen schwarzen Haaren auf dem Kopf und Kriegsbemalung im Gesicht. Ich sah das Foto lange an. Der Junge sah so verändert aus, dass ich zuerst gar nicht wusste, um wen es sich handelte. Erst beim Betrachten der Augen wurde mir klar, welches Kind da in meinen Fotoapparat geblickt hatte.«

Lieselotte Larisch baute wieder eine kurze Pause ein – ein klarer Hinweis darauf, dass sich ihr Vortrag einem Höhepunkt näherte.

»Und in diesem Moment wurde mir klar, dass ich spätabends im Wald nicht in das Gesicht eines Verwandten von Ihnen geschaut habe. Ich habe in Ihr Gesicht geschaut.«

Sie hob die Stimme an: »Das Spiel ist aus, Herr Bassenge. Sagen Sie uns, wie Sie sich derart maskiert haben.«

Gerd Bassenge schlurfte mit gesenktem Kopf zu einer kleinen Kommode, die neben dem Telefontischchen in der Diele stand.

Da hat er das Messer drin versteckt, schoss es Theo Kettling durch den Kopf, als der alte Mann die untere Schublade aufmachte, und er atmete tief durch, als dieser stattdessen eine billig wirkende Perücke hervorholte, sie vor Lieselotte Larisch auf den Wohnzimmertisch legte und sich wieder auf das Sofa fallen ließ.

»Die Augenbrauen habe ich dort rausgeschnitten.« Er deutete auf eine Stelle, an der das Kunsthaar sichtbar ausgedünnt war. »Und dann habe ich sie mir angeklebt. Mit Pattex, ich hatte nichts anderes zur Hand.«

Er nickte langsam und sprach dann weiter.

»Ich wusste, dass Sie wiederkommen würden. Als Sie das

erste Mal hier waren, da war mir klar, dass Sie nicht locker lassen und mich am Ende irgendwie überführen würden.« Gerd Bassenge sprach leise und fast ohne Betonungen zu Lieselotte Larisch und sah sie dabei nicht an. Sein leerer Blick ruhte auf der Tischplatte.

Theo Kettling, gerade noch in Todesangst, dämmerte allmählich, dass von diesem alten, gebrochenen Mann keine Gefahr ausging.

»Ich hielt den Zeitpunkt eigentlich für günstig«, fuhr Gerd Bassenge fort. »Die Wahrscheinlichkeit, so spät am Abend jemandem im Wald zu begegnen, ist ja nicht sehr groß, zumal es auch noch ziemlich geregnet hat. Doch plötzlich hörte ich das Bellen. Und dann riefen Sie dem Hund zu, er solle mit dem Krach aufhören oder so etwas Ähnliches. Ich war starr vor Schreck, denn ich wusste, dass sich jemand in unmittelbarer Nähe befand. Andererseits hatten Sie mich ja offenbar noch nicht entdeckt. Deshalb habe ich mich keinen Zentimeter bewegt und gehofft, Sie würden wieder umkehren oder Ihren Weg fortsetzen und an mir vorbeigehen. Doch der Hund hörte nicht auf zu bellen. Mir wurde ganz schwindelig, und ich musste einen Schritt nach vorn machen, um nicht umzufallen. Dabei bin ich wohl auf einen Ast getreten. Es knackte so laut, dass Sie es gehört haben, denn danach holten Sie eine Taschenlampe aus dem Mantel. Zuerst richteten Sie den Lichtstrahl nur auf die Umgebung. Dann hielten Sie die Lampe für ein oder zwei Sekunden auf den Hund und führten sie danach langsam in meine Richtung. Für einen Augenblick stand ich mitten im Scheinwerferlicht. Anscheinend aber haben Sie mich nicht sofort wahrgenommen, denn Sie drehten sich um und leuchteten in die andere Richtung. Einen Moment lang war ich erleichtert, doch dann schwenkten Sie die Taschenlampe zurück, genau auf mich. Wie eine halbe Ewigkeit kam mir das vor. Ich selbst habe nichts gesehen, weil ich so geblendet war. Aber natürlich wusste ich, dass Sie mich anstarrten. Vielleicht hätte ich Sie einfach ansprechen sollen. Aber ich war wie gelähmt und habe keinen Ton herausgebracht. Dann lief plötzlich der Hund davon, und auch Sie ergriffen die Flucht. Anscheinend hatten Sie sich fast genauso erschrocken wie ich mich.«

Theo Kettling und Sabine saßen mit halb geöffneten Mündern da. Lieselotte Larisch wirkte dafür umso souveräner; beinahe so wie Erik Ode als Kommissar Keller, wenn er den Mörder überführt hat und ihn auffordert, die Tat noch einmal Revue passieren zu lassen. Eine derartige Aufforderung war bei Gerd Bassenge nicht nötig, er setzte seine Ausführungen freiwillig fort.

»Ich kann gar nicht mehr sagen, wie lange ich dann in völliger Ratlosigkeit in diesem Erdloch stand. Ich wusste einfach nicht, was ich tun sollte. Wäre ich sofort geflüchtet, hätte es passieren können, dass ich Ihnen noch mal begegne; ich wusste ja nicht, wohin Sie gelaufen sind. Da ich vermutete, dass Sie die Polizei anrufen würden, konnte ich aber auch nicht allzu lange warten. Irgendwann entschloss ich mich dann, zurück zum Auto zu gehen. O Gott, dachte ich, die hat sich bestimmt das Kennzeichen notiert; an die Beule habe ich gar nicht gedacht. Ich habe den Kotflügel nur ausbeulen lassen, weil es so unschön aussah, das war keine Vorsichtsmaßnahme.«

Er lehnte sich nach hinten und wirkte ein wenig so, als sei er erleichtert, endlich jemandem die Wahrheit erzählen zu können.

»Ich startete den Motor und nahm den Umweg über Rummenohl und Heedfeld, weil ich es für am wahrscheinlichsten hielt, dass Sie im nahe gelegenen Rölvede wohnen. Ich hatte einfach Angst davor, Ihnen zu begegnen, und sei es nur, dass ich an Ihrem Haus vorbeiführe und …«

»Aber warum haben Sie das Loch gegraben?« Lieselotte Larisch platzte mit ihrer Frage in Gerd Bassenges Ausführungen – vermutlich um seiner Frage, wo sie denn tatsächlich wohne, zuvorzukommen.

Gerd Bassenge indes schien keinerlei Interesse an derartigen Informationen zu haben. Er atmete schwer und begann nach ein paar Sekunden wieder zu sprechen; mit veränderter Stimme und Lieselotte Larischs Frage ignorierend.

»Wissen Sie, wie das ist, wenn man einen Menschen wirklich liebt; viel mehr als sich selbst? Wenn Sie ganz genau wissen, dass der andere der einzige Mensch für Sie auf der Welt ist? Vielleicht kennen Sie das Gefühl ja wirklich. Aber eines kennen Sie drei wahrscheinlich nicht …« In seiner Stimme schwang der Hauch eines Vorwurfs mit. »Sie wissen nicht, wie es ist, wenn einem dieser Mensch weggenommen wird. Und Sie kennen das Gefühl nicht, wenn Ihnen klar wird, dass Sie Ihr ganz großes Glück für immer verloren haben.«

Ausgerechnet jetzt schien Sabine einen Niesreiz zu bekommen. Es war ihr deutlich anzusehen, wie sehr sie bemüht war, den wohl so bedeutsamen wie anrührenden Monolog Gerd Bassenges nicht zu stören. Schließlich kniff sie die Augen zusammen und holte in Schnappatmung Luft, bevor sie dreimal hintereinander beinahe explosionsartig nieste. Nachdem sie ein Tempo-Tuch aus der Hosentasche gekramt und sich kräftig geschnäuzt hatte, redete Gerd Bassenge weiter.

»Ich und meine erste Frau Marie, wir waren füreinander bestimmt. Wir haben das gefühlt, in jeder Minute, in der wir zusammen waren. Es ist schwer, eine solche Liebe zu beschreiben. Gerhart Hauptmann ist das ziemlich gut gelungen; in einem Gedicht für seine erste Frau, die auch Marie hieß.«

Er stand auf und ging zur Bücherleiste an der Wand. Zielsicher griff er nach einem etwa dreihundert Seiten starken

Werk mit beigefarbenem Pappeinband; »Ährenlese, kleinere Dichtungen« war in Frakturschrift darauf zu lesen. Er schlug die gewünschte und mit einem zum Lesezeichen umfunktionierten Notizzettel markierte Seite auf, und las mit schmerzerfüllter Stimme vor.

»Marie! Wussten wir nicht sogleich und sofort, wer wir waren, ob wir niemals uns auch bis dahin im Leben begegnet? War es nötig, auch nur ein Wort des Erkennens zu äußern? Nein!«

Lieselotte Larisch flüsterte das ein oder andere Wort mit, offenbar kannte sie das Gedicht.

»Seit Ewigkeit war uns gefallen das Los, und wir wusstens ohne Wort, ohne Blick. Und zitternd im Hauch der Bestimmung, die uns wieder emporführt aus dem Dunkel der Urnacht, unverbräuchlich getreu dem Gesetz, schritten beide wir aufwärts ganz vereinigt und eins, still schwelgend im seligsten Einklang.«

Wie bei einer feierlichen Zeremonie ließ Lieselotte Larisch einige Sekunden verstreichen, bevor sie das Wort ergriff.

»Was mit Gerhart Hauptmanns Marie geschehen ist, wissen wir. Er hat sie verlassen, und sie ist vor lauter Gram früh gestorben. Was aber ist mit Ihrer Marie geschehen?«

Sie blickte gespannt zu Gerd Bassenge hinüber, der nach dem Vortragen der Verse des Literaturnobelpreisträgers wieder mit ausdruckslosem Gesicht ins Leere blickte. Da sie nicht wusste, was sich wirklich zugetragen hatte, konnte sie kein richtiges Verhör aufbauen und warf ihrem Gegenüber stattdessen einen dürftigen Köder vor.

»Ernst Rott, er hat …«

Gerd Bassenge biss nicht an und schwieg, was Lieselotte Larisch veranlasste, den nächsten Versuch zu unternehmen.

»Ernst Rott hat Ihre Marie …«

Zunächst zeigte der Angesprochene wieder keine Reaktion.

Doch dann brach er sein Schweigen.

»Er hat sie umgebracht. Und er hat sie …«

Gerd Bassenge holte tief Luft und bewegte die Lippen. Offenbar aber war es ihm nicht möglich, den Satz zu vollenden.

»Und das haben Sie jetzt herausgefunden. Nach so langer Zeit …«

»Ja, genau«, antwortete Gerd Bassenge, den Blick nach wie vor starr auf die Tischplatte gerichtet.

Dann schwieg er erneut, und Lieselotte Larisch sah sich gezwungen, ihm den nächsten Köder hinzuwerfen.

»Der Ring …«

»Ja, der Ring war es.«

Lieselotte Larisch wurde sichtbar und hörbar nervös. Ihr gingen die Köder aus, die sie dem Beklagten anbieten konnte. Vielleicht hatte er schon gemerkt, dass sie eigentlich nur über fragmentarisches Wissen verfügte. Womöglich würde er sich weigern, sein Geständnis fortzusetzen. Zwar könnte man ihm dann damit drohen, die Polizei zu informieren, das aber war ganz offenkundig das Letzte, was Lieselotte Larisch wollte.

So unternahm sie einen weiteren, beinahe schon verzweifelten Versuch, Gerd Bassenge zum Reden zu bringen – und hatte Erfolg damit.

»Die Inschrift … die Inschrift war …«

»Die Inschrift musste ich mir gar nicht ansehen. Ich wusste sofort, dass es Maries Ring war. Wissen Sie, sie war so einzigartig, und deshalb wollte ich ihr auch etwas ganz Einzigartiges schenken. Aber ich hatte ja nicht viel Geld. Marie und ich hatten gerade geheiratet und waren gemeinsam in eine kleine Wohnung in der Konkordiastraße gezogen, das ist die heutige Freiherr-vom-Stein-Straße. In so jungen Jahren schon eine eigene Wohnung zu haben, das war damals noch nicht so selbstverständlich wie heute, und ein großer Teil unserer Löhne ging für die Miete drauf. Marie arbeitete als Telefonistin bei Carl Berg, das ist die Firma, in der die Zeppeline gebaut wurden. Und ich war als Geselle beim Juwelier in der Thünenstraße in Stellung. Wochenlang blieb ich bis spätabends in der Werkstatt. Erst machte ich Überstunden für meinen Chef; die ließ ich mir mit Gold und mit dem Diamanten bezahlen. Von 9 oder 10 Uhr an habe ich dann bis Mitternacht und manchmal auch noch länger an dem Ring für meine Marie gearbeitet. Sechsundfünfzig Jahre war sie verschwunden und mit ihr der Ring. Und plötzlich liegt er da im Auktionshaus vor mir.«

Gerd Bassenge befreite sich nun immer mehr aus seiner Lethargie. Seine Atmung beschleunigte sich, er sprach nicht mehr so monoton wie zuvor und betonte wieder einzelne Silben.

»Es war, als würde mir jemand die Luft abschnüren. Auf einmal war alles wieder da – die Nachricht von Maries Verschwinden, die ich im Sanatorium in der Schweiz erhalten hatte, dann die zermürbende Ungewissheit und schließlich die Resignation und die unfassbare Leere, als mir klar geworden war, dass ihr etwas zugestoßen sein musste.«

Wieder schwieg er, ohne dabei den Eindruck zu vermitteln, gleich weiterreden zu wollen.

»Und dann haben Sie …« Lieselotte Larisch setzte auf das mittlerweile bewährte verbale Anstupsen und bewies damit erneut Fortune.

»Dann habe ich den Chef des Auktionshauses gebeten, den Ring nicht in die Versteigerung zu geben und ihn stattdessen mir zu verkaufen. Ich konnte doch nicht zulassen, dass irgendeine andere Frau Maries Ring trägt. Natürlich habe ich mir nichts anmerken lassen. Ich habe gesagt, dass es sich da ja wirklich um ein ganz außergewöhnliches Stück handelt, das ich gern für meine private Sammlung hätte. In Wirklichkeit habe ich ja gar keine. Jedenfalls hat mir der Chef den Ring ziemlich günstig verkauft. Das war einerseits anständig von ihm, andererseits nicht mehr als recht; schließlich arbeite ich seit Jahren sehr zuverlässig für sein Unternehmen.«

»Bei dem Kauf ließen Sie es aber nicht bewenden. Sie erkundigten sich, wer den Ring abgegeben hatte.«

»Ja, natürlich. Das habe ich gemacht, als ich im Büro den Kaufvertrag unterschrieben und bezahlt habe. ›Wer hat sich denn von diesem hübschen Stück getrennt?‹, habe ich scheinbar beiläufig gefragt. Eigentlich hatte ich mir keine großen Hoffnungen gemacht, dass ich mit der Information irgendwas würde anfangen können. Was immer Marie zugestoßen war, dachte ich mir, vielleicht war der Ring dabei verloren gegangen, und jemand hat ihn dann später gefunden. Und vielleicht hat der Finder ihn weiter veräußert, und der Ring hat nach all den Jahren schon mehrfach den Besitzer gewechselt. Das ist bei Schmuck, der sich nicht mehr in Familienbesitz befindet, recht häufig der Fall. Doch dann hörte ich diesen Namen – Ernst Rott.«

Gerd Bassenge schob die Zungenspitze zwischen die Lippen – ziemlich genau so, wie Lieselotte Larisch es häufig tat, wenn sie sich im Rahmen ihrer Ausführungen auf ein wichtiges Detail konzentrierte.

»Wissen Sie, wenn der Mensch, den Sie über alles lieben, nicht mehr da ist, dann klammern Sie sich an die Erinnerungen. Und Sie wollen mit allen Mitteln verhindern, dass sie verblassen. Ich habe mich immer wieder zurückversetzt in die gemeinsame Zeit mit Marie. Ich versuche, mir ihre Stimme vorzustellen, und lasse in meinem Kopf schöne Momente ablaufen, die wir zusammen erlebt haben. Und ich lese die Feldpostbriefe, die ich im Krieg von ihr erhalten habe. Zu der Zeit, als sie in der Sprengstofffabrik gearbeitet hat, erwähnte sie darin öfter den Namen dieses Mannes; allerdings nie in einem positiven Zusammenhang. Ein scheußlicher Kerl sei das. Einer, der den Frauen hinterherstarre und unsittliche Bemerkungen mache.«

Theo Kettling dachte an die vielen Male, als Frau Kuhbier davon berichtet hatte, dass der Alte ihren Töchtern irgendwelche Schweinereien hinterhergerufen und Petra einmal sogar angefasst hatte.

»In diesem Moment wurde mir klar, dass das alles kein Zufall sein konnte«, fuhr Gerd Bassenge fort. »Die Mitarbeiterin im Verkaufsbüro hatte die Durchschrift des Ankaufbelegs auf dem Tisch liegen. Ich habe mir Straße und Hausnummer gemerkt, und dann …«

»Dann sind Sie losgefahren und haben Ernst Rott umgebracht«, unterbrach Lieselotte Larisch im Stile eines auf Verhöre spezialisierten Kripobeamten.

»Nein, nein, so schnell ging das nicht. Ich wollte ihn auch gar nicht unbedingt umbringen. Ich wollte vor allem die Wahrheit herausfinden, das war mir am allerwichtigsten – jedenfalls zuerst.«

»Also sind Sie zu ihm gefahren und haben ihn zur Rede gestellt.«

Lieselotte Larisch versuchte nun mit Nachdruck, das Gespräch zu beschleunigen. Offenbar konnte sie es kaum erwarten, endlich als grandios erfolgreiche Ermittlerin dazustehen, die den Fall – ganz im Gegensatz zur Polizei – aufgeklärt hatte.

»Aber nein. Ich wollte diesen Menschen erst einmal zu Gesicht bekommen, wollte mir einen Eindruck von ihm verschaffen. Eine Woche lang bin ich mindestens zweimal am Tag so unauffällig wie möglich an dem Haus in der Werdohler Straße entlanggegangen. Irgendwann muss er doch mal rausgehen, habe ich mir gesagt. Oder wenigstens aus dem Fenster gucken.

Ich habe es vormittags versucht und nachmittags, am Morgen und spätabends. Doch es tat sich nichts, überhaupt nichts. Mir war klar, dass ich nicht ewig so weitermachen konnte. Wenn ich tatsächlich den Entschluss fassen würde, ihn zu töten, und eine Chance haben wollte, nicht gefasst zu werden, dann durfte ich vorher nicht dauernd in der näheren Umgebung des Hauses herumstromern.«

Wieder drückte Lieselotte Larisch aufs Tempo: »Deshalb haben Sie sich die Perücke aufgesetzt, die Augenbrauen angeklebt und sich, bewaffnet mit dem Kochmesser, ein letztes Mal auf den Weg in die Werdohler Straße gemacht.«

»Das Messer habe ich eigentlich nur vorsorglich mitgenommen. Wie gesagt – ich wollte ihn ja nicht unbedingt umbringen, sondern erst mal nur mit ihm reden. Aber je nachdem, wie das Gespräch verlaufen würde, wollte ich mich verteidigen können. Erst habe ich mit dem Gedanken gespielt, mir eine Pistole zu besorgen. Aber ich wusste nicht, wie und wo, ich habe ja keine Kontakte zur Unterwelt. Dann kam mir die Idee mit dem Messer. Ich sah nach, was so alles in der Schublade im Küchenschrank lag, und dachte mir, dass das große Kochmesser am geeignetsten sei, weil es wahrscheinlich die größten Verletzungen erzeugen konnte.«

Sabine schien erst jetzt vollständig zu realisieren, dass sie im Wohnzimmer des Mörders von Ernst Rott saß. Kreidebleich sah sie Gerd Bassenge an, der nun begann, den Tathergang zu beschreiben.

»An diesem Vormittag habe ich das Auto oben in der Breitenloher Straße abgestellt. Ich hatte mir überlegt, dass es das Beste wäre, durch die Grünanlage hinunter zur Werdohler Straße zu gehen, weil ich dort wohl den wenigsten etwaigen Zeugen begegnen würde. Ich stieg aus dem Auto. Aber schon nach wenigen Schritten wurde mir klar, dass ich besser einen anderen Weg genommen hätte. Bei meinen Planungen hatte ich nicht berücksichtigt, dass ich an der Schule vorbei müsste. Dummerweise kam dann auch gleich eine ganze Horde Schüler aus dem Gebäude, anscheinend hatte eine der Klassen frei bekommen. Die Kinder schauten mich ziemlich verwundert an, und einige von ihnen fingen an zu kichern. Offenbar sah ich mit der Karnevalsperücke und den angeklebten Augenbrauen lustig aus. Ich verlangsamte den Gang, bis alle Schüler außer Sichtweite waren. Als ich dann aber in die Grünanlage einbog, standen da zwei Jungen, die sich eine Zigarette teilten.«

Die Schulte-Zwillinge, dachte Theo Kettling. Vermutlich handelte es sich um die letzte Zigarette aus einer der Packungen, die er den beiden am Kiosk gekauft hatte. Das hatte er nun von seiner positiven Haltung zur antiautoritären Erziehung. Hätten die Jungs nicht in jenen Minuten die Zigarette in der Grünanlage gepafft, wäre die Begegnung mit Gerd Bassenge nicht zustande gekommen. Die Schulte-Zwillinge hätten nichts Auffälliges beobachtet, und der Mord an dem alten Rott wäre nie aufgeklärt worden. Lieselotte Larisch säße im Bauernhaus in Rölvede, würde sich mit irgendwelchem heimatgeschichtlichen Kram beschäftigen, während Cleo auf dem Teppich liegen und vor sich hin grunzen würde. Sabine würde im Kiosk helfen oder für ihr Studium lernen. Und er, Theo Kettling, würde sich zu Hause langweilen und sich auf den Schmerz im Rücken konzentrieren können.

Doch er hatte den Jungs damals die Zigaretten besorgt, und ganz allein aus diesem Grund saß man nun in der Wohnung des Mörders. Und selbst wenn dieser völlig mutlos und resigniert wirkte – Theo Kettling konnte den Gedanken einfach nicht vollständig verwerfen, dass vielleicht doch noch Unheil von ihm drohen könnte.

»Die beiden machten irgendwelche Bemerkungen, die ich

nicht verstanden habe«, fuhr Gerd Bassenge langsam und ruhig fort. »Ich ging hinunter zur Straße und überquerte die Fahrbahn. Als ich auf das Haus zuging, hörte ich Marschmusik, die aus einer der Wohnungen im Dachgeschoss kam. Ich klingelte neben dem Namensschild Rott und nach ein paar Sekunden noch mal – nichts. Ich wollte schon wieder gehen, versuchte es aber noch einmal mit Sturmläuten. Und nun hatte ich Glück. Der Türöffner schnarrte, ich machte auf und ging langsam das Treppenhaus hinauf. Ich war furchtbar nervös und hatte Angst, anderen Bewohnern des Hauses zu begegnen. Doch zum Glück war niemand zu sehen.«

Gerd Bassenge legte erneut eine Pause ein, was bei Lieselotte Larisch schlechter denn je ankam; sie zog ein Gesicht, als wäre der Fernsehempfang gerade in dem Moment ausgefallen, als Erik Ode alias Kommissar Keller den Namen des Mörders preiszugeben gedachte.

»Nun aber, Herr Bassenge, was ist dann passiert? Herr Rott stand in der Tür, und Sie haben ihn … Jetzt sagen Sie schon, wie es weiterging!«

Sie schlug einen schärferen Tonfall an, was aber wohl weniger verhörtaktische Gründe hatte, als vielmehr ihrer wachsenden Ungeduld geschuldet schien.

Der Angesprochene wirkte zwar unbeeindruckt, setzte sein Geständnis aber dennoch fort und begann mit einer Korrektur.

»Niemand stand in der Tür, die Tür war angelehnt. Was die Scheißstörung solle, rief eine Stimme von innen. Und wenn ich etwas verkaufen wolle, solle ich zusehen, dass ich Land gewinne – oder so etwas Ähnliches; die Marschmusik war so laut, dass ich kaum etwas verstanden habe. Ich ging langsam rein. Auf der rechten Seite der Diele war eine Tür offen. In dem Zimmer stand ein ungemachtes Bett, und es lag jede Menge Wäsche herum. Links war die erste Tür zu, die zweite aber war offen. Er stand in der Küche und lehnte an der Spüle, hinter ihm ein ganzer Berg dreckiges Geschirr. Missmutig sah er mich an, zog an einer Zigarette und ließ die Asche auf den Geschirrberg fallen. Dann fragte er noch mal in harschem Ton, was ich von ihm wolle. Ich holte den Ring hervor. ›Darüber möchte ich mit Ihnen sprechen‹, habe ich gesagt. ›Darüber gibt es nichts zu sprechen‹, erwiderte er. Er habe ihn ordnungsgemäß an das Auktionshaus verkauft, und damit sei die Sache erledigt. Er war bemüht, nach wie vor gleichgültig zu wirken. Aber ich habe ihm angemerkt, dass er verunsichert war – von dem Moment an, als er den Ring sah.

Ich sagte ihm, dass es mich nicht interessiert, wie oder wo er den Ring verkauft habe, sondern nur, wie er in seinen Besitz gekommen sei. Daran könne er sich nicht erinnern. ›Das glauben Sie doch wohl selbst nicht‹, sagte ich. Man möge vergessen, woher man ein Buch oder eine Schallplatte habe, aber man vergesse nicht, wie man zu solch einem außergewöhnlichen Schmuckstück gekommen sei. ›Wie auch immer‹, meinte er, er müsse mir das nicht sagen, weil es mich nichts anginge. Schließlich würde ich nicht so aussehen, als ob ich von der Polizei sei. Genau wie auf die Schulkinder wirkte meine Maskerade offenbar auch auf ihn recht belustigend. Was sollte ich nun tun?«

Gerd Bassenge zuckte resigniert mit den Schultern – gerade so, als erlebe er die Situation noch einmal.

»Er war ja wirklich nicht verpflichtet, mit mir zu sprechen. Natürlich hätte ich zur Polizei gehen können, aber das hätte doch auch nichts gebracht. Die hätten wahrscheinlich gedacht, dass ich schon etwas tüdelig bin und hätten mich wieder nach Hause geschickt.«

Lieselotte Larisch zog die Augenbrauen hoch und nickte zustimmend.

»Dann sagte er mir, ich solle verschwinden. Er ging zum Küchentisch und setzte sich auf den Stuhl. Ich stand nun direkt hinter ihm.«

Gerd Bassenge fixierte den Blick noch stärker, ohne dabei etwas Bestimmtes zu betrachten.

»Plötzlich ging alles wie von selbst. Ich griff in die Innentasche meiner Jacke, holte das Messer hervor und hielt es mit der einen Hand diesem … diesem *Menschen* an den Hals, während ich ihn mit der anderen an den Haaren packte und seinen Kopf nach hinten zog. Ich solle loslassen, schrie er, und ich sagte ihm, dass ich ihm die Kehle durchschneide, wenn er nicht sofort ruhig sei. Damit er spürte, dass ich es ernst meinte, ritzte ich ihm mit der Klinge in die Haut. In der Aufregung war der Schnitt etwas tiefer geraten als eigentlich geplant, jedenfalls lief das Blut ganz ordentlich herunter.«

Nach wie vor war Lieselotte Larisch die Einzige im Raum, deren Gefühlszustand im Wesentlichen als stabil bezeichnet werden konnte, und nach wie vor stand sowohl Theo Kettling als auch Sabine das bloße Grauen ins käsebleiche Gesicht geschrieben.

»Immerhin zeigte die Verletzung ihre Wirkung. Von diesem Moment an blieb er ganz ruhig sitzen. ›Was willst du‹, fragte er. ›Ich will wissen, was du mit ihr gemacht hast – am Tag ihres Verschwindens, am 25. März 1916‹, sagte ich. Da hat er mir alles erzählt. Dass er auf Marie schon seit längerer Zeit ein Auge geworfen hatte. Und auch, dass er sie zwei- oder dreimal ganz unverblümt angesprochen, sie ihm aber jedes Mal die kalte Schulter gezeigt hatte. Und dann war der Nachmittag des 25. März gekommen.«

Gerd Bassenge atmete tief durch, als wolle er Kraft sammeln für das, was er nun schildern musste.

»Marie hat die Sprengstofffabrik gegen 16 Uhr 15 verlassen.

Das deckt sich mit den Befragungen, die die Gendarmerie später im Werk durchführte. Es war ja Krieg, und die Produktion von Minen und Granaten lief auf Hochtouren. Die Arbeitszeiten waren sehr lang, frühestens am Samstag um 14 Uhr durften die Beschäftigten ins Wochenende gehen. Marie hatte dann noch zwei Überstunden gemacht, weil es auch im Laboratorium so viel zu tun gab. Der Laborleiter schätzte ihre Arbeit sehr. Marie war ja keine gelernte Chemikerin, sie war Telefonistin. Aber als ich im Krieg kämpfte, da zeigte sie sich plötzlich patriotisch. Sie wollte mich auf irgendeine Weise unterstützen und war dabei auf die Schnapsidee gekommen, ihren sicheren Arbeitsplatz bei der Firma Berg aufzugeben und zur Sprengstoff AG zu gehen; die haben ja händeringend Leute gesucht. Ein paar Wochen lang war sie als Arbeiterin im Tauchhaus der Salpeterfabrik beschäftigt, aber dort merkte man schnell, dass meine Marie viel zu begabt, viel zu aufgeweckt und auch viel zu fleißig für eine so einfache Tätigkeit war. Als dann die Assistentin des Laborleiters Mutter wurde und ausschied, übernahm Marie ihren Posten. Und schon nach wenigen Wochen hatte sie sich so in ihre Arbeit hineingebissen, dass sie alles besser erledigte als ihre Vorgängerin.«

Gerd Bassenge war offenbar noch immer voller Stolz auf seine erste Frau, und er hätte seine Ausführungen wohl fortgesetzt, wenn Lieselotte Larisch ihn nicht ermahnt hätte, auf das Thema zurückzukommen.

»Sie wollten uns berichten, was am Nachmittag des 25. März 1916 geschehen ist.«

»Ja, ja natürlich.« Als er weitersprach, kehrte die Mischung aus Leiden und Resignation in sein Gesicht zurück.

»Marie verließ also das Werk und freute sich auf den freien Tag. Unter der Woche wohnte sie im Mädchenheim der

Sprengstoff AG. Es wäre viel zu weit gewesen, jeden Morgen von Lüdenscheid bis in die Sterbecke zu laufen und abends wieder zurück. Für den Zug fehlte das Geld, und so machte sie sich am Wochenende zu Fuß auf den Weg in die Stadt, um nach der Wohnung zu sehen. Kurz nach Marie verließ auch er die Fabrik.«

Bewusst oder unbewusst vermied es Gerd Bassenge, Ernst Rott beim Namen zu nennen.

»Genau wie sie wohnte er die Woche über in der Nähe des Werks – zur Untermiete bei einer älteren Frau in Rummenohl. Und genau wie Marie ging er am Wochenende nach Lüdenscheid, dort wohnte seine Mutter. Ich weiß gar nicht, warum er nicht auch an die Front musste. Irgendwie hatte er es wohl geschafft, als unverzichtbare Arbeitskraft eingestuft zu werden. Anscheinend war wirklich alles ein Zufall. Zufall, dass Marie die zwei Stunden länger arbeitete, und Zufall, dass er zwei oder drei Minuten nach ihr das Werksgelände verließ. Und Zufall, dass beide den Weg über die Serpentinen hinauf nach Rölvede nahmen. Ich weiß, dass Marie normalerweise entlang des Waldwegs hoch nach Hülscheid und von dort aus weiter nach Lüdenscheid ging. Aber wahrscheinlich war der Boden zu tief, es war ja fast noch Winter. Ich musste ihm das Messer wieder etwas fester an den Hals drücken, damit er mir erzählte, wie er in einiger Entfernung hinter ihr herging. Er hatte ja schon mehrfach erfolglos versucht, ihre Gunst zu gewinnen. Aber das war immer im Werk, im Beisein von anderen gewesen. Nun sah er die Gelegenheit, sie ungestört ansprechen zu können. Kurz vor der Anhöhe hatte er sie eingeholt. Nur zwei- oder dreihundert Meter von den Rölveder Höfen entfernt – Sie kennen die Stelle ja. Er sprach sie an. Sie reagierte nicht und versuchte, noch schneller zu gehen; ich denke, sie wollte die Häuser erreichen. Die aber lagen hinter der Kuppe. Und niemand in Rölvede und auch sonst niemand hat gesehen, was dann geschah.«

Gerd Bassenges Atmung beschleunigte sich, und seine Fingernägel gruben sich in die Haut an den Unterarmen ein.

»Er zerrte sie nach links in den Wald. Ein- oder zweimal konnte sie sich losreißen, aber er hatte sie schnell wieder in seine Gewalt gebracht. Das alles hat er mir in aller Ausführlichkeit erzählt, und weil die Schallplatte mit der Marschmusik mittlerweile abgespielt war, konnte ich ihn auch ordentlich verstehen. Über das, was er danach mit Marie gemacht hatte, wollte er dann nicht mehr sprechen. Also musste ich die Klinge des Messers wieder in seine Haut bohren.«

»Und?«

Obwohl sich Lieselotte Larisch, genau wie alle anderen im Raum, gut denken konnte, was damals im Wald geschehen war, legte sie offenbar Wert darauf, es das eine Mal ganz offiziell von Gerd Bassenge zu hören. Er reagierte nicht sofort, sondern schwieg eine Weile. Dann antwortete er in ruhigem Tonfall.

»Er hat gesagt, ›da habe ich mir halt genommen, was ich wollte‹. Und er hat auch gesagt, warum er sie getötet hat. Es war nicht, weil das vielleicht zur weiteren Befriedigung seiner Triebe beigetragen hätte. Er wollte einfach nur, dass die Tat für ihn ohne Konsequenzen bliebe. ›Das Ganze hätte doch sicher jede Menge Scherereien gegeben‹, sagte er mir, und die habe er von vornherein ausschließen wollen. Deshalb hat er sie erwürgt. Und aus dem gleichen Grund hat er sie auch nicht einfach im Wald liegen lassen; er hat sie vergraben und ihr vorher noch den Ring abgenommen. Obwohl er ahnte, dass der recht wertvoll ist, hat er sich dann aber nicht getraut, ihn irgendwo anzubieten. Das Risiko, als Mörder von Marie entlarvt zu werden, war ihm zu groß – bis vor ein paar Wochen. Nach all den Jahren fühlte er sich sicher. Tja, so kann man sich täuschen …«

»Herr … Ernst Rott hat Ihnen also gestanden, dass er Marie vergraben hat …«, drängte Lieselotte Larisch darauf, mit der chronologischen Wiedergabe der Ereignisse fortzufahren.

»Ja, zuerst hat er sie nur notdürftig mit bloßen Händen verscharrt. Am nächsten Tag ist er zurück in den Wald, mit einem Spaten. Und da hat er sie dann so tief vergraben, dass sie nie gefunden wurde. Während er mir das alles erzählte, wirkte er so teilnahmslos, so gleichgültig. Jetzt schneidest du ihm die Kehle durch, habe ich gedacht, er hat es doch nicht anders verdient. Aber dann zögerte ich und überlegte, ob ich nicht besser doch die Polizei informieren sollte. Wieder war ich völlig unentschlossen. Er selbst war es dann, der mir half, mich zu entscheiden. Er sagte, ich solle das alles nicht so schwer nehmen, immerhin habe sie direkt vor ihrem Tod noch mal so richtig Spaß gehabt. Und nun wusste ich endgültig, was ich zu tun hatte. Ich schnitt ihm mit dem Messer durch den Hals. Aber anscheinend nicht fest genug. Ich hatte erwartet, dass er leblos zusammensackte. Stattdessen fuchtelte er plötzlich panisch herum und gab fürchterliche, brodelnde Geräusche von sich; es war grauenhaft. Dann stieß ich ihm das Messer, so fest ich konnte, in die Brust. Immer und immer wieder stach ich zu; auch noch, als er sich schon nicht mehr bewegte.«

In Gerd Bassenges Wohnzimmer wurde es still. Außer dem Ticken der Standuhr war nichts zu hören.

Auch Lieselotte Larisch schwieg. Theo Kettling vermutete, dass sie über der Frage brütete, wie mit der Situation nun umzugehen sei.

Vermutlich weil niemand anderes es tat, ergriff Gerd Bassenge noch einmal das Wort. Seine Stimme war jetzt wieder leise, aber fest.

»Mein erstes Leben, das zusammen mit Marie – eigentlich war es ja nur ganz kurz. Und trotzdem empfand ich es als eine Ewigkeit. Wenn man sich gegenseitig so sehr liebt, dann spürt man die Ewigkeit – egal, wie viel Zeit einem vergönnt ist. Verstehen Sie mich nicht falsch. Es ist nicht so, dass ich mit meiner zweiten Frau und meiner Tochter ein unglückliches Leben geführt hätte. Im Gegenteil, auch das war irgendwie eine Ewigkeit, aber eine ganz andere als die mit Marie.«

Von Ewigkeit zu Ewigkeit, dachte Theo Kettling. Er hatte dieses Satzfragment vor vielen Jahren des Öfteren gehört, wusste aber nicht mehr, in welchem Zusammenhang. Nach kurzer, unwillkürlicher Überlegung vermutete er, dass es während der Zeit des Konfirmandenunterrichts gewesen war. Unter Zwang war er damals jeden Sonntag in die Kirche gegangen. Vor der Predigt hatten Pastor und Gemeinde stets einen merkwürdigen Singsang gehalten, und dabei, so meinte er sich zu erinnern, war diese Formel verwendet worden.

»Eine Sache ist jetzt noch unklar.« Lieselotte Larisch klagte das letzte noch fehlende Puzzleteil ein. »Warum wollten Sie Ernst Rott dort begraben, wo Ihre Frau zu Tode gekommen ist?«

»Ich wollte ihn doch dort nicht begraben. Für ihn habe ich mir weiß Gott nicht die Mühe gemacht, das Loch auszuheben.«

»Sondern?«

»Während seines Geständnisses hatte er eingeräumt, dass ihn wegen der Tat hin und wieder das Gewissen plagte. Erstaunlicherweise schien er tatsächlich den Rest eines solchen gehabt zu haben. Es sei ihm nicht immer leicht gefallen zu akzeptieren, dass er zum Mörder geworden sei, und von Zeit zu Zeit habe es ihn an den Tatort zurückgezogen. Als das Grab dann im Laufe der Zeit immer schlechter zu erkennen war, hat er unten vom Bach einen großen Stein geholt. Er hat ihn den

Berg hochgeschleppt und ihn wie einen Grabstein an die richtige Stelle gelegt. Ich habe mir ganz genau beschreiben lassen, wo er liegt, und ich habe ihn tatsächlich gefunden.«

Gerd Bassenge zuckte mit den Schultern.

»Sie können das nicht verstehen. Ich verstehe mich da ja selbst kaum. Aber jetzt, da ich wusste, wo Marie war … Auf einmal war die Sehnsucht nach ihr wieder so … so brennend. Ich wollte Gewissheit haben, dass sie dort tatsächlich liegt – und nach all den Jahren endlich Abschied von ihr nehmen.«

»Und, haben Sie etwas von ihr gefunden?«, fragte Lieselotte Larisch.

»Nein, ich musste ja mit dem Graben aufhören, weil Sie mich entdeckt hatten.« Die Antwort klang wie ein leiser Vorwurf. »Und später habe ich mich nicht mehr getraut, noch mal zurückzukommen. Ich hatte die Befürchtung, dass Sie mir auflauern und mich zur Rede stellen.«

Lieselotte Larisch setzte einen ungewohnt milden Gesichtsausdruck auf.

»Sie finden Ihre Marie nicht in irgendeinem Wald. Sie finden sie einzig und allein in Ihrem Herzen.«

Tränen liefen Gerd Bassenge über das Gesicht, und er deutete ein Kopfnicken an.

Sabine hatte offenbar großes Mitgefühl für den Mörder von Ernst Rott; auch ihr kamen die Tränen.

Theo Kettling wollte nur noch weg, egal wohin. Die Stille war kaum auszuhalten, und das Ticken der Wanduhr schien immer lauter zu werden. Er wünschte sich, dass man das Ganze hier einfach vergessen könnte, dass man so tun könnte, als hätte man nichts gehört oder nichts begriffen. Dass man einfach ins Auto steigen und wegfahren könnte. Und er las in Lieselotte Larischs unentschlossenem Gesicht, dass sie ganz ähnliche Gedanken hatte.

Doch ihr Pflichtgefühl brauchte nur noch wenige Sekunden, um das Verständnis für den Täter und die Aversion gegenüber der Polizei zu besiegen.

Mit gedämpft entschlossenem Schritt ging sie zum Telefon in der Diele, wählte die Nummer, die sie vor dem Besuch offenbar auswendig gelernt hatte, und sprach zwei oder drei Sätze – so ruhig und verhalten, dass man die Worte im Wohnzimmer nicht verstehen konnte.

Das, was dann folgte, ging unerwartet schnell und war wenig spektakulär. Nach fünfzehn oder zwanzig Minuten trafen zwei Kripo-Beamten ein, begleitet von zwei uniformierten Polizisten.

Nachdem Gerd Bassenge gestanden hatte, für den Tod von Ernst Rott verantwortlich zu sein, mussten Lieselotte Larisch, Theo Kettling und Sabine ihre Personalien mitteilen. Die Frage von einem der beiden Kriminalpolizisten, wie um alles in der Welt man die Wahrheit herausgefunden habe, beantwortete wenig überraschend Lieselotte Larisch. Sie bemühte auch dieses Mal die Geschichte mit der Super-8-Kamera, ohne dass es zu irgendwelchen Nachfragen kam. Schließlich durften alle drei die Wohnung verlassen. Zu einem späteren Zeitpunkt, so hieß es, werde man sich vonseiten der Polizei noch einmal melden.

*

Im Daf herrschte zunächst bleiernes Schweigen; offenbar war jeder mit sich selbst beschäftigt.

Theo Kettling saß zusammengesunken im Fond. Er fragte sich, ob ein richtig guter Anwalt vielleicht in der Lage wäre, dem Gericht einen Totschlag im Affekt als Notwehr zu verkaufen? Und ob die Justiz bei einem alten Mann nicht die Möglichkeit hatte, auf die Vollstreckung einer Gefängnisstrafe zu verzichten?

Und außerdem beschäftigte ihn noch eine ganz andere Frage: Wie zum Teufel konnte es sein, dass Lieselotte Larisch immerzu Recht hatte? Dass während alle ihre Einschätzungen am Ende zutrafen, er selbst mit seinen Vermutungen grundsätzlich danebenlag?

Er dachte an das Auf und Ab der Ermittlungsarbeit in den vergangenen Wochen, und plötzlich wurde ihm klar, wie verzerrt diese Sichtweise war.

Nein, die Frau, die gerade so ungewohnt schweigsam auf dem Fahrersitz saß und die ihr Auto so ungewohnt langsam bewegte, diese Frau hatte weiß Gott *nicht* immer Recht.

Denn abgesehen davon, dass ihr großer Bluff in der Wohnung des Gerd Bassenge genauso gut hätte scheitern können, wenn nämlich selbiger gemerkt hätte, dass sie gar keinen entwickelten Super-8-Film, sondern lediglich eine unbespielte Cartridge in Händen hielt, abgesehen davon hatte sie mit ihren Theorien über den Mord an Ernst Rott falsch gelegen.

Es war eben nicht so, dass Marie Bassenge von ihrem Ehemann getötet worden war, und es war auch nicht so, dass sie mit der Hilfe des alten Rott irgendwo ein neues Leben begonnen hatte.

Die Wahrheit war, dass Marie Bassenge von Ernst Rott ermordet worden war und dass Gerd Bassenge seine Frau nach mehr als einem halben Jahrhundert gerächt hatte. Genau so, wie er, Theo Kettling, es vermutet hatte.

In der alles entscheidenden Frage war er es, der richtig gelegen hatte. Und je mehr ihm dies bewusst wurde, umso mehr hellte sich seine Stimmung auf.

»Ich denke, wir sollten zu mir ins Bauernhaus fahren. Nach der ganzen Aufregung können wir alle drei einen kräftigen

Kaffee und ein ordentliches Stück Kuchen vertragen«, sagte Lieselotte Larisch plötzlich.

»Super Idee.« Sabine war sichtlich angetan von Lieselotte Larischs Vorschlag, und die erhöhte nun – wohl aus Vorfreude auf einen kurzweiligen Nachmittag in angenehmer Gesellschaft – nach und nach das Tempo, so dass es schon bald wieder zu den gewohnt brenzligen Situationen kam.

Theo Kettling versuchte, sich nicht gleich wieder aufzuregen. Bislang war trotz Lieselotte Larischs haarsträubender Fahrmanöver noch nie etwas passiert, und mit ziemlicher Wahrscheinlichkeit würde auch dieses Mal alles gutgehen.

Man würde heil in Rölvede ankommen, und vielleicht würde sich Cleo in ihrer überbordenden Freude ausnahmsweise mal nicht auf ihn, sondern auf Sabine stürzen.

Lieselotte Larisch würde Kaffee kochen und zwischendurch in der Vorratskammer verschwinden. Sie würde mit irgendeinem köstlichen Kuchen zurückkommen und ihn an der akkurat eingedeckten Tafel anschneiden.

Vielleicht würde später noch Milli vorbeischauen. Die drei Frauen würden sich mit allerhand auf deutschen Nordseeinseln erlebten Belanglosigkeiten gegenseitig in immer größere Ekstase versetzen, während Theo Kettling nur hin und wieder eine kleine Anmerkung würde machen müssen. Als Alibi quasi, um Interesse vorzutäuschen. Ansonsten würde er in Ruhe Bier trinken und sich darauf konzentrieren können, wie die Wirkung des Alkohols den Nachmittag zu einem Gesamtkunstwerk der Gemütlichkeit werden ließ.

Es müsste eine Maschine zur Herstellung dieser gemütlichen Momente geben, wünschte sich Theo Kettling; und als er versuchte, sich in dem engen Fond des Daf ein wenig zu strecken, nahm er zum letzten Mal an diesem Tag den Schmerz in seinem Rücken wahr.

Epilog

Am Montag, den 11. Januar 1993, kehrte ein wenig Leben in die Ruinenstadt im Sterbecker Tal zurück.

Einige Wochen lang hatte sich kaum eine Menschenseele hierher verirrt. Jetzt brannte wieder Licht in einigen der alten Gebäude, und es wurde gehämmert, gebohrt und geschweißt. In ihrer Wochenendausgabe vom Samstag hatte die *Westfälische Rundschau* berichtet, dass nach einer Studie des nordrhein-westfälischen Umweltministeriums keine kriegs- und rüstungsbedingten Altlasten nachgewiesen worden waren. Die Ankündigung der Untersuchung in den Medien hatte für Verunsicherung gesorgt, doch nun waren die Menschen, die hier eines der alten Häuser für ihr Hobby oder ihr Gewerbe nutzten, endlich entwarnt.

Die beiden Frauen, die sich ehrenamtlich in einer Hilfsorganisation für die Opfer der Nuklearkatastrophe von Tschernobyl engagierten, hatten im Auftrag des Vereins schon vor einiger Zeit einen abschließbaren Raum im ehemaligen Mädchenheim angemietet. Sie bewahrten dort alte Home-Computer auf, die in Deutschland niemand mehr haben wollte, die aber in den Schulen der weißrussischen Großstadt Gomel noch gute Dienste leisten würden. Ziel der Hilfsorganisation war es, den Menschen, deren Heimat nach dem Reaktorunglück stark verstrahlt worden war, vor allem medizinische Hilfe zukommen zu lassen. Gerade den Kindern sollte aber auch ein Stück Lebensfreude zurückgegeben werden, und die Sammlung alter Computer für die Gomeler Schulen war Teil dieses Konzepts. Zuvor hatte es einen viel beachteten Spendenaufruf in den

Tageszeitungen gegeben, so dass sich nun die Rechner, hauptsächlich Home-Computer der Marken Commodore und Sinclair, fast bis unter die Decke türmten.

Um Platz freizuschlagen, schleppten die Frauen vier Holzkisten hinaus, die noch aus der Zeit der Sprengstoff-AG stammten und offenbar nach Stilllegung der Produktion hier abgestellt worden waren. Draußen hatte bereits jemand ein Feuer angefacht, um sich ebenfalls von altem Gerümpel zu trennen. Die Frauen hoben die in den Kisten liegenden Aktenordner heraus und warfen sie in die Flammen. Hin und wieder schlugen sie einen Ordner auf und überflogen ein oder zwei Seiten, ohne zu wissen, worum es ging und was es mit den alten Dokumenten auf sich hatte. Wie die allermeisten Menschen, die in der Nähe wohnten, kannten sie diesen Ort nur in seinem jetzigen Zustand – als Ansammlung langsam verfallender Gebäude. Dass sich hier früher einmal eine Sprengstofffabrik für zivile und militärische Zwecke befunden hatte, davon hatten sie nie etwas gehört.

Einer der Ordner, die an diesem Vormittag in dem Feuer verbrannten, war mit der Aufschrift »Chemisches Laboratorium – div. Korrespondenz 1916« versehen. Er enthielt etwa 300 Seiten, von denen eine auf den 14. März 1916 datiert war. Eine Mitarbeiterin namens Mathilde Richter war Verfasserin des Schreibens, adressiert war es an Marie Bassenge. Es ging um angelieferte Rohstoffe, die man verschiedenen Prüfungen unterzogen und schließlich für einwandfrei befunden hatte.

Am unteren Rand der Rückseite befand sich eine ganz schwach mit Bleistift geschriebene Notiz, die offenbar von Dritten nicht entdeckt werden sollte.

Meine herzensgute Marie,
ich kann dir gar nicht genug danken, daß Du am 25. März statt meiner zwei Stunden länger arbeitest.
Nun werde ich noch eher bei meinen Lieben sein und pläsierlich den Geburtstag meiner Schwester feiern.
Gewiss kommt schon in Bälde der Tag, da ich dir einen ebensolchen Freundesdienst erweisen kann.

Dieser Roman ist ein Produkt der Fantasie. Jede Ähnlichkeit mit realen Personen – lebenden oder toten – und Geschehnissen wäre reiner Zufall. Die örtlichen Gegebenheiten wurden – sofern sich diese nach mehr als vierzig Jahren noch recherchieren ließen – so wirklichkeitsnah wie möglich beschrieben.